王子様に溺愛されて困ってます
2
~転生ヒロイン、乙女ゲーム奮闘記~
JN121981

MELISSA

王子様に溺愛されて困ってます2

～転生ヒロイン、乙女ゲーム奮闘記～

月神サキ

Illustrator
アオイ冬子

この作品はフィクションです。
実際の人物・団体・事件などに一切関係ありません。

王子様に溺愛されて困ってます2

～転生ヒロイン、乙女ゲーム奮闘記～

MELISSA

第六章・王子様と友人

「うわあああ……」

アーサーから、自分が世継ぎの王子だと告白されたシルヴィは、自分の寝室で、一人頭を抱えていた。

◇◇◇

あれから――自分が王子だと名乗ったアーサーは、それまでの恐ろしい獰猛《どうもう》な雰囲気を一瞬にして振り払い、シルヴィに向かって微笑《ほほえ》んだ。

「すまない。早く気持ちを伝えねばと焦り、あなたを驚かせてしまったようだ。残念だが今夜はこのまま帰ると良い。明日にでもあなたの屋敷を訪ねるからその時に詳しい話をしよう」

「え、良いんですか……？」

アーサーの提案を聞き、シルヴィは逡巡《しゅんじゅん》した。

正直に言えば、彼の提案は有り難い。

今の混乱しきったシルヴィには落ち着く時間が必要だし、今から夜会になんて行けるような気分でもないからだ。

だが、今夜の夜会に出席し、彼のエスコートを受けることとは、媚薬《びやく》から助けてくれたアーサーへのお礼の意味もあったはず。

それをあっさり反故《ほご》にするのはさすがにどうなのだろうかと躊躇《ためら》っていると、アーサーが「良いのだ」と、どこか遠い場所を見つめながら言った。

「……あなたが、エスコートを受けても良いと頷《うなず》いてくれたのは、『フェリクス』であり私ではないだろう」

「それ……は……」

確かにそうだが、約束は約束ではないだろうか。心底逃げたいとは思っているが、約束破りはしたくない。矛盾した気持ちだということは理解した上で、今日はちゃんとアーサーに付き合おうと決心してきたのだ。

「私……やっぱり」

「それとも今から夜会に赴き、世継ぎの王子としての私のエスコートを受けてくれるか？　私は構わないぞ。おあつらえ向きに会場には父もいる。ちょうど良いからあなたを父に紹介しようか」

「すみません！　帰らせて下さいっ！」

申し訳ないが、反射的に断ってしまった。

国王に紹介されるなど冗談ではない。深々と頭を下げるとアーサーは肩を竦《すく》めながら言った。

「そうか、残念だ」

ちっとも残念だと思っていないような態度。シルヴィがどう答えるかなど初めから分かっていたのだろう。

キスされて、王子だと名乗られ、愛を告げられた。

怒濤《どとう》の展開。

シルヴィはこんなにも混乱しているのにアーサーはどうして余裕たっぷりなのか。それがなんだか妙に腹立たしい。

「行こう。あなたの家の馬車が待っているところまで送る」

「……ありがとうございます」

アーサーから差し出された手に、少し躊躇いはしたが己の手を重ねる。

アーサーは終始丁重な態度でシルヴィを馬車まで送ってくれ、それだけでなく部下を使ってわざわざ会場から彼女の両親まで呼び戻してくれた。

「また明日。シルヴィ、屋敷で待っていてくれ」

「……はい」

別れ際に掛けられた言葉。それに対し、少し迷いはしたもののシルヴィは頷いた。

逃げたいという思いはあるが、話し合う必要もある。それくらいは混乱しているシルヴィにだって分かっていた。

「シルヴィ……」

「……」

馬車の中、両親が何度かもの言いたげな視線を向けてきたが、シルヴィはずっと俯《うつむ》き、沈黙を保った。今、父や母に話せることなど何もない。

だんまりを決め込む娘に両親も、追及することはしなかった。

◇◇◇

「はあ……」

ようやく家に帰ってきた。怒濤のこの数時間あまりを思い出せば、溜息《ためいき》しか出なくても仕方ないというものだろう。

今、シルヴィの側《そば》には誰《だれ》もいない。

本当はアリスと話したかったのだが、今日着ていたドレスはアーサーから贈られたもので、酷《ひど》く繊細な生地が使われており、着るのも脱ぐのもメイド一人では難しかった。

メイド三人掛かりでなんとかドレスを脱がしてもらい、浴室から上がって夜着を着た頃《ころ》にはメイドたちは全員下がってしまっていたのだ。アリスに残ってくれと合図する暇もなかった。

もちろん今から再度呼び出すことは可能だったが、時間はかなり遅い。アリスたちも就寝時間だろうし、その邪魔をするのはいくらなんでも憚《はばか》られた。

朝になればアリスが起こしに来てくれる。アリスに話をするのはその時でもいい。そう思ったシルヴィはアリスを呼び出すことを諦《あきら》めたのだ。

「あああ……本当、最悪」

身体《からだ》がさっぱりすれば、気持ちも少しは落ち着いてくる。今夜自分の身に起こったことをようやく整理したシルヴィは、しばらく黙り込んだ後、勢いよくと顔を上げた。

「……もういい。来るなら来い」

呟《つぶや》いたその顔は真顔だった。その顔のまま淡々と言う。

「隠し事をされていたからこそ、逆に断りにくかったのかもしれない。向こうが王子として正々堂々《せいせいどうどう》来るというのならこっちも正面から断ってやるだけのことよ」

ちなみに、両親や国王といった面々により外堀から埋められるという可能性をシルヴィはすっかり忘れている。

色々ありすぎて、容量オーバーになった彼女は、ある種の無敵状態になっていた。

容量オーバー。最近ではよくありすぎて、最早《もはや》通常運転のような気もする。

「ふふ……ふふふ。なーにが、愛している、だ。私のことが好きなのはヒロインだからでしょ。そんな訳の分からないところから来た気持ちを誰が信じるかっての」

ベッドの上で立ち上がり、握り拳《こぶし》を作る。

誰も見ていないからこそできる芸当だ。

「まあ、私は！　アーサーとは違って、ちゃんと好きだけどね！　別にヒロインだからヒーローを好きになったんじゃないもん。アーサーがアーサーだったから好きになったんだから！」

誰も聞いていないと思って言いたい放題言う。一種のストレス解消方法でもあった。

顔が好きで、声が好き。優しくて一途なところも、全部全部大好き。

この『好き』という気持ちが、『ゲームだから』『ヒロインだから』生まれたものでないことをシルヴィは知っている。

だから、全《すべ》ての気持ちを、信じられないとは除《の》けるつもりはないけれど。

「アーサーに関してだけは、駄目。信じられない。だってあの人、初対面でいきなりデレたんだもん。どう考えたって『私』を見て、好きになってくれたとは思えない。ゲーム補正よ、ゲーム補正。怖っ！」

ヒロインだから好き、ではシルヴィは納得できないのだ。

好きな人には自分という人格をきちんと見て、そして好きになってもらいたい。

そんなの、当たり前の願いではないだろうか。

だから、それが叶《かな》わないから逃げると決めた。アーサーの愛を疑う日々を過ごしたくないから。

「アーサーじゃなければ、きっとそこまで難しく考えなかったんだろうけどなあ」

本当に好きになった相手だからこそ、色々なことが気になるのだ。

でなければ、自分を見て欲しい、なんてこと思うはずがないだろう。

だからこれはきっと、他《ほか》のキャラが相手なら生まれなかった気持ち。

「……私、アーサーのこと、好きすぎるでしょう。いや、好きなんだけどさ」

再度告白された時のことを思い出す。あの時ほどパニックになっていない今なら、萌《も》えることも十分できた。

クロードからシルヴィを守り、そうして熱い眼差《まなざ》しで愛を告げてくれた。

乙女《おとめ》ゲーヒーローも裸足《はだし》で逃げ出すほどの格好良さ。……いや、ここは乙女ゲーの世界でアーサーはヒーローだったか。

思い出し、シルヴィはしみじみと唸《うな》った。

「アーサー、格好良かったなあ……。やっぱり王子様バージョンの時の口調、萌えるわ。さすが私の最推し」

シルヴィはベッドの上に正座し、両手を合わせた。

そして一言。

「尊い」

もしアリスが見ていたら、大笑いされること請け合いの行動を至極真面目《まじめ》に行い、シルヴィはふうと満足げに笑った。

「やっぱりアーサーは、一番の推しキャラ。格好良いものは格好良い。付き合うつもりも結婚する気もないけれど、そこは否定してはいけない。気持ちには応《こた》えられなくても、萌えるのも好きなままでいるのも自由だよね」

うむ、と自分のスタンスを確認し、シルヴィはふっと天井を仰いだ。

「私自身を見て、好きになってくれたって言うんなら良かったんだけどなあ……っと、いやいや、ないない」

ハッと気づき、慌てて否定する。

最後、つい本音が漏れてしまった。

「とにかくだ。もしとかはないの！　明日来るって言うんだから明日！　頑張って断るぞ！」

おー！　と片手を天に向かって突き上げたシルヴィは、とりあえず満足して自分のベッドに潜り込んだ。

◇◇◇

「お嬢様、お嬢様、朝ですよ、起きて下さい……って、早く起きなさいよ、シルヴィ」

「……んん？」

昨夜は結局、夢も見ずに眠ってしまったらしい。

アリスに肩を揺すられ、シルヴィはゆっくりと目を開けた。

「……おはよう、アリス」

「おはよう、シルヴィ。ずいぶんとぐっすり眠っていたみたいね。声を掛けても全然起きないんだもの」

「……うん。昨日は色々あって……って、あ！」

途端、怒濤のごとく昨夜の出来事を思い出したシルヴィは、掛け布をはね除け、飛び起きた。

「そ、そうだ！　アリス！　話があるのっ！」

アーサーのことを話したい。その思いでアリスを見上げると、きちんとアイロンの掛かったメイド服に身を包んだ彼女は、呆《あき》れたような表情でシルヴィを見つめた。

「話があるのは分かったから、とりあえず着替えてくれる？　あんたが全然起きてくれないから、色々と押してるのよ」

「あ、ごめん」

「今は私以外いないから、話は着替えながらでもできるでしょ」

「うん」

　焦る気持ちを堪《こら》えながら、着替える。ドレッサーの前に座ると、アリスがブラシを持って、シルヴィの髪を梳《す》き始めた。そうしてゆったりとした口調で聞いてくる。

「で？　何があったの？　話って、どうせ昨夜行った夜会のことでしょ。何？　婚約指名でもされたの？　そういう話なら大歓迎よ」

「違う」

　即座に否定し、昨夜あったことを順序立てて話していく。

　全部を話し終わると、アリスは「あらら」と鏡越しに笑った。

「王子だって告白されて、ついでに好きだって言われたわけだ。あんた、いよいよアーサールートに突入って感じじゃない。おめでとう！　グッドエンド向かって突っ走ってね」

「やめて。そんな風にはならないから。私はアーサールートとか行かないから。今日だって、うちに来るって言ってたけど、きっちり断ってやるつもり。返り討ちにしてやるんだから」

「……そんなこと言って、あんた、アーサーのこと好きなくせに」

「はあ⁉」

ボソッと呟かれた言葉を聞き、シルヴィは反射的に振り返った。

髪を結っていたアリスが文句を言う。

「ちょっと、動かないでよ」

「動かないでよ、じゃない！　な、なんなの。わ、私がアーサーのことが好きとか……」

睨《にら》みつけると、呆れたような視線が返ってきた。

ポカンとブラシで頭を小突かれる。

「あんた……本気で気づかれてないと思ってるの？　あんたがアーサーの話をする時、どんな顔をするのか見せてやりたいくらいよ。嬉《うれ》しそうな顔しちゃってさ。そんな顔で『アーサールート行きたくない』なんて言っても全然説得力ないから」

「……」

「好きなんでしょ。それならさっさとアーサーとくっついちゃいなさいよ。別に逆ハー狙《ねら》ってわけじゃないんだし、ちゃんと両想いなんだから誰も文句は言わないって」

「文句とか……そういう話じゃないのよ」

呆然《ぼうぜん》としつつアリスの言葉を聞いていたシルヴィだったが、彼女の問いかけには否定した。

「アーサーが私のことを好きなのは、ゲームのヒロインだから。私はそれがどうしても許せないの」

「何それ」

目を瞬かせ、アリスは言った。

「あんたがゲームのヒロインだっていうのは事実でしょう？　仕方ないじゃない」

「軽く言わないでよ……」

　項垂《うなだ》れると、アリスが顔を上げさせ、再び髪を梳き始める。

　その手つきを鏡越しに見つめながら言った。

「ちゃんと私のことを見て欲しいの。ヒロインじゃなく、私を。そう思うのはおかしい？」

「おかしくはないと思うけど……ふうん。そんなこと気にするってことは、あんた本気でアーサーに惚《ほ》れてるんだ」

「わ、悪い？」

「全然」

　赤くなりながらも鏡越しに睨むと、アリスはクスクス笑いながら否定した。

「そういうことなら仕方ないか。でも、もしアーサーが本当にあんたのことが好きだって分かったら、逃げるのは諦めるのね？　そういうことよね？」

「現在進行形であり得ないから」

「いいから」

　押し切られ、シルヴィは渋々頷いた。

「……そんなことがあったらね。でも！　とにかく今は絶対に逃げてやるんだから！」

「はいはい。好きなのに逃げるとか意味が分からないけど、好きにすればー」

「私は本気なの！」

「はいはい」

「アリス！」

　適当に返事をするアリスを睨みつけると、アリスは視線を逸《そ》らしながら言った。

「はいはい。両想い確定カップルの追いかけっこなんて面倒だなんて思ってないって。いっそ砂浜を二人で走ってみれば？　『捕まえてごらんなさ～い』とでも言ってさ。きっとアーサーもノリノリで応じてくれるよ。その後、押し倒されても知らないけど」

「……やらないわよ」

「似たようなこと、すでにやってるくせに」

「してないって！」

　遺憾《いかん》だと強く訴えると、アリスは疑わしげな目で見てきた。そして「できた」と呟く。

「うんうん。今日も可愛《かわい》くできた。ま、とりあえず、今日、アーサー来るんでしょ。話の続きはアーサーを上手《うま》くスルーできたら聞いてあげる」

「……むう」

　不満ではあったが、アリスの言うことも一理あると思ったシルヴィは頷いた。

「頑張る」

「はいはい、頑張ってね～」

　ヒラヒラと手を振りながらアリスが部屋を出ていく。それを恨めしげに見送りながら、シルヴィは、アーサーの魔の手から絶対に逃げるんだと改めて固く誓っていた。

◇◇◇

「シルヴィ、約束通り来たぞ」

昼過ぎ、昨夜の予告通りアーサーがやってきた。

昨日の会話を聞いていたシルヴィの両親も、今日、アーサーが訪ねてくることは分かっている。

こっそり教えてもらったのだが改めて訪問の連絡があったらしく、緊張しつつもシルヴィたちは玄関ロビーでアーサーを出迎えた。

「……ようこそいらっしゃいました。昨日はお気遣いいただきありがとうございます」

「いや、元気そうで何よりだ」

挨拶《あいさつ》をし、顔を上げるとアーサーと目が合った。昨夜ぶりに見るアーサーは、やはり文句のつけようもないくらいに格好良い。

キラキラと輝く笑顔に、自然と視線が釘付《くぎづ》けになってしまう。

(うん……やっぱり恰好良い。声も良いなぁ)

アーサーは絶倫という呪文《じゅもん》が何の効果も与えなくなってしまったシルヴィには、最早好みのイケメンに見惚《みほ》れるより他はない。ぽうっとしていると、シルヴィの隣にいたレオンが不満そうな顔をしながら言った。

「……何、あいつ。なんであんな横柄な態度で……感じ悪い。昨日だって、姉さんをエスコートなんてしてさ……」

前回会った時と態度がまるで違うアーサーを見て、レオンが小声で文句を言う。

昨夜の夜会に、レオンは行っていない。今朝も特に話をしなかったので、どうしてアーサーがやってきたのか分からないという顔をしていた。

「……昨夜の夜会でのエスコートは、姉さんを助けたお礼だったんだろ。それならもう終わったんだから、近づかなければいいのに。帰れよ」

「レオン、黙って」

我慢できなくなり、シルヴィは小声でレオンを窘《たしな》めた。媚薬の件もある。あまりレオンと会話したくなかったが、さすがに聞き流せなかったのだ。久しぶりに話しかけられたことが嬉しかったのか、レオンが顔をシルヴィに向ける。

そして再び、アーサーの悪口を言おうとした。

「姉さん、でもあいつ——」

「ストライド王国王太子、アーサー殿下に対し失礼ですよ。改めなさい」

「っ!?」

ボソボソと呟かれる言葉。それを聞き咎《とが》めたのはアーサーではなく一緒に来ていたディードリッヒだった。

全員が、ギョッとディードリッヒを見つめ、次にアーサーに視線を移す。

注目の的となったアーサーは堂々とした態度で言い放った。

「シルヴィには昨日、すでに話したことではあるが、私はアーサー・フェリクス・ストライド。この国の王太子だ」

今までとは違う、王子らしい華やかな長衣に身を包んだアーサーは自信に満ちた笑みを浮かべながら言った。

「これまで身分を明らかにしていなかったのには色々と事情があるが、それは聞かないでもらえるとありがたい。今はこうして、ストライド王国の王子として来ている。それが全てだ」

「で、殿下……。その、殿下がどうして我が家に……」

おそるおそる父が問いかける。

昨日までは確かに『フェリクス』と名乗っていたアーサーがいきなり王子だと名乗ったのだ。父としてはその真意を尋ねたいところだったのだろう。

それにアーサーは頷き、はっきりと答えた。

「実は、昨夜の夜会で、シルヴィア嬢に私の想いを伝えた。半年後の夜会では彼女に婚約指名をするつもりだ。そのおりに、色よい返事をもらえるよう、こうして距離を縮めるべく、逢瀬《おうせ》の誘いにやってきたというわけだ」

「なんと……殿下がシルヴィに？」

キラリと父の目が光る。その表情は期待と歓喜に満ちていて、父の顔を見たシルヴィはがっくりと項垂れた。

（お父様……弱っ。そしていきなり外堀埋められてるんだけど……ナニコレ）

予想していなかった展開に、頭がクラクラする。

アーサーの求愛など断ってくれるわ！　ハハハ、どこからでも来い！　と意気込んでいたのにこれでは肩すかしだ。

（しまった……アーサーがお父様に話を通すかもしれないってこと、すっかり忘れてた）

屋敷を訪ねてくると言っているのだから、当然その可能性は考慮しなければならなかったのに、頭から抜け落ちていた自分のミスだ。

（ううう……これは良くない展開）

できれば、今すぐ「こちらにそのつもりはない！」と言ってやりたい。だが、父と王子が話している中、勝手に口を挟むことは常識的に考えてあり得ない。

内心ギリィとしつつも、黙っているしかなく、シルヴィは歯噛《はが》みした。

チラリと後ろを見ると、ずらりと並んだメイドの中にはアリスもいて、口元を隠して声を殺して笑っている。

シルヴィの殺気立った視線に気づくと、ぷっと噴き出すような真似《まね》をした。

その表情は「ほら、やっぱりね。思った通り」とでも言うようなもので、シルヴィはこちらにも文句を言ってやりたい気持ちになる。

（くっ……アリスめ。他人事《ひとごと》だと思って！）

実際他人事なのだが、笑いの種にされているようで、シルヴィとしては納得し難い。

こうなったら、アーサーがこれ以上余計なことを言わないよう祈るしかない。

婚約指名なんて言ってしまっている今、これ以上などないような気もするが、それでもシルヴィはそう願うより他なかった。

だが、その願いも虚《むな》しく打ち砕かれてしまう。

アーサーが、輝くような笑顔でシルヴィの父に言ったからだ。

「まだ父上には言っていないが、私はシルヴィを妃《きさき》に迎えようと考えている。リーヴェルト侯爵もその心づもりでいてもらいたい」

「承知いたしました……！　おおお！　我が家から王太子妃が！　なんと、なんと名誉な！　でかしたぞ！　シルヴィ！」

「……」

でかしたぞ！　ではない。

ぱああと花が咲いたような笑みを浮かべる父。母もなんとなく嬉しそうな顔をしている。

チラリと隣に目を向ければ、般若《はんにゃ》のような顔をしているレオンがいて、後ろを向けばアリスが満面の笑みを浮かべている。

(皆、別の意味で怖すぎるから！)

反応がそれぞれにそれぞれすぎて、どちらを向けばいいのかも分からない。

シルヴィは……泣きたい気持ちだ。

小さく溜息を吐《つ》いていると、アーサーが父に言った。

「それで――先ほども言ったが、婚約指名の夜会まで、まだ時間もある。少しでもシルヴィと親交を深めるため二人で出かけるというのはどうかと思い、誘いに来た。構わないだろうか」

「ええ！　ええ！　そうでしょうとも！　親交を深めるのは大切です！　是非！　是非シルヴィをどこへなりとお連れ下さい！」

一瞬も悩まず出された父の回答を聞き、シルヴィは遠い目をして呟いた。

「デスヨネー」

どうやら今から、シルヴィの意思とは無関係のデートタイムが始まるらしい。

父が大喜びで頷いている以上、断ることは不可能。

それに気づき、シルヴィはがっくりと項垂れた。

「姉さんが、結婚？　王太子と？　……ふざけるな」

――レオンが父親とアーサーを射殺しそうな目で凝視していたことには気づかなかった。

第七章・あなたがあなた

（これからどうしよう）

アーサーのエスコートで馬車に乗ったシルヴィは、目の前でニコニコと笑う男から視線を逸《そ》らしながら、自分がこれからどう行動するべきか真剣に悩んでいた。

◇◇◇

父の満面の笑みと、弟の憤怒の形相に見送られた二人が向かったのは、一度彼らの話題に出たこともあるヴルムの森だった。

ディードリッヒは先に城に戻った。アーサーと二人揃《そろ》って長時間城を空けるのは好ましくないということで、不本意ではあるけれどと言って、代わりに大勢の護衛兵を置いていった。

シルヴィの屋敷の庭と似ているとアーサーが評したヴルムの森には、過去一度だけではあるが行ったことがある。

行き先を告げられたシルヴィは、懐かしいと思いつつも、アーサーがこの森を目的地に選んだ理由が分からず首を傾《かし》げていた。

ヴルムの森は、貴族、平民関わらず誰《だれ》もが楽しめる場所だが、王族が行くとなると話は変わってくる。護衛も大変だろうし、人払いもしなければならないのだ。

王家が保有する土地には、森や湖もある。王子だと名乗ったのならそちらを使っても問題ないのだし、どうしてそうしないのかと思っていた。

「どうして私が、ヴルムの森を選んだのか分からないという顔をしているな」

ぼんやりと窓の外の景色《けしき》を眺めていると、ずっと黙ったままだったアーサーが口を開いた。

声に反応して顔を向ける。

途端、秀麗な美貌《びぼう》にうっと声を詰まらせそうになった。

それを妙な咳《せき》払いでなんとか誤魔化す。シルヴィの正面の席に座っていたアーサーが好意的な笑みを浮かべ、彼女を見つめてきた。

「どうした？」

「い、いいえ、なんでもありません」

どうしてアーサーは、正面に座っているのだろう。

昨夜、そして今日の告白のこともある。きっと隣の席に座って、終始口説かれるのではないかと構えていたシルヴィには少々拍子抜けだった。

（自意識過剰？　いや、でも告白されてるし、今までの流れだとそう考えてもおかしくないよね？）

とはいえ、実際に正面に座られると、隣に座ってもらえた方が良かったかもしれないと思ってしまう。

だって正面にアーサーが座るということは、今のように彼を真っ正面から見なければならないのだ。

ある意味隣の方が、顔を見なくて済んだ分、平静を保てたような気がする。

……五十歩百歩のような気がしなくもなかったが。

シルヴィは小さく深呼吸をし、気を取り直すとアーサーに言った。

「ええと……目的地については、お察し通りのことを思っています。それと……ああいうことを父に言うのはやめて下さい。その……父が期待するので困ります」

「ああいうこと、というのは?」

「分かっているくせに。……その、婚約指名をするとかそういう台詞《セリフ》です」

「嘘《うそ》ではないからな」

「っ！　殿下！」

言葉に詰まる。非難を込めてアーサーを睨《にら》むと、それ以上に厳しい視線が返ってきた。

「アーサーと呼べ、と言ったぞ」

「……アーサー様」

さすがに逆らえず、名前を口にするとそれでいいとばかりに頷《うなず》かれた。

悔しく思いつつも再度口を開く。

「……とにかく、その……昨夜のこともですが、もしアーサー様が本気だと言うのなら、有り難いお話だとは思いますが、私には荷が重すぎます。ぜひとも遠慮させて下さい」

「断る。私の花嫁はあなただ」

シルヴィとしては、自分の意思を貫くぞ！　と最大限に勇気を振り絞った結果だったのだが、ばっさりと拒否されてしまった。

それどころかはっきり『花嫁』だと口にされてしまう。

これは心が折れるなと思いながら、それでもシルヴィはなんとか言い返した。

「……やめて下さい。私の方にその気はありません。アーサー様なら、他《ほか》にいくらでもお相手がいらっしゃるでしょう。私に固執なさる必要はありません」

チクリと胸が痛んだが、気づかないふりをした。

だってシルヴィはアーサーの想いに応《こた》えられない。嬉《うれ》しいなんて思ってはいけない。他を見てくれと言うしかないのだ。

シルヴィ以外を王太子妃にと、勧めるしかない。

だが、アーサーは不快げに眉《まゆ》を顰《ひそ》める。

「他なんていらない。私はシルヴィだから欲しいのだ」

「意味が分かりません。王太子妃なんて、私には無理です。どうか他のもっと素晴らしい方をお迎えに……そうだ、ミスリド公爵のご令嬢など如何《いかが》でしょう。彼女なら――」

話している途中で、ハッと思いついた。

ミスリド公爵令嬢。社交界でも大人気の妖艶《ようえん》な女性だ。アーサーとは年の頃合《ころあ》いも良いし、家格も釣り合う。それに確か巨乳。少し悔しいが、これならアーサーも満足するのではないだろうか。

だが、アーサーから鋭い目で睨みつけられ、言葉が途中で止まる。

「――シルヴィ。私の前で、他の男もそうだが、女の名前も出してくれるな。好きな女に別の女を勧められるなど、腹立たしすぎて何をしでかすか分からないぞ」

「ひえっ……」

「それともシルヴィは、合意なく私に犯されたいのか？　孕《はら》むまで子種を注いでやってもいいが。そうすればあなたは口説く間もなく王太子妃に決定だな」

「も、申し訳ありません！」

すっと体感温度が数度下がった気がした。

どうやらアーサーを本気で怒らせてしまったらしい。

もちろん余計なことを言ったシルヴィが悪いというのは分かっているが、まさかこんなに怒るとは思わなかった。

恐怖で顔を引きつらせていると、アーサーが真顔で言う。

「私は他の女など一切考えていない。王太子妃に相応《ふさわ》しくない？　ふざけるな。あなたができないと言うのなら、他の誰にもできない。分かったら二度と馬鹿《ばか》なことを言うな」

「……はい」

怖すぎて、嫌ですとはとてもではないが言えなかった。

思わず俯《うつむ》くと、アーサーが尋ねてくる。

「……シルヴィ。シルヴィは私のことがそんなにも嫌いなのか？」

「えっ……？」

率直な疑問を聞き、顔を上げると、真剣な顔でアーサーが見つめていた。

それに対し、シルヴィは首を横に振る。

「嫌い、とかではありません。ですが、あなたの気持ちに応えることはできません」

好きな相手だからこそ、嘘は吐《つ》きたくなかった。言える限りの正直なところを伝えると、アーサーが顔を歪《ゆが》める。

「嫌いではないのなら、私を受け入れてくれないか」

「……すみません。できれば、父に言った婚約指名の件もなかったことにしてもらえると嬉しいです」

縋《すが》るようにアーサーを見つめる。もしかしてだが、シルヴィの意思を聞き入れてくれるのではないかと期待した結果だった。だが、アーサーはきっぱりと拒絶した。

「それはできない」

「アーサー様」

「私は、あなたとしか結婚したくない。たとえ……あなたが嫌だと言おうと、私は必ず婚約指名であなたを名指しするだろう」

「そんな……どうしてそこまで私を……」

「どうしてもと言われても、あなた以外は嫌なのだ」

懇願するような響き。愕然《がくぜん》としていると、アーサーがシルヴィの手を握った。

その温かさにハッとする。

「あ……」

「私のことは嫌いではないのだろう？　今は違うのかもしれないが、あなたに好かれるよう努力は惜しまないつもりだ。だから、頼むから諦《あきら》めてくれ」

「……」

真摯《しんし》な声で訴えられ、シルヴィは頭の中が真っ白になっていくのを自覚していた。

攻勢を掛けてくるとは思っていた。だけど、こんな風に哀願されるとは考えていなかったのだ。

（ちゃんと断ろうと思っていたのに……）

王子相手ではあるが、自分の意思を伝えることは大切。そう思い頑張ってみたが、無駄だったのだろうか。

ゲームのアーサーは一途で、この人と決めたら一直線。今更ゲームがと言うつもりはないが、どうやらこの辺りも同じらしい。シルヴィがアーサーのことを好きな理由の一つでもあるので変わっていないのは嬉しいが、この場合は素直に喜べない。

（これは……まずい）

今更ではあるが、納得した。アーサーはシルヴィを逃がす気なんて毛頭ない。

このまま囲い込んで、婚約指名をし、結婚まで持ち込むつもりなのだ。

好きな相手に執着されるのは嫌ではないが、それがヒロインだからという理由から派生していると知っている身としては複雑な気分だ。正直、勘弁してくれとしか思えない。

「シルヴィ……」

「っ！」

ずずいっとアーサーが身を乗り出し、顔を近づけてくる。好み顔の突然の接近に、シルヴィは顔を真っ赤にした。

結婚はお断りだが、好きだという気持ちに偽りはない。そしてそれ以上に、アーサーの顔と声が好みだという事実も変えようがなかった。

「っ！　は、離れて下さい……」

至近距離に耐えきれず、声を震わせながら懇願すると、アーサーは首を傾げた。

「どうして？　別にキスをしたわけでもないのに」

「キ、キスとか！　そ、そういうのではなくて！」

それ以前の問題なのだ。だが、さすがに「あなたの顔と声が好みすぎてしんどいからです」と本人には言えない。必死で身体《からだ》を反らし、少しでも離れようと頑張ったが、何かに勘づいたようにアーサーがシルヴィの隣の席に移動してきたことでその頑張りは塵《ちり》と化した。

「な、な……なんで、隣に移動してくるんですか」

「シルヴィが逃げるからだろう。ほう……顔が真っ赤だ。どうやら私を嫌いではないというのは本当のようだな。それは良かった。で？　どうして私が近づくのが嫌なのか、言ってもらおうか？」

「い、言えません」

「ふむ」

一つ頷き、アーサーは隣に座るシルヴィの腰に腕を回し、もう片方の手を彼女の顎《あご》に掛けた。くいっと顎を上げられると、それこそ至近距離に彼の美しい青い瞳《ひとみ》。

シルヴィの頭はもう大パニックを起こして大変だった。

(うわあああああーい！　アーサー近い！　近すぎる！)

「理由を言わないなら、このまま口づけることにするが」

「好みの顔と声なんです。すみません。許して下さい」

華麗過ぎる掌《てのひら》返しだったが、背に腹はかえられない。

昨日に引き続き、再び光速で答えたのだが、シルヴィの回答を聞いたアーサーは驚いたように目を見張った。

「シルヴィ……私の顔が好みなのか？」

「……声も、ですけど。すみません。答えたので離していただけると助かります」

「あ、ああ……」

シルヴィの表情を見て嘘ではないと分かったのだろう。戸惑った様子ではあったが、アーサーはシルヴィを解放した。

気が変わっては困ると、シルヴィはささっと座席の一番端に移動した。

シルヴィの動きを見て、アーサーが不思議そうな顔をする。

「……一つ聞くが、何をしているんだ？」

「……知られてしまったので言いますが、好みすぎて辛《つら》いので、少しでも離れたいと思っています。近すぎる距離は無理です」

正直なところを告げると、アーサーは再び驚いたような顔をし……それから何故《なぜ》かニヤリと笑った。

とても嫌な予感のする、悪い笑みだ。

「……アーサー様？」

「なるほど。シルヴィは私の顔と声が好みだと。それは嬉しいな」

「うっ……」

じっと見つめられ、また顔が赤くなる。狼狽《ろうばい》するシルヴィにはっきりと効果を感じ取ったアーサーは得心したように頷いた。

「よく分かった。この顔と声がシルヴィに有効だというのなら、存分に利用させてもらうことにする」

「えっ……ちょ、ちょっと……」

まさかの利用する発言に目を見開くとアーサーは言った。

「正直、自分の顔を好きだと思ったことはないが、あなたに使えるというのなら是非もない。……そうだな。……シルヴィ、好きだ。……こんなところか？」

「っ！　そ、そういうのはずるいと思います!!」

低く紡がれた『好き』の言葉と真剣な表情に、シルヴィは顔を最大限に赤くして大絶叫するしかなかった。

◇◇◇

「や……やっと着いた」

道中、散々アーサーにからかわれた（口説かれた）シルヴィはぐったりとしながら馬車を降りた。

馬車が停《と》まったのは、森の少し手前。草原が広がり、大きな湖があるピクニックに最適な場所だ。

以前、シルヴィが行った時は、乗り合いの馬車を使ったのだが、確かその時もここで降ろしてもらったのだったと思い出した。

懐かしい気持ちで辺りを見回す。

記憶にあるヴルムの森は、カップルや家族が多くいる印象だったが、今、周りに人はいない。予《あらかじ》め人払いがされていたようだ。

「人、いないんですね……」

別に他意などない単なる呟《つぶや》きだったのだが、アーサーは気まずげに視線を逸らした。

「すまない。……ここが、国民皆が楽しむための場所だということは分かっている。だが、今日はどうしてもここで話をしたかったのだ」

「あ、いえ……責めたわけではないんです。単なる感想というか……その……不用意な発言をしてしまい申し訳ありません」

「シルヴィが謝る必要はない。先ほど、シルヴィもどうしてこの森が目的地なのか疑問に思ったと言ったな？」

「はい」

「その答えを教える。……ついてきてもらいたい」

「あ……」

シルヴィの返事を待たず、アーサーは歩き出した。慌ててその後を追う。アーサーは森の方には行かず、花畑がある方へと歩を進めた。花畑には、ちょうど季節なのかシルヴィの背丈ほどもあるひまわりが一面に咲いていている。黄色の世界。花畑の中、いるのはアーサーとシルヴィだけ。

まるでこの世界に二人だけしかいないのではないかと、そんな幻想を一瞬思い描いてしまった。

（……はは。何考えてるの、私）

ふるふると首を振り、思考を払う。前を歩いていたアーサーが立ち止まり、そうしてシルヴィの方へ振り返った。

「シルヴィ」

「アーサー様？」

じっと見据えてくるその瞳にどきりと鼓動が跳ねる。強い風が吹き、たくさんの花びらを散らしていった。ふわりと舞い上がる黄色い花びら。揺れるひまわり。それをバックに背負い堂々と立つアーサーは、全くもって乙女《おとめ》ゲーの王子様だった。

（……か、か、か、格好良い！　は、花を背負ってる！　リアルで花を背負うとかありなの⁉）

漫画やゲームではよくある演出。それを現実の世界で見てしまったシルヴィは、迂闊《うかつ》にもぼうっと見惚《みほ》れてしまった。どうしてこの世界にはデジカメがないのだろう。この素晴らしすぎるスチルを撮影して、保存して、毎日五十回は見直したい。

そんな馬鹿みたいなことを考え、だけどもアーサーから全く視線を外せないでいると、彼は意を決

したように口を開いた。

「……シルヴィ、私は昨夜王太子であることをあなたに明かした。次の夜会で、婚約指名することも告げた。ここまで話せば、もはや黙っていることは得策ではない。正直、未《いま》だ話してしまっても大丈夫なものか迷ってはいるが、私も男だ。いい加減、腹をくくろうと思う」

「へ？　腹をくくる？」

一体何の話だ。意味が分からなくて首を傾げると、アーサーはシルヴィに向かって、一歩近づいた。反射的に同じだけ後ろに下がる。それを見たアーサーが苦笑した。

「逃げてくれるな。あまり遠くに行かれては話ができない」

「……はい」

更に後退しようとしていた足を止める。アーサーが、それでいいとばかりに頷いた。

そうしてゆっくりと告げる。

「シルヴィ。私とお前が出会ったのは、あの夜会が初めてではない。それどころか、いつか迎えに行くと誓った。……覚えていないか？」

「え？」

アーサーから放たれた言葉を一瞬理解できず、シルヴィはその場に立ち竦《すく》んだ。

アーサーは緩く笑みを浮かべ、右手をシルヴィに向かって差し出してくる。

「あの頃の私は――いや、今もそう変わらないのかもしれないが、それでも酷《ひど》く傲慢《ごうまん》で、自分と周りだけの狭い世界で生きていた。それを破ってくれたのがお前だ。……その時から、ずっと。お前だけが好きだった」

「え……何言って……？」

アーサーの言う言葉の意味が分からない。

混乱するシルヴィに、アーサーが焦《じ》れったそうに言う。

「シルヴィ。本当に覚えていないのか？　私と共に過ごした時のこと。私は一時たりとてお前のことを忘れたことはなかったというのに。ずっとだ。十年以上もの間、お前を探していた」

「じゅ、十年？　え？　え？」

ますます分からなくなる。シルヴィはアーサーと会ったことなど一度もない。

それなのに会ったことがあると、忘れてしまったのかと責めてくる彼が分からなかった。

「あ、あの……すみません。私の方にそういった記憶はなくて。そ、そうだ。人違いということは……」

「あるわけがない。私がお前を間違えるものか」

「……あ、はい。すみません」

睨むように否定され、反射的に謝ってしまった。

しかし――とシルヴィは首を傾げる。実に不思議な話だが、出会ってからずっと『あなた』とシルヴィのことを呼んでいたアーサーが、急に『お前』と呼び変えてから、妙に既視感というか、懐かしさのようなものを感じ始めていたのだ。

（なんか、この話し方……知っているような……でも、私に王子なんて知り合いはいないし……）

「シルヴィ……」

「えっと、あの……」

距離を詰めようとしてくるアーサーに、腰が引ける。頼むから考える時間が欲しかった。

泣きそうな気持ちになっていると、邪魔をするように声が掛かる。

「――アーサー・フェリクス・ストライドだな？」

「っ⁉」

明らかな悪意を感じさせる声の響きに、シルヴィはハッと声のした方向に顔を向けた。

背の高いひまわりが周りにあって気づけなかったのだろう。いつの間にか、シルヴィとアーサーは怪しげな男たちに囲まれていた。皆、総じてつぎはぎだらけのみすぼらしい服を着ているが、手に持っているナイフだけは研ぎ澄まされている。全員男だが、少年のような風体の者から老人まで、年の頃は様々だ。

数は、ざっと十人。

シルヴィが顔色を変える。その彼女を庇《かば》うように、アーサーが立った。

「……暗殺者か。王太子である私を狙《ねら》うとは、一体誰の命令だ。よもや協定を結んでいる組織ではないだろうな」

「……さあ。俺《おれ》たちはただ、依頼を遂行するだけだ」

「……ふむ。さしずめ私を王太子としていることに不服を持っている者辺りか。しかし、逢瀬《おうせ》の最中に襲撃とは、無粋だな。……警備はどうした」

「死んでいくお前に教える必要はない」

ニタリと笑う男の顔を見て、察したのだろう。アーサーが舌打ちした。

「なるほど。片付けたか。ディードリッヒが選んだ者たちだ。実力に不足はないと思ったが、これは考え直さねばならないな」

暗殺者とやりとりするアーサーの口調は堂々としたもので怯《おび》えなどは一切見られない。だが、今日のアーサーは、王子だということを意識した格好だったからか、帯剣してはいなかった。それに気づき、シルヴィはあっと息を呑《の》む。

「アーサー様……剣……が」

普段の騎士に扮《ふん》している格好なら帯剣していたのに。武器を持たないアーサーを見て、シルヴィは今度は違う意味で顔色を変えた。

(どうしよう、武器がない！)

ついでに嫌なことまで気づいてしまった。

昨夜、暗殺者ジェミニがわざわざ王城まで忍び込んでいたという事実を。

ジェミニ――ジェミは仕事の下調べに来たと言っていた。

まさかとは思うが、それが今日のこれに繋《つな》がってはいないだろうか。

暗殺者の面々を確認する。一見したところジェミらしき男はいない。

だが、油断はできないと思った。

シルヴィはぐっと唇を噛《か》みしめ、自分を庇う人の背中を見た。

（アーサーは、私が、殺させない）

アーサーが倒れるところなど絶対に見たくない。それが、彼女の中にあった自然な気持ち。

自分の目の前でアーサーを殺させるなど、させるものか。

それはもちろんアーサーが好きな人だからというのもあるし、国に一人しかいない王太子を自分の目の前で死なせるわけにはいかないという、この国で育ってきた貴族としての矜持《きょうじ》でもあった。

色々な気持ちに後押しされ、シルヴィは声を震わせながらも言った。

「……アーサー様、下がっていて下さい」

「シルヴィ？」

今まで庇ってくれていた人の、更に前に立つ。男の数は……やはり十人。少々厳しいかもしれないが、やってやれないことはないはずだ。

だってシルヴィには魔術がある。師匠から授かった、身を守るための攻撃手段が彼女にはあるのだ。

「アーサー様は、丸腰です。ですから、私が、戦います。大丈夫です。私、実は魔術が使えるんです。だから――」

「そうではない」

平気だとそう言おうとした言葉はアーサーに遮られた。そうして、再度その背中に庇われてしまう。

「魔術を使えるとか、そういう問題ではないのだ。私が、好きな女に庇われて平然としているような男だとでも思うのか。シルヴィ、私の前に出るな。お前一人くらい、守ってみせる。大丈夫だ。何も心配しなくていい」

「で、でも……アーサー様、武器が……」

丸腰では戦えない。そう思ったのだが、振り返ったアーサーは当たり前のように言った。

「お前と同じだ。剣が使えなければ、魔術を使えばいいだけのことだろう。……私たちの師匠から教わった魔術があれば、このような暗殺者程度、物の数ではない。それはお前もよく知っているだろう？」

「っ！」

アーサーが言った台詞に、愕然《がくぜん》とする。

今、アーサーは何と言った。

『私たちの師匠』とそう言わなかったか。

シルヴィの師匠は、たった一人だけ。そして、その師匠に同じく師事していたのは、彼女の兄弟子だけなのだ。

最初はいがみ合っていたが、ある時を境に友人となった少年。

黒い瞳とくすんだ銀色の髪が綺麗《きれい》な、将来がとても楽しみな美貌を誇る年上の兄弟子。

いつか迎えに来るからと言って、それ以来姿を見ていない友人フェリクスとアーサーの姿が一瞬重なったような気がし、シルヴィは目を瞬かせた。

（えっ……嘘っ!?）

そんな場合ではないというのに、まじまじと振り返ったアーサーを凝視してしまう。

その瞳は、現国王と同じ美しいコーンフラワーブルー。くすんだというよりは、キラキラと輝く銀色の髪。あまりにもシルヴィの知る『フェリクス』の特徴とは異なる。

色彩だけで言えば、全くの別人。だけど、確かに言われてみれば、昔の面影があるような気もする。

「……フェリ……クス？」

「ようやく思い出したか、この馬鹿」

「え？　え？」

まさかの肯定が返ってきて、より一層混乱してしまう。だって、アーサーが昔の友人フェリクスだなんて思いもしなかったのだ。

「嘘……本物？　でも、だって……」

「説明は後だ。今はこいつらを先に片付ける」

「あっ……」

「契約者アーサーの名において命ずる。——風よ。切り裂け」

ぶわりとアーサーから風が立ち上る。風は鋭い牙《きば》となり、暗殺者たちを容赦なく切り裂いた。まるで鎌鼬《かまいたち》のようだ。

呆然《ぼうぜん》としていたシルヴィも慌てて魔術を行使する。何を言われようが、アーサーだけに戦わせるつもりはなかった。

「契約者シルヴィアの名において命ずる。——捕縛」

周りはひまわり畑。それを利用しての魔術だった。対象を捕まえる初歩的な術だ。だけど、こういう場では効力を発揮する。

周囲のひまわりが一斉に枝葉を伸ばし、風に切り裂かれた暗殺者たちに絡みついていく。ひまわりの枝葉は、アーサーの攻撃でダメージを負った暗殺者たちの四肢をあっという間に縛り上げてしまった。予想外の攻撃に、咄嗟《とっさ》に反応できなかった暗殺者たちの襲撃は呆気《あっけ》ないほど簡単に終了した。

縛り上げられた男たちを眺め、アーサーが不審げな顔をする。

「弱いな。護衛を片付けたと言うから、もっと手応《てごた》えがあるものと思っていたが……こんなものか？」

「そう……ですよね」

いくらなんでも、こんなに簡単にいくはずがない。アーサーの実戦経験は知らないが、魔術を実践で殆《ほとん》ど使わないシルヴィでも問題なかった。あり得ない。普通ならもっと苦戦するはずだ。どういうことかと二人で首を傾げていると、アーサーを呼ぶ声がした。

「殿下！」「殿下！」

「……お前たち、生きていたのか」

焦った様子でアーサーの元に走ってきたのは護衛の兵士たちだった。彼らはひまわりに捕らえられている暗殺者たちを見て驚いた顔をしつつもその場に膝《ひざ》をついた。

「も、申し訳ありません。何故か全員、いつの間にか眠っており、気づくのが遅れてしまいました。処分はいかようにもお受けします」

「眠っていた？」

「は、はい。突然眠気が襲い、先ほど目が覚めたのです。何が起こったのかさっぱりで……」

困惑しながらも正直に告げる兵士たちに、アーサーは言った。

「可能性としては、薬か魔術が妥当だな。しかし、よく無事だったものだ。殺されていても不思議ではないと思っていたのだが……」

「はい。我々もそう思いました」

「殺す気はなかったということか。暗殺者まで雇っておいて妙な話だな。私たちを襲った者たちもあまり技量のあるものとも思えなかったし。本気で私を狙うのなら、もっと手練《てだ》れを送り込んでくるはずだろう」

アーサーの言うことは尤《もっと》もだった。

王太子を狙うつもりなら、それこそジェミニレベルの一流どころを連れてくるべきなのだ。だけど、やってきたのは下っ端もいいところ。

「金のない貴族に雇われたのか？　それとも私たちを油断させようとしているのか？」

考え込むアーサーに護衛の兵士は言った。

「殿下にお心当たりは？」

「ありすぎて困っているところだ。私を狙う輩《やから》などいくらでもいるからな。王太子など因果な商売だ」

仕方ない、と頷き、アーサーは言った。

「お前たちは眠っていたと言っていたが、亡くなった者や怪我《けが》をした者はいないのか？」

「おりません。全員無事です」

「そうか、それは何よりだ。よし、お前たち、こいつらを連れていけ。その辺りの事情を含めて全《すべ》て吐かせろ。……私はシルヴィと少し話がある」

「はい！」

アーサーの指示に頭を下げ、兵士達が暗殺者たちを連れていく。それをシルヴィは何も言わず見送った。

「待たせたな、シルヴィ。……大丈夫か？」

「え？　は、はい」

突然の戦闘に怯えたと思われたのか、アーサーが心配そうに聞いてきた。

「いくら戦えるとはいえ、女性に今の戦闘は辛かっただろう。怖い思いをさせて悪かった」

「い、いえ……それは平気です」

別に強がったわけではない。魔術を使いはしたが、命を奪い合うような戦いにならなかったこともあり、特別ショックを受けたとかそういうことはなかった。

そうではなく、アーサーの正体の方に、まだ衝撃を受けていたのだ。

シルヴィの表情を見て、アーサーが苦笑しつつ、丘の上を振り仰ぐ。

「向こうでなら座って話ができる。場所を変えよう」

「は……はい」

その方が落ち着けるから、シルヴィとしても異存はなかった。

大人《おとな》しく彼の後をついていくと、しばらくしてアーサーが背を向けたままシルヴィに言った。

「……質問があるのなら受け付ける」

「質問……ですか」

いきなり言われても困るというのが本音だった。

情報量が多すぎて、処理できていないのだ。

ゲームキャラだと思い、必死で避けていたアーサーが、まさかの幼馴染《おさななじ》みだったとか。

正直、シルヴィの頭は大混乱を起こしていた。それでもなんとか言葉を紡ぐ。

「……あなたは、私の知っているフェリクス……で間違っていないのですよね？」

何を尋ねれば良いのか。必死で考えてとりあえず出たのがこれだった。

シルヴィの質問にアーサーは振り返り、真顔で頷く。

「そうだ。メルヴィン師匠の家で共に過ごした期間は短かったが……あの家にいたフェリクスが私で間違いない」

「で、でも！　か、髪の色も目の色もあの頃のフェリクスと全然違う……！」

幼馴染みのフェリクスのことは今までにも何度か思い出していた。それでも、フェリクスとアーサーを結びつけなかったのは、記憶にある彼の色彩が今のアーサーと全く違っていたからだ。フェリクスの髪はもっとくすんだ銀色だったし、目は黒かった。別人だと考えるのが普通だと思う。

シルヴィの思考が分かったのか、アーサーが少し苦い顔をしながら言う。

「……髪も目も、この色になったのは立太子後だ。……医師に聞いたのだが、目や髪の色が変わることは決して珍しいことではないらしい」

「そう……なの……です、か」

それは、彼のためにも良かったと思う。

フェリクスは、自分の父親と色合いが似ていないことを酷く気にしていた。周囲に、父の子ではないのかと責められ、かなり悩んでいたのだ。

父の子――つまりは国王の本当の子供かどうか疑われていたということで……彼に掛かっていた重圧はどれほどのものだったのだろう。それが解消できたのは喜ばしいことだと心から思う。

「その……良かった、ですね。色が変わって……」

「変わったら変わったで、皆の態度が豹変《ひょうへん》してうんざりしたがな。舌の根も乾かぬうちに、殿下、殿下と持ち上げ始めて、色目を使って、人間不信にもなろうというものだ」

（それは……確かにそんな風にもなるかも）

今まで不貞の子だと蔑《さげす》んでいたくせに、今度は真逆の態度。信用なんてできるはずがない。なかなか人前に出ないのも『以前は王子だとも思わなかったくせに』との思いがあるからなのかもしれない。

アーサーの背景を思い、切ない気持ちになっていたのだが、彼はばっさりと言った。

「それはどうでもいい。ただ、私はすぐにお前だと気づいたというのに、少し髪と目の色が変わったくらいで、お前は全く私だと分からなかったな。あれには傷ついたぞ」

「す、すみません……」

理由は分かっている。ゲームの攻略キャラだと思い、それ以外の可能性を全く考慮しなかったからだ。

アーサーはシルヴィにとって避けるべき攻略対象。その認識だけで動いていた。知り合いかもだなんて考えもしなかった。だけど、よくよく見れば、アーサーの顔の作りは殆ど変わっていない。気づいてもいいはず……いや、子供と大人《おとな》では印象が全く違う。気づかなくても仕方ないではないか。

気まずい気持ちを何とか誤魔化したかったシルヴィはついボソボソと恨みがましく言ってしまった。

「で、でも……私だと気づいていらっしゃったのなら、一言そうとおっしゃっていただければ済むだけの話なのに……黙っているなんて意地が悪いです」

「無理に敬語を使わなくてもいいぞ。昔と同じ話し方で構わない」

アーサーが友人のフェリクスだと認識したことで、逆に敬語で話しにくくなってしまった。それをアーサーには気取られてしまったらしい。

「さすがに……それは……」

相手は王族。許されない。そう思ったのだが、アーサーは言った。

「あれから十年以上経《た》ったとはいえ、私たちは友人のままだろう？　そういう線引きはして欲しくないな」

「う……わ、分かった」

そういう言い方はずるいと思ったが、今は話し方で揉《も》めるよりも聞きたいことが山ほどある。そちらを優先したかったシルヴィは不承不承《ふしょうぶしょう》ながらも判断した。

「じゃあ教えてよ。……どうして教えてくれなかったの？　一言、『フェリクスだ』と言ってくれれば終わった話だったのに。私だってきっと思い出したと思うわ」

もう一度同じ質問をする。これだけはどうしても教えて欲しかった。

だって、初めて会った時、正直に教えてくれれば『ゲームキャラ』だと身構えずに済んだのだ。

シルヴィとしては文句の一つも言いたかったところだったのだが、何故かアーサーには睨まれてしまった。

「当たり前だろう。友人だった時、私はすでにお前のことが好きだった。だが、お前はそうではなかった。再会した時すぐに名乗ったところで、お前は昔の友人に会えた、くらいにしか思わなかったはずだ」

「それは……」

言葉に詰まる。

だけど確かにそうかもしれない。

友人のフェリクスとはまあ色々あったが、十年以上前だということもあり恋愛感情なんて抱こうとすら思わなかった。また、友人になる前には結構酷いことも言われたし喧嘩《けんか》もしたので、再会しても恋心を持ったかどうかは……微妙なところだ。

「気づかれたのなら受け入れるしかないと思っていたが、お前は全く気づかなかったしな。それなら、今の私を知って欲しいと思い黙っていることに決めた」

「今のフェリクスって……」

「アーサー、だ。呼び捨てでいい」

「……」

訂正が入った。アーサーがシルヴィを責めるような目で見つめてくる。

「シルヴィ」

「ああもう、分かったわよ！」

見えない圧力に屈服し、シルヴィは投げやりな気持ちになりつつ言った。

「じゃあ、言い直すわ。今のアーサーを知って欲しいって、昨日までのあの敬語キャラのこと？　今のあなたとは全く違うと思うんだけど」

シルヴィはゲームだと思っていたので、敬語キャラに不審は抱かなかったが、知り合いだったとなると話は別だ。どうしてあのキャラでと聞くと、アーサーはムスッとした顔をした。

「……この話し方だと、お前に正体が発覚する可能性が高まるだろう。お前といる時、私はずっとこんな話し方だったし。せっかくお前が気づいていないのに、自分から気づかせるような真似《まね》をするものか。……一から私を見て……そして私を好きになって欲しかったのだ」

「……」

開いた口が塞《ふさ》がらない。だが、アーサーの表情は真剣で、嘘を言っているようには見えなかった。

「じゃ、じゃあ、昨日、いきなり口調を戻したのは？」

「それをお前は本気で聞いているのか？」

「えっ……」

突然真顔で詰め寄られ、シルヴィは慌てて後ろに下がった。そんな彼女の手をアーサーは捕まえる。

掴《つか》まれた場所が酷く熱く感じ、シルヴィは戸惑った。

「もう忘れたのか。誰かに奪われるくらいなら、私は私であることを晒《さら》すと言っただろう。――愛しているとも告げたはずだ。それをどうしてなかったことにする」

「……」

「シルヴィ。私は昔からお前だけが好きだ。私の妃《きさき》はお前だけと決めていた。だから――私の相手は最初からお前以外にあり得ない」

「わ、わた……し……」

アーサーの告白を聞き、頭の中が真っ白になっていく。

足下がグラグラして今にも倒れそうだ。

ゲームだから、そうあるべきだからアーサーはシルヴィのことを好きなのだと思っていた。

だから、それが悲しいから一緒にはいられない、告白を受け入れられないと思っていた。

それなのに聞かされた真実は、十年以上も昔からシルヴィのことが好きだったという、あまりにも一途な想いで。

「あ……あ……」

顔が真っ赤になっていくのが自分でも分かった。

(待って……待ってよ……)

この瞬間、昔の友人フェリクスが、今のアーサーに確かに重なった。

フェリクスのことは、友人だとは思っていたが恋愛感情はなかった。だけど、今、シルヴィはアーサーに恋をしている。

それこそアーサーがはかった通り、フェリクスだと気づかないまま彼に恋心を抱いてしまったのだ。

（え……じゃあ、アーサーは私がヒロインだから好きになったんじゃないの？）

大昔、それこそゲームとは何も関係ないところから、彼の気持ちが来ていたのだと知り、シルヴィは泣きそうになった。

「お前のことが好きだ。どうしたって手放せないくらいに。浮気なんてしない。十年以上、お前だけが好きだったんだ。これからもお前だけを愛し続けると誓う。だから、観念して結婚して欲しい」

「えっ……い、いや、それは……」

「駄目か？」

「うっ……」

じっと目を覗《のぞ》き込まれ、シルヴィは思いきり仰け反った。

昔のフェリクスは子供だったこともあり何とも思わなかったが、成長した彼は今やシルヴィの好みど真ん中の容姿をしているのだ。そんな彼に真摯に見つめられ、ときめかない方がおかしい。

ましてやシルヴィは、アーサーに惚《ほ》れているのだから。

（うわーん！　やっぱりアーサー格好良い！　もう！　もう！　どうしたらいいの！）

昔の友人が、最推しになって求婚してくるなど誰が想像するというのだろう。

しかもシルヴィはうっかり彼に惚れてしまった。

更にはゲームだから惚れられたのではないという事実に気づいてしまえば、その好意を突っぱねるのにも限界があった。

「すまない。少し休憩するか。座って話そうと言ったのに悪かったな」

シルヴィが一杯一杯になってしまったことに気づいたのか、アーサーが提案してくれた。それにノロノロと頷くと、彼はシルヴィをすぐ近くにあった大きな岩に座らせた。ドレスが汚れないようにと上着を敷物代わりにさっと用意される。紳士としては当然の行為だったが、そんなことをされれば、今のシルヴィは簡単にときめいてしまう。

チョロすぎる自分がとても悲しい。

(ううう……落ち着いて……落ち着くのよ)

状況を整理しなくてはと思うが、なかなか上手《うま》くいかない。

アーサーが隣に座る。それだけでドキドキするのだから本当に性質《たち》が悪いとシルヴィは思った。

「……ねえ」

「なんだ？」

アーサーが何も言わないことに痺《しび》れを切らし、シルヴィは彼に話しかけた。

「一つ、聞きたいんだけど」

「いくらでも構わないぞ」

打てば響くように答えが返ってきて、シルヴィは目を瞬かせた。気を取り直し、口を開く。

ずっと気になっていたことがあったのだ。

「あのね。もしかしてなんだけど、媚薬《びやく》の時、助けてくれた薬師《くすし》って――」

「ああ、メルヴィン師匠だな」

「やっぱり……」

答えを聞き、シルヴィは溜息《ためいき》を吐いた。

レオンの策略で媚薬を飲んでしまった時、シルヴィはアーサーに助けてもらった。知り合いの薬師に解毒薬を調合してもらったと聞き、是非その薬師に直接お礼を言いたいと、今度アーサーに会ったら尋ねてみようと思っていたのだ。

（アーサーの正体が幼馴染みのフェリクスだったというのなら、薬師は間違いなく師匠だろうなとは思ったけど……）

まさか知らないうちに師匠に再会していたとは思わなかった。しかも媚薬に魘《うな》されている時にだなんて、情けなさすぎる。

「ううう……師匠に……お礼、言いに行かないと。でも、怒られるかな」

メルヴィンには平民街に近づくなと言われている。それを思い出し再度溜息を吐くと、アーサーが言った。

「一人で行くなという意味ではないのか？　礼を言いたいのなら、私が一緒に行ってやるが」

「……いいの？　迷惑じゃない？」

「迷惑なものか。それに師匠の家なら時折訪ねている。何も問題はない」

「そう……ありがとう。助かる」

アーサーがついてきてくれるのなら、メルヴィンも文句は言わないだろう。

ホッとしつつシルヴィは聞いた。

「……ねえ。師匠、元気にしていた？」

「ああ、相変わらずだ」

「懐かしいなあ……」

昔あった色々なことが思い出される。二人の話題は自然と、その頃の話へと移っていった。

アーサーがシルヴィの髪飾りを見つめながら言う。

「正直に言えば、最初は分からなかったんだ。だが、その髪飾りを見て、お前だと気づいた。……欠けた髪飾り。それは私がやったことだ。忘れるはずがない」

「ああ……」

シルヴィはそっと自らの髪飾りに手を触れた。

彼女の髪飾りは、フェリクスと昔喧嘩した時に彼に壊されたのだ。後に彼はきちんと謝罪してくれたし、シルヴィも許しているので今は何とも思っていないが、髪飾りで思い出したというのは納得できる。

「それで最初に会った時、『新しいものをプレゼントする』なんて言い出したのね」

考えてみれば、初対面の時、アーサーは髪飾りについて言及した辺りから態度がガラリと変わった。

それをシルヴィは訝《いぶか》しく思っていたが、何のことはない。シルヴィだと気づき、自分のやったことを改めて突きつけられた気持ちになって新しいものをプレゼントしたいと言い出しただけだったのだ。

（なんだ……。別にヒロインだから急に惚れられた、とかじゃなかったのか。良かった……）

いきなり上がったように感じた好感度。どういうことなのかとずっと不信感を抱いていたが、きちんと理由があったらしい。

なんだかずっと入っていた力が抜けたような気がする。ほうと息を吐いていると、アーサーが「そうだ」と思い出したように言った。

「まだ伝えてはいないが、母上も、お前を見つけたことを知れば喜んでくれるだろう」

「え？」

「ん？」

どうしたと首を傾げるアーサーをシルヴィはまじまじと見つめた。

「……お母様？　……ええと、王妃様？」

「そうだが？」

（え？　え？　え？）

当たり前のように頷くアーサーに、シルヴィは驚倒しそうになった。

だって――。

（嘘⁉　王妃様、生きてるの？）

ものすごく失礼な話ではあるが、シルヴィが驚いた理由はここにあった。

何故なら、ゲームの隠し攻略キャラ『国王』の妻である王妃はすでに他界している設定だったからだ。

ゲームの国王エンドは『後妻になる』というものだし、そもそも王妃が生きているのなら『隠し攻略キャラ』という位置づけにはならない。

このゲームは、不倫ものではないのだ。全員独身。

（え、えーと……。あ、でも確かに王妃様が亡くなったって話、聞いたことない）

記憶を必死で掘り返す。

この国の王妃は、アーサーと同じで表にはあまり出てこない人だった。

それは人嫌いとかそういう理由ではなく、単純に身体が弱いから。

ゲームでは、アーサーが子供の頃に亡くなったという設定だったし、国王が隠し攻略キャラだと思い出したから、こちらでも王妃は亡くなっているものだとばかり思い込んでいたが、確かにそんな事実はどこにもなかった。

（私……最低。生きている人を死んでいると思い込むなんて……）

この世界はゲームなんかじゃない。自分が生きている現実の世界だと、痛いほど分かっていたはずなのに、やはりどこかでゲームだと思っていたのだろうか。

だとしたら、本当に最低だ。

（でも……王妃様が生きていて良かった）

それは別に攻略対象が減ったからという理由ではなく、アーサーや国王のために良かったと思ったのだ。

ゲームで国王は王妃のことを真実愛していたし、確かアーサーも母親が亡くなったことが心の傷になっていた。それがなくて済んだのなら、と思ったところで気がついた。

（あれ？　アーサーの母親の死因って確か……）

姦通《かんつう》の疑いを掛けられ、病弱な王妃は心を病み、失意のまま亡くなった……とかいう話だったはず。

実際は、そんな罪はなかったと国王の攻略ルートで、国王自身が後悔と共に証言するのだが、初めてこのルートに行った時は、これは酷いとシルヴィも憤っていた。

（ん？　ん？）

そういえば、と思う。

フェリクスとメルヴィンの家に一緒にいた頃、彼と喧嘩をしたことがある。

その原因は、自分が父親の本当の子供ではないかもしれないと悩んでいたフェリクスが、母親を嘘吐きだと罵倒《ばとう》したことに起因する。

母親は不義などしていないと主張したらしいのだが、息子であるフェリクスは信じなかったのだ。

それをシルヴィは「自分の母親すら信じられない器の狭い男だ」と怒鳴った。

結果、怒り狂ったフェリクスに髪飾りを壊されるという事件が起こったのだが……その後、自らの行いを省《かえり》みたフェリクスは母親と和解し、シルヴィにも謝りに来てくれた。故に友人になるという話になり、現在に至っているのだが……。

（あれ？　もしかして、アーサーが母親と和解できたから、王妃様死ななかったのかな？）

息子が自分を信じてくれたことにより、心に掛かる負荷が減り、王妃は死のフラグを折ることができたのかもしれない。

もしそうだとしたら、幼い頃の自分、グッジョブと言いたい。

（うわあ……。本当に、ゲームとか言ってるのが馬鹿みたい……。全然違うじゃない）

王妃が生きていることもそうだし、昔にアーサーと会っていたこともそう。最初から違っているのだから、出会いイベントが起こらなかったのもある意味当然なのだ。

——始まる前に、ゲームは終わっていたのだから。

そもそもゲームはスタートする条件を満たせていなかった。多分、そういうこと。

「そっか……」

ホッとしすぎて脱力する。ゲームが始まっていなくて良かったと、心底思った。

「シルヴィ？」

隣に座ったアーサーがシルヴィの顔を覗き込んでくる。美しい青い瞳に一瞬にして囚《とら》われたシルヴィは顔を赤くした。

「な、何でもない……」

動揺し、声が震えてしまった。

だってシルヴィはもう気づいている。気づいてしまっている。

アーサーが、ゲームとは全く関係ないところでシルヴィのことを好きになってくれたのだということに。

そしてそれを、彼女は今、とても嬉しいと感じているのだ。

「わ、私……あの……」

何を言えばいいのか分からない。さっきまでとは別の意味で混乱するシルヴィに、アーサーはニヤリと笑った。

「ああ、なるほど。そういうことか」

「？　そういうことって？」

アーサーが何を言いたいのか分からず、シルヴィは小首を傾げた。そんな彼女に、アーサーはあっさりと告げる。

「……お前、私のことが好きなのだろう？」

「はあ⁉」

声が裏返った。告げられた言葉に、何と反応すればいいのか分からない。

混乱するシルヴィにアーサーはとどめを刺すように言った。

「先ほどまでは、確証は持てなかった。嫌われていないのだろう程度だと思っていた。だが、今は違う。お前、私が『フェリクス』だと知ってから明らかに態度が変わったぞ。気づいているのか？」

「っ‼」

指摘され、シルヴィは大きく目を見開いた。

アーサーが言っていることは当たっている。

友人のフェリクスがアーサーだと知り、彼の気持ちがゲームから来たものでないことを理解してから、ドキドキが収まらないのだ。

だけど、それを悟られてしまうなんて。

シルヴィは顔を赤くしたまま必死で言った。

「ち、違う！　わ、私、アーサーのことなんて好きじゃない！」

「ほう？」

「わ、私は！」

顔が信じられないくらい熱を持っている。

泣きそうになりながらもアーサーを睨みつけると、彼は酷く楽しそうに笑っていた。

「そうか。私のことは好きではないのだな？」

「そ、そうよ！　わ、私はあなたのことなんて……」

——嘘だ。本当は、好きで好きでたまらない。

彼を好きかもと気づいてから、ずっと気持ちを押し殺してきた。諦めなければ不幸になるだけだと、離れようと頑張った。

だけどそれはなかなか上手くいかない。

焦れて焦れて、どうしようもなくて。なのに急に諦める必要がないのだと分かり、抑えていた恋心がシルヴィの中で爆発していたのだ。

(でも、好きなんて素直に言えない)

それを言うには色々とありすぎた。すっかり意固地になっているシルヴィが、今更素直になんてなれるはずがない。

こんな時、ゲームのヒロインならどうしただろうか。

馬鹿だとは思うが、ふと、考えてしまう。

ゲームでは確か、相手から告白されると選択肢が出た。選択肢は二つで、

・受け入れる
・受け入れない

このどちらかをプレイヤーは選び、『受け入れる』を選ぶと恋人になれるのだ。

（……ううう。ゲームは簡単で良かったなあ）

ヒロインだって、「私も好きです」とあっさり言い、告白されたキャラとすぐに恋人になっていた。

だけどシルヴィにはそんなことできっこない。だって彼女は、ゲームのキャラではないのだから。

ゲームヒロインとは違い素直ではないシルヴィには顔を真っ赤にしながらも、「好きじゃない」と言い続けるしかできなかった。

（こんな可愛《かわい》げのないことしたくないのに）

情けなくて涙が迫《せま》り上がってくる。それを必死で堪《こら》えながらもアーサーを睨み続けていると、彼は突然ぷっと噴き出した。そうして何がおかしいのか肩を揺らして笑い始める。

正直に言って、ものすごく感じ悪い。

「な、何よ……いきなり笑い出して」

「いや、何でもない。――お前は、実に分かりやすいなと思ってな。いや、分かりやすくなったのか？」

「どういうこと？」

意味が分からない。シルヴィが眉を寄せると、アーサーは笑いを堪えながら言った。

「やはり、今まではずいぶんと猫を被《かぶ》っていたのだな。今のお前は、昔会った時のお前そのままだ。お転婆で、強気で、感情が全部表に出て……私が王族だと分かっていてもそうやって睨みつけてくる」

「そ、それは、あなたがそうしろって言うからじゃない！」

敬語にするな、名前を呼べと命令したのはそもそもアーサーではないか。

理不尽な言葉に頰《ほお》を膨らませると、アーサーはひとしきり笑い、シルヴィに言った。

「シルヴィ。——キスしてもいいか？」

「へ？」

急に真顔で告げてきたアーサーについていけない。だが、その言葉の意味を理解し、彼女は動揺で顔を真っ赤にした。

「だ、駄目に決まってるでしょう！　なんでいきなり！」

それに対し、アーサーは実に冷静だった。

「私がシルヴィのことが好きで、シルヴィも私のことが好きだからだ。何かおかしなことを言ったか？」

「!!」

当たり前のように返され、シルヴィは絶句した。

何も言えないシルヴィの頬にアーサーは手を伸ばしてくる。

「分かりやすいと言っただろう。今のお前は全部感情が顔に出ている。こんなに顔を真っ赤にして、瞳《ひとみ》を潤ませて、私を意識しているのが丸分かりだ。——もう一度聞くぞ？　キスしても構わないな？」

「だ、駄目……」

何故か頬に触れる手を払いのけることができない。声が勝手に震える。それでも何とか拒否の言葉を紡ぐと、アーサーは小さく笑った。

「本当に？」

「……」

シルヴィの言うことなんて、全く信じてない響き。

アーサーの顔がどんどん近づいてくる。それを止めなくてはいけないのに、シルヴィはまるで金縛りにでもあったかのように動けなかった。それどころか、誘うように瞳を閉じてしまう。

自分でも、どうしてそうしたのか分からなかった。

「……んっ」

柔らかな熱が唇に触れた瞬間、シルヴィは心が歓喜で震えたような気がした。

口づけられたのはほんの短い時間。だけどそれをシルヴィは永遠のように感じていた。

アーサーが唇を離し、至近距離で甘やかな笑みを浮かべる。凪《な》いだ海のような青い瞳が彼女をじっと見つめていた。

その目が優しく細められる。

「――ほら、やっぱり。お前の顔が、私を好きだと言っている」

「っ！　き、気のせいだから！」

一瞬で全身が沸騰《ふっとう》したような気がした。咄嗟に両手でアーサーの胸を押し、彼から距離を取る。

今、自分が何をしたのか全く理解できなかった。

（わ、私、自分から目を瞑《つむ》った？）

受けた口づけは甘美で、泣きそうなほどに幸せだった。

好きな人に触れられたことにシルヴィの全部が喜んでいたのだ。

そのことに気づいてしまえば、もう引き返せない。

「私、私……」

口元を押さえる。混乱の最中《さなか》にあるシルヴィにアーサーは言った。

「――愛している、シルヴィ。私はお前と生涯《しょうがい》を共に在《あ》りたいと思っている。お前は、私のことをどう思ってくれているのだ？」

「私……は……」

答えを求められ、シルヴィは視線を彷徨《さまよ》わせた。

どう言えばいいのか。何が正解なのか、全く分からなかったのだ。

「シルヴィ」

答えを出せず、戸惑うシルヴィをアーサーが呼ぶ。彼に視線を向けると、アーサーは焦がれるような瞳でじっと彼女を見つめていた。

その目を見て、シルヴィはどうしようもなく嬉しいと感じてしまった。

(ああ……)

駄目だ。落とされた。

もう、アーサーから逃げたいと思えない。逃げたくない。

真実、シルヴィのことを愛してくれているのなら、その思いに応えたいと思った。

(……一回だけ)

素直になんてなれない。やっぱりすごく恥ずかしい。だけど、一回くらいは頑張れないだろうか。

一言だけ。一言告げるだけだから。

シルヴィは震えながらも言葉を紡いだ。

「……好き」

「え?」

か細い声は、正しくアーサーに届いたようだった。

アーサーの顔が徐々に喜びに輝いていく。彼の両手が伸び、思いきり抱きしめられた。

「シルヴィ!」

「きゃ! ちょっと! 痛い、痛いってば!」

力が入りすぎた熱烈な抱擁に、当たり前だが文句が口を衝《つ》いて出た。

「わ、悪い」

アーサーはすぐに力を緩め、今度は壊れ物を抱き締めるかのようにそっとシルヴィを己の腕の中に囲い込んだ。

「ようやく……言ってくれたな」

どう答えれば良いのか。恥ずかしくて目線を逸らすシルヴィをアーサーは愛《いと》しげな瞳で見つめながら言った。

「私のものだ。シルヴィ。ずっと探していた。お前だけをずっと……」

泣きそうな声から確かに喜びの感情が伝わってくる。抱き締めた腕は微《かす》かに震えており、出した声も掠《かす》れていた。

その全てにアーサーの本気を感じたシルヴィは、ある意味諦めにも似た気持ちで、静かにその背に自らの両手を回した。

シルヴィの動きに気づいたアーサーが、嬉しそうに口元を綻《ほころ》ばせる。

「シルヴィ……」

「あっ……」

顔が近づいたと思った瞬間、唇が重ねられた。

予告なく行われた口づけだったが、シルヴィはそれを大人しく受け入れた。唇を触れ合わせたところから熱がじわじわと伝わってくる。唇を押しつける強さが少しずつ強くなっていく口づけは、まるで激情をぶつけられているような気がした。それに耐えきれなくなったシルヴィは無意識に口を開く。

途端、アーサーの舌がぬるりと口内に忍び入ってきた。

「んんっ……」

口内に侵入した舌は、シルヴィの舌に絡みつく。

舌を入れるキスは二度目だったが、シルヴィはそれを素直に受け入れた。

やはり嫌だとは思わない。それどころか心地よくて、頭がぼうっとしてしまう。

（アーサーとのキス……前の時より気持ち良い……）

互いの気持ちがきちんと伴った口づけだからだろう。唾液《だえき》を流し込まれたが、それは甘露のように感じられ、シルヴィは積極的に飲み干した。貪《むさぼ》るような乱暴なキスだったが、それがかえって心地よく思えてしまう。

「んっ……ふぅっ……」

最後に舌を甘く吸われ、名残惜《なごり》しげに唇が離れていった。頭の中は真っ白で、碌《ろく》に思考も働かない。目を潤ませるシルヴィを見て、アーサーがほうと満足そうに息を吐く。彼の目も潤み、熱を孕んでいた。

「可愛いな……このまま押し倒して、全部奪ってしまいたいくらいだ」

「っ！　な、何言ってるの！」

熱に浮かされたような言葉を聞き、シルヴィはハッと我に返った。

慌ててアーサーの腕の中から逃げ出す。

駄目だ。流されてはいけない。でなければ、ここで処女を散らす羽目になってしまう。

アーサーとゲームをもう結びつけようと思ってはいないが、手を出す早さや絶倫というキャラとしての設定は無視してはいけないはずだ。

シルヴィは震撼《しんかん》しつつもアーサーから距離を取った。

(ア、アーサーならやる。キャラの中でもエロイベントが一番多いんだから。えと、お、丘の上でのRシーンとか……なかったよね?)

全てのエロイベントを網羅してやるぜ! なんて思っていたことなどすっかり忘れ、シルヴィは必死で記憶を漁《あさ》ったが、やがてその行動に意味がないことに気づいた。

(あ、そうか。ゲームと関係がなくなっているのなら、イベントを思い出しても意味ないよね。何やってるんだ、私)

そして新たな事実にも気づいた。

(ん!? ということは、ある意味どこにいても危険ってこと?)

アーサーが相手というのはつまりはそういうこと。発覚した事実に、シルヴィは眩暈《めまい》がするかと思った。

(は、はは……わ、私、いつまで処女を守れるんだろう……)

冗談抜きで、早々に失ってしまいそうだ。

アーサーの手を取ったことに後悔はないが、それでも頭を抱えたくなってしまう。

乾いた笑いを零《こぼ》していると、アーサーが不思議そうに首を傾げていた。

「私は本音しか言っていないぞ。十年以上、シルヴィを探し、そしてようやく手に入れたんだ。早く抱きたいと思っても仕方ないだろう?」

（うわあ……）

絶句である。やはりアーサーに『待て』はできなそうだ。

あまりに直接的に告げられ、シルヴィは焦りながらも叫んだ。

「わ、私は雰囲気とか、場所とか、そういうのをもっと大切にしたいの！　初めてなんだもの！　少しくらい夢を持ったっていいでしょう⁉　どこでも、とか絶対に嫌なんだから！　もっと！　ロマンチックに！」

（こんな場所では絶対に嫌！）

初めては、せめて寝室で。それだけは譲れない。

アーサーが絶倫なのも手が早いのも、彼の手を取ると決めたからには受け入れるつもりではあるが、初めてが外でなんてさすがに嫌だ。

（外でとか、特殊プレイはせめて慣れてから！　慣れてからでお願いします！）

アーサーがどうしてもと言うのならそこはもう目を瞑って頑張るから、最初の一回くらいは頼むから譲って欲しい。

わりと必死に訴えると、アーサーは真顔で言った。

「なるほど」

「え？」

なるほど？

それはどういう意味だろう。嫌な予感がするなあと思いながらシルヴィがおそるおそるアーサーを見つめると、彼は納得したように深く頷いていた。

「分かった。場所や雰囲気を考えれば、お前は私に抱かれてくれると言うのだな。それなら近いうち、お前が満足するような状況をセッティングしてやるから、待っていろ」

「は？」

ちょっとよく意味が分からなかった。

唖然《あぜん》とするシルヴィにアーサーが欲の滲《にじ》んだ視線を向けてくる。

「シルヴィ。——自分の発言には責任を持つことだな？」

「はあああ!?　待って！　ちょっと！　私はそういうつもりで言ったんじゃなくて！」

慌てて否定したが、アーサーは取り合わない。

「楽しみだな？」

「だから、違うって!!」

「ああ、それと」

「何よ!!」

まだあるのかとアーサーを睨みつけると、彼はシルヴィの左手を取り、ぐっと引っ張った。ころりとアーサーの胸の中に倒れ込み、再び抱き締められてしまう。

虚を衝かれた形となり、シルヴィが目をぱちくりしているとアーサーが言った。

「お前から好きだという言葉も聞けたことだし、今から私たちは恋人同士だ。あと、先ほども言ったとおり婚約指名は必ず行うから——覚悟しておけよ？」

「っ！」

最後に鋭い視線を投げかけられ、シルヴィはグッと言葉を呑み込んだ。

これは、逃げるなというアーサーからの宣戦布告《せんせんふこく》だと分かったからだ。

（……逃げないわよ。もう）

せっかく好きな人と、両想いになれたのだ。シルヴィだって、このままアーサーと幸せになりたい。

だから、視線は外さない。

「……婚約指名は断れないものだって、私でも知ってるわ。断ったら、お父様にも迷惑を掛けることになるのだもの。……不本意だけど、受けるわよ」

出た言葉は、どうにも可愛くないもの。

他にもっと言いようはなかったのかと自分に心底がっかりしていると、アーサーが言った。

「そうか。喜んで受けてくれるのだな」

「は？　誰がそんなこと言ったの？」

どうしてそうなるのか。意味不明だと眉を寄せると、アーサーは軽く笑った。

「言わなくても分かる。先ほども言っただろう。お前の顔に書いてある。——嬉しいとな」

「っ‼」

ツンと額を押され、シルヴィは咄嗟に両手で自らの顔を覆った。顔から火を噴きそうだ。自分の感情がダダ漏れだったのだと気づき、どうしようもなく恥ずかしかった。

「ううう……」

言い返しようもなく呻《うめ》いていると、アーサーがじっと彼女を見つめてくる。

「な、何よ……」

「いや、好きだと思って見ていただけだ」

「っ！」

ピクリと肩が揺れる。

ある意味初めて言葉通り受け取ることのできたアーサーの『好き』という言葉は、どうしようもなくシルヴィの感情を揺さぶった。

（うう……悔しい。嬉しいって思ってしまう……）

アーサーの服の裾《すそ》をギュッと掴んでいたことにも気づかない。

そんなシルヴィを自らの腕の中に閉じ込めたアーサーは「だからお前は分かりやすくて、酷く可愛いと思うのだ」と今まで聞いたことのない甘い声で囁《ささや》くのだった。

第八章・素直になれない蜜月期

　話し合いを終え、二人は馬車へと戻ってきた。帰り道、シルヴィの隣に座ったアーサーは常時上機嫌で、シルヴィの腰を抱いて離さなかった。

「ちょっと……近すぎるってば。離してよ」

「何故《なぜ》だ。私たちは恋人同士になったのだ。これくらい構わないだろう」

「アーサーは構わなくても、私は構うの！」

　自分の方へと腰を引き寄せてくるアーサーに必死に逆らいながら拒絶すると、アーサーはきょとんとした顔をして、次にニヤリと意味ありげに笑った。

「ああ……そういえば、私の顔と声が好みだと言っていたな。その話か？」

「ぐっ……」

　こんなことになるのなら話すのではなかった。

　アーサーが幼馴染《おさななじ》みのフェリクスだと知っていれば、絶対に言わなかったのにと悔しく思いながらもシルヴィは渋々頷《うなず》いた。

「そ……そうよ。だから――」

「シルヴィ、私の側《そば》にいて欲しい。お前を手に入れたのだと実感したいのだ。――愛している」

「～～～！！」

（ずるい!!）

少し身をかがめ、アーサーがシルヴィの耳元で囁《ささや》く。わざと出された低めの声に、耳が犯されたかと思った。

真っ赤になって耳を押さえる。まだ声が耳の中で反響しているような気がした。

「ア、アーサー！　あ、あなた、今わざと……」

涙目で睨《にら》みつけると、アーサーはしれっと言った。

「存分に利用すると告げただろう。言葉通り実践しているだけだ」

「それ、酷《ひど》くない!?」

こちらが弱いと分かっているのに実行するなど、鬼の所業だ。シルヴィが文句を言うと、彼は声を上げて笑った。

その声が心底楽しそうで、気勢を削《そ》がれてしまう。

（うう……ううう……）

言い返せない自分が悔しい。

しかし、何とも情けない話だ。アーサーと恋人同士になってから、ずっと振り回されているような気さえする。

「シルヴィ」

「え？」

ぐるぐると考え込んでいると、アーサーが声を掛けてきた。パッと顔を上げると、彼は真っ直《す》ぐにシルヴィと目を合わせてきた。力強い視線に、ドキンと胸が高鳴る。

「もうすぐ、お前の屋敷に着く。その際、リーヴェルト侯爵に正式に話を通すが、構わないな？」

「あ……」

——正式に、という言葉を聞き、シルヴィは一瞬身体《からだ》を強《こわ》ばらせた。

アーサーは、単なる口約束ではなく、シルヴィを迎えるために準備をすると言っているのだ。それはもう後戻りができないという意味でもある。

(王太子妃……か)

王城に迎えられれば、色々なことが待っているのだろう。それを前までのシルヴィは、覚悟ができないと怯《おび》えていた。だけど今は違う。

(アーサーが、本心から私を望んでくれるなら、頑張れる)

再度自分の気持ちと向き合い、シルヴィはこっくりと首を縦に振った。

「……分かったわ」

「いいのか？　もっと……ごねると思っていたが」

意外だという顔を隠しもしないアーサーに、シルヴィは言った。

「……婚約指名を受け入れるって言ったでしょう。それなら、話だって通しておかないといけないじゃない。今更嫌だなんて言わないわよ」

(うう……もっと可愛《かわい》い言い方ができればいいのに)

これではまるで、幼い頃《ころ》フェリクスに対してしていた時のシルヴィの態度そのものだ。フェリクスがアーサーと知る前は、普通に接することができたのに、今はどうしたって素直になれない。

　こんな可愛くない態度では、アーサーも嫌な気分になるのではと心配になったが、彼は余裕そうに笑みを浮かべていた。

「な……何よ……」

「いや？　言い方を間違ったかもしれないと焦るお前も可愛いなと思って見ていただけだが？」

「だからなんで、心を読むのよ！」

「ん？」

　あまりに的を射た答えに、思わず声を上げてしまった。

「もう！　さっきから！　どうして！」

　子供が駄々を捏《こ》ねるような態度だったが、アーサーは咎《とが》めなかった。それどころかシルヴィの頭をそっと撫《な》でてくる。

「だからお前は分かりやすいと言っているだろう」

「そういう問題!?」

　カッと目を見開いたが、アーサーは平然としている。

「あとは……そうだな。私はお前が好きだからな。好きな女をつぶさに観察するのは当たり前だろう？　ちょっとした表情の変化でなんとなく分かる、といったところか……」

「ううう……アーサー、なんか昔と人が変わってない？」

　シルヴィへの好意をあまりにも素直に示すアーサーに、彼女の方が戸惑ってしまう。

昔の彼は、もっと捻《ひね》くれた子供だったと思うのに、この変化は何なのだろう。

アーサーが、シルヴィの髪飾りに触れる。

「私は、私の気持ちを正直に告げているだけだがな。だがあえて言うのなら……あの時、最後の別れとなった時、それから十年以上も会えなくなるとは思わなかったというところから来ているのかもしれない。お前とあっさり別れたことを酷く後悔したし、もしお前が、すでに他《ほか》の誰《だれ》かのものになっていたらと考えると、夜も眠れなかった。あの日々があるからこそ、私はお前に決して誤解されたくないと思うし、正体を晒《さら》したからには、正直でありたいと考えているのかもしれない」

「アーサー……」

「正体を隠し、本来の自分ではないキャラクターでお前に接するのは、お前に対して嘘《うそ》を吐《つ》いているような気にもなったが、今、正体を晒してもお前は私を好きになってはくれない。そう思ったから、あのままの態度を貫いた。とはいえ、クロードと一緒にいるところを見ただけで剥《は》がれるような脆《もろ》い擬態だったがな。現公爵であるクロードに対抗できるのは、王太子としての私だけ。お前を奪われるくらいならと、私も必死だったのだ」

騙《だま》すような真似《まね》をして悪かったと頭を下げられ、シルヴィは慌てて首を横に振った。

「べ、別に怒ってるわけじゃないし……」

そう言いながらもシルヴィはなるほどと思っていた。

ゲームの中で、アーサーが敬語なのは、己が王子だということを隠したいからだった。

現実のアーサーは、自分が幼馴染みの少年であることを見つかりたくなかったから敬語キャラになったということらしい。

結果は一緒だが、動機が違う。

それだけでも、ゲームのアーサーと現実のアーサーが別物だという証拠《しょうこ》を見せつけられた気分になり、シルヴィは小さく笑った。

(本当、馬鹿《ばか》みたい。ゲーム、ゲーム、ゲームって、ずっと振り回されて……アーサーは、何にも関係なかったのに)

ただ、シルヴィに、幼馴染みの少女に好かれたくて取った行動だっただけ。何も警戒する必要などなかったのだ。

「シルヴィ?」

なんだか妙におかしくて、クスクスと笑っていると、アーサーが不思議そうな声で呼びかけてきた。

「どうした? 何か私はおかしなことを言ったか?」

「……違うわ」

微笑《ほほえ》んだまま、シルヴィは言った。

「ただ、自分が馬鹿だったって気づいただけよ」

こんなにアーサーは一生懸命だったというのに、シルヴィはといえば、ゲームの設定だと恐《こわ》がり、逃げるだけだった。ちゃんと彼に向き合ったことなど本当は一度もなかったのだと、ようやく気がついた。

アーサーはいつだって、シルヴィを真っ直ぐに見ていてくれたというのに。

（私も、見習わなくちゃ……）

遅すぎるのかもしれないけれど、それでも改めないよりはずっといい。

シルヴィはアーサーに目を向け、まずは第一歩だと思いながら言った。

「私、ちゃんとあなたが好きよ。そりゃ、もちろん顔と声も好みだけど、それだけじゃなくて……私のことをきちんと見てくれるあなたのことを好きだと思っているわ」

「シルヴィ……！」

アーサーが目を丸くする。その表情が歓喜に変わり、彼は喜びのままシルヴィに手を伸ばしてきたが——彼女は無慈悲にもそれを払い落とした。

「駄目。ここは馬車の中なんだから、節度を持って。こ、恋人にはなったけど、私、こういうことには本当に慣れていないんだから」

「……シルヴィ。それは酷くないか？　せめて抱き締めるくらいは許してくれても」

「嫌」

「シルヴィ！」

アーサーが情けない声を上げる。心がぐらついたが、シルヴィは耐えた。

（……最初から厳しくしておかないと、きっとあっという間に爛《ただ》れた生活になっちゃう。処女なんて瞬く間になくしてしまうわ。少しでも遅らせなくちゃ……）

結婚初夜までアーサーが我慢してくれるとは思っていないが、それでもできるだけ先延ばしにしたい。すでにキスや胸を触られたり……あとは媚薬《びやく》のせいではあるが裸を見られたりしているが、それでも牽制《けんせい》するのとしないのでは違うはずだ。

せめて、婚約指名を受けて正式に婚約者になるまでは、処女を守りたい。

悲しすぎるくらい低い目標ではあるが、シルヴィは真剣だった。

そして――達成できる気もしなかった。

（ううん。頑張ろうというやる気が大切なのよ……！）

前向きなのか後ろ向きなのかよく分からないことを真面目《まじめ》に考えたシルヴィは、とりあえず馬車の中ではこれ以上アーサーに触れさせはしなかった。

◇◇◇

「ただいま帰りました」

「おお、シルヴィ！　どうだった？　アーサー殿下とのデートは楽しかったか⁉」

「……はい」

屋敷に戻ったシルヴィを出迎えたのは、ワクワクとした様子の父だった。父の後ろにずらりと並んだメイドや執事の中にはアリスもいる。

シルヴィが馬車を降りると、父は早速色々問いかけてきたが、アーサーの姿を見て、口を噤《つぐ》んだ。

「リーヴェルト侯爵、話がある。場所を移したいのだが構わないか」

「は、はいっ！」

直立不動《ちょくりつふどう》で返事をした父ではなく、シルヴィに目を向けたアーサーは、実に柔らかく微笑んだ。そうして衆目を集める中、優しい声で言う。

「シルヴィ。疲れただろう。今日はゆっくり休むといい。――また、連絡する」

「……はい、アーサー様。お待ちしています」

さすがに二人きりの時以外に、敬語抜きでは話せない。以前までの口調で頭を下げると、アーサーは自然な動作でシルヴィを引き寄せ、頭の上に口づけを落とした。

「ではな。離れるのは寂しいが、またすぐに会える。良い子で待っていろ」

「っ！」

ぞくんと背中が震えてしまうような甘い声で言われ、あからさまに反応してしまった。

アーサーはすっかり、シルヴィが自分のどの声に特に弱いのかを分かっているようだ。学習能力が高すぎて嫌になる。

（～～～！　だから!!　どうしてそういうことを!!）

皆が見ているこんな場所では文句も言えない。恨めしげにアーサーを睨むと、彼の目は明らかに笑っていた。どうやら、馬車の中で触れさせなかったことへの意趣返しらしい。

（もう！　もう！　アーサー格好良い！　悔しい！）

こちらは大人《おとな》しくしていないといけないというのに、アーサーはやりたい放題だなんてずるすぎる。

しかもそれがすごく格好良いのだから嫌になる。

アーサーと父が行ってしまったので、シルヴィはアリスを伴って自室へと戻った。部屋の中へ入り、鍵《かぎ》を閉めるとアリスが早速とばかりに尋ねてくる。

「ねえ、ねえ！　何があったの!?　あんたとアーサー、出発前とは全然雰囲気違ったじゃない！　まるで両想いの恋人同士みたいに見えたけど、一体どういうこと？　隠すなんて許さないわよ！　ほら！　今すぐ話して！」

「分かった！　分かったからちょっと待って……」

興奮気味に詰め寄ってくるアリスを何とか落ち着かせ、シルヴィは近くの一人掛けのソファに座った。アリスには相談にも乗ってもらっていることだし、黙っているのは良くないだろう。期待に顔を輝かせるアリスを見て溜息《ためいき》を吐きつつもさっきあったことを正直に話すと、彼女は嬉《うれ》しそうに手を打った。

「幼馴染みの少年が、アーサーだったの!?　やっぱり！　そうだと思った！」

くふふと嬉しそうに笑うアリス。アリスは以前より、「フェリクスがアーサーなのではないか？」と言っており、それに対してシルヴィは「あり得ない」と却下していたのだが、瓢箪《ひょうたん》から駒が出たとでも言おうか、真実になってしまった。

「……私も驚いたんだけどね。髪の色も目の色も変わっていたから、告白されても一瞬分からなくて。でも、話していて、アーサーが私の知っているフェリクスだって納得したの」

シルヴィの言葉にアリスはニヤニヤしながら頷いた。

「すっごいね。本当にあんた、十年以上前から無自覚にアーサーに恋愛フラグ立てていたんだ。ゲームが始まる前に、メイン攻略キャラを落とすとか、あんた、乙女《おとめ》ゲー極めてるね」

「……だからやめてって。アーサーは、ゲームのキャラなんかじゃないの。ゲームは始まりすらしなかったんだから」

そういう風に、アーサーのことを見て欲しくない。強い口調で窘《たしな》めると、アリスは肩を竦《すく》めながら言った。

「はいはい。悪かったわ。あんたの大事な恋人だものね。でも、出発前は、絶対に逃げてやる、なんて言っていたくせに、この変貌《へんぼう》ぶりにはびっくりだわ」

「う……」

それについては言い訳できない。シルヴィだって、最初は逃げようと頑張ったのだ。

だけど——。

「……昔からずっと私のことが好きだったって言ってくれたから……」

「ヒロインだから好かれているわけじゃないって納得できたからってことよね。ま、良かったんじゃない？　そこまで言われて、まだごねるようならさすがに私も見放したと思うもの」

「見放すって……」

さらりと言われ、目を見開くと彼女は手を腰に当て、小首を傾《かし》げた。

「そりゃそうでしょ。あんたが問題視していたのは、アーサーの気持ちが何に由来したものかということだけなんだから。あんたもアーサーのことが好きなんだし、解決したなら受け入れられるでしょう。できないなんて言ったら……面倒すぎて、いっそレオンの餌食《えじき》にでもしてやろうかしらって思うわよ」

「っ！　そうだ、レオン！　レオンはどうしてるの？　さっきは姿を見かけなかったけど……」

さらりと恐ろしい毒を吐くアリスに怯えつつも、シルヴィがレオンのことを尋ねると、アリスははっと鼻で笑った。

「あんたが旦那《だんな》様公認でアーサーと出かけたのがよほどショックだったみたいよ。あれから部屋に引きこもって出てこないの。これで本当に婚約するって聞いたら、どうするのかしらね？」

「……レオン」

複雑な気持ちで、シルヴィは弟の名を呟《つぶや》いた。とはいえ同情はしない。

弟としてならレオンのことは好きだが、異性——男としてなど見られないのだ。それにレオンにはすでに『媚薬』という前科がある。いくら姉だとしても、優しい言葉など掛けられないと思った。

「気に入らないと思っていた男が、よりによって『王太子』だったんだものね。そりゃあショックでしょうよ。しかも旦那様は、当たり前だけどものすごく乗り気。気が気でないでしょうね。……シルヴィ、あんた本当に気をつけなさいよ」

「……うん」

神妙な態度で頷く。

「ゲームじゃないんだもの。私がアーサーを選んだって、レオンのフラグは折れないのよね。私、今まで以上に気をつけるわ」

「そういうことね。ま、屋敷の中なら私も協力してあげるから」

「ありがとう」

アリスが助けてくれるなら、きっと何とかなるだろう。

ホッとしているとアリスが言った。

「まあ、私としては？　さっさとお城にでもなんでも行って、アーサーと同棲《どうせい》でもしてしまえば解決する問題だと思うんだけど？」

「ちょ……」

絶句すると、アリスはニヤニヤと笑った。

「だって、婚約指名を受け入れるって約束して、恋人になったんでしょう？　それならアーサーに守ってもらえばいいじゃない。きっと、ベッドの中まで守ってくれるわよ。まあ、あんたの貞操は保証できないけど。あっという間に奪われるに全財産賭《か》けるわ」

「アリス！」

何を言うのだと声を上げると、アリスはますますニヤニヤした。

「アーサーだもんねー。あーあ、ホンモノのアーサーがどんなプレイをするのか知りたかったなあ」

「言わないから！」

「分かってるって。冗談よ」

悲鳴のような声を出すと、アリスは今度はケラケラ笑った。それでようやくからかわれていたのだと気がつく。

「さすがの私も友人の濡《ぬ》れ場を教えろなんて言わないわよ。ゲームなんてもう言わないし、あんたがアーサーと幸せになってくれるんならそれでいい」

「アリス……」

「アーサーが、ちゃんとあんたを好きで良かったわね。ま、一途というか、溺愛執着《できあい》がアーサーの醍醐味《だいごみ》だから、あいつが浮気するとは思わないけど」

そこで話を区切り、アリスはしみじみと言った。

「一つだけ。脱処女したら教えてくれる？　プレイ内容まで教えろとは言わないから。あのアーサーがどこまで我慢できるものなのか、個人的にすごく興味があるのよね」

「……言わないわよ」

思わず脱力してしまった。

シルヴィが力なく答えると、アリスは「残念」と言いながら、とても良い顔をした。

「ま、そうでしょうね。それじゃ良いわ。どうせ、あのアーサーのことだもの。初夜が一回や二回で終わるわけないから、あんたを観察してたらすぐに分かると思うし」

シルヴィは目を丸くして否定した。

「……い、いや……ほら、ゲームじゃないんだからそんなことはないと……」

「本当に思うの？　私は絶対に大変な性生活が待っているに違いないと思うけど」

「……」

断言され、シルヴィは頰《ほお》を引きつらせた。

そんなことはないと言いたかったが、第三者に言われると、そうかなという気がしてきたのだ。

（……うん。やっぱり、初夜は先延ばしにできるよう頑張ろう。あと、回数も抑えてもらわなくちゃ……)

でなければ、死んでしまう。

シルヴィには、アーサーに一晩中付き合えるような体力などないのだ。

とはいえ、恋人となったアーサーを制御できるのか今のシルヴィには分からないが。

アーサーを選んだことを、ほんの一瞬ではあるが後悔したシルヴィだった。

◇◆◇

シルヴィを屋敷まで送り届け、リーヴェルト侯爵と話をしてからアーサーは城へと戻ってきた。部屋には戻らず、そのまま執務室へ向かう。

「ディードリッヒは？」

「はっ、中にいらっしゃいます」

執務室の扉の前にいた兵士の一人に尋ねると、思ったとおりの答えが返ってきたので、一つ頷き扉を開ける。中ではディードリッヒが難しい顔をして書類を睨んでいた。

「ディードリッヒ」

声を掛けると、ディードリッヒは顔を上げた。アーサーに気づき、立ち上がると、丁寧に頭を下げる。

「お帰りなさいませ、殿下。……今、報告を受けたところです。……暗殺者に襲われたという話ですが……」

「ああ、散策中にな。こちらに死傷者はいない」

先ほどあったことを思い出しながら告げると、ディードリッヒは顔色を蒼白《そうはく》にして謝罪した。

「申し訳ありません。私の用意した兵が後《おく》れを取るなど……。彼らに任せるのではありませんでした。私がついていれば……」

「お前が来ていたところで結果は変わらなかったと思うがな。護衛たちは気づかないうちに薬か魔術で眠らされていたようだ。どうして殺さなかったのか不思議だが、その辺りも含めて尋問するように命じてある」

「そう……ですか。しかし、殿下をお守りするのが我々の使命です。それなのにお一人で戦わせてしまうなんて、申し開きのしようもなく……」

「一人ではなかったぞ。シルヴィもいたからな」

「は？」

驚き固まるディードリッヒを無視し、アーサーは自らの席に戻った。

机の上には未処理の書類がうずたかく積まれている。シルヴィに会うことを優先した結果だから後悔はしていないが、うんざりするのだけはどうしようもなかった。

一番上に載せられた書類を手に取る。溜息を吐いていると、ディードリッヒが焦った様子で側にやってきた。

「殿下？　シルヴィア殿もいたとはどういう意味でしょう」

「どういう意味も何もそのままだ。彼女は戦える。私と同じ人物を師に仰ぐ魔道士だからな」

「は？」

　間抜けな顔で口を開けるディードリッヒをアーサーは面白そうに見やった。

「言っていなかったか？　シルヴィとはメルヴィン師匠の家で会ったと。彼女は魔術を習いたくて自ら志願して来たのだ。その時に知り合った」

「……」

「魔術の腕は衰えていないようだな。見事にひまわりを操っていたぞ。暗殺者たちを捕らえたのはシルヴィの手柄だ」

「そ……そう、ですか」

　まさかシルヴィが戦えるとは思いもしなかった。

　ディードリッヒの顔にはありありとそう書いてあった。でも、彼がそう思ってしまうのも仕方のないことだ。

　普段のシルヴィは箱入り令嬢にしか見えないし、彼女自身、魔術を使えることは秘密にしているようだからだ。

　気を取り直し、ディードリッヒが言った。

「いえ……確かに、王太子や王太子妃は命を狙《ねら》われることも多くあります。戦える方がもちろん良いのでしょうが……何と言うか意外でした。自分から戦うような女性には見えなかったので」

「そうか？　シルヴィはわりと好戦的だぞ？　言いたいことははっきり言うし……まあ、それで昔は喧嘩《けんか》したわけだが……」

「……深くは聞きませんが、よくそれで好きになりましたね」

「感情を直接ぶつけられたのだ。……あんなことをされれば普通に惚《ほ》れる」

昔のことを思い出す。母のことを信じられないと言ったアーサーをシルヴィは器の狭い男だと責めたのだ。あんな風に言われたのは生まれて初めてで、だけど後々考えれば、シルヴィの言うことはいちいち尤《もっと》もで……全部が終わった後、アーサーはすっかりシルヴィに惚れ込んでしまっていた。

今まで、自分の周りにはいなかったタイプの女性。

物怖《ものお》じせず、自分の意見を真っ直ぐに述べてくれた彼女と共に在《あ》りたいと思うようになった。それからずっと。アーサーはシルヴィを愛し続けている。

昔のシルヴィを思い出しながら、アーサーは書類にすらすらとサインをし、「そういえば」と言った。

「一応、お前には言っておこう。シルヴィと恋人同士になったぞ」

「はあ!?」

さらりと告げると、ディードリッヒは目を丸くして驚いた。そんな彼にアーサーは書類を目で読み進めながら言う。

「婚約指名も受けてくれると約束してもらった。リーヴェルト侯爵にも話を通しておいたし、父上に黙っている意味ももうないだろう。あとで報告に行くつもりだ」

「ちょっと……ちょっと待って下さい！　殿下！　一体、私のいない間に何があったのです？　怒濤《どとう》の展開ではないですか!!」

「シルヴィに私が昔の友人だということを告白した。それだけだ」

「それだけって……！」

「早く何とかしろと言ったのは、お前だろう。何が不満なんだ」

「それは確かに言いましたが……えええ？」

信じられないとディードリッヒが首を横に振る。

彼が疑うのも無理はないが、嘘はどこにもない。

ついさっき、アーサーはシルヴィに告白した。

騙していたと責められ、最悪嫌われてしまうのではないかと思いながらも、己のことをこれ以上隠してはおけないと覚悟したアーサーは、シルヴィに真実を告げたのだ。

自分が、幼馴染みのフェリクスなのだと。

あの日の約束通り、シルヴィを迎えに来たのだと。

彼女を愛しているのだと告白した。

ドキドキした。審判を受ける罪人にでもなったかのような気持ちだった。

やはり、断られてしまうのだろうか。いや、少しずつシルヴィの態度は柔らかくなってきているから、チャンスはあるはず。

そう思い、シルヴィを見た。

そして、悟ったのだ。

(――彼女は、私を愛している)

シルヴィは瞳《め》を潤ませ、顔を真っ赤にして、アーサーを見ていた。泣きそうな顔は、明らかに歓喜を表していて、その顔を見たアーサーは喜びで心臓が止まるかと思った。

(お前も、私を想ってくれていたのか)

それでも強情なシルヴィは、なかなか心の内を告白してはくれなかった。

ようやく告げられた『好き』の言葉を聞いた時には、感極まって涙が出そうになったくらいだ。

あまりの歓喜に、アーサーは本能のままに口づけた。思いが通じ合ってした初めてのキスは、眩暈《めまい》がするほどに甘かった。

舌を差し込むと、シルヴィはそれに応《こた》えてくれただけでなく、陶然とした顔で唾液《だえき》を飲み干してくれた。その表情は蕩《とろ》けそうなほどに甘く、不謹慎な話ではあるが下半身が熱くなった。

十年以上抱き続けた初恋が叶《かな》ったのだと、実感した瞬間だった。

諦《あきら》めるつもりは全くなかったが、それでも一度は振られることも覚悟していただけに喜びはひとしおだった。

「――あれだけ嬉しかったことは終《つい》ぞ覚えがない」

深い喜びを噛《か》みしめながらディードリッヒに思いを語ると、彼は眉《まゆ》を中央に寄せた。

「……言いたくはありませんが、やはりあなたが王子だから受け入れる気になったのでは?」

「ディードリッヒ」

ディードリッヒの疑問はある意味当然のものだったが、アーサーは許さなかった。

彼を鋭い目で睨みつける。

「今の言葉、二度と口にするな。大体シルヴィは、王子である私の求愛は一切受け付けなかった。彼女の態度が変わったのは、私が幼馴染みのフェリクスだと知ってからだ。彼女は断じて、相手の地位に惹《ひ》かれるような女性ではない」

とはいえ、アーサーの顔と声は好みらしいが。

顔を真っ赤にしながら、その話をしてきた時には驚いたが、シルヴィの反応を見るにどうやら本当のことらしい。

他の女に言われたのなら「顔が目的か」とうんざりするのに、それが思い人に変わるだけで「ラッキーだった。それなら最大限に利用しよう」と考えるのだから、自分も大概図太いと思う。

「とにかくだ。承諾ももらったことだし、私はシルヴィと結婚する。お前には……色々と世話になったからな。最初に報告しておこうと思ったのだ」

「……そうでしたか。いえ、失礼いたしました。殿下、おめでとうございます」

謝罪し、ディードリッヒが祝いの言葉を告げる。その様子を見つめながらアーサーは言った。

「ディードリッヒ、一つ尋ねる。いいか？」

「はい」

顔を上げたディードリッヒの目をしっかりと見据える。

「お前、シルヴィに好意を抱いてはいなかったか？」

「――いいえ」

返された言葉とディードリッヒの表情をアーサーは注視した。ディードリッヒは、終始アーサーの味方だった。だが、なんとなくアーサーは感じていたのだ。シルヴィと話すディードリッヒの表情と声が、いつもと違っているような気がすると。

ほんの少しだけれど、シルヴィに対しては優しい目を向けていたし、口調も柔らかだったのだ。

それは、アーサーでなければ気づけない程度の変化。

だけど気づいてしまっては無視できない。見なかったことにしては、この先、もやもやとしたものを抱え続けてしまうだろう。だからアーサーは聞くしかなかった。

「もし、だが。お前がシルヴィを好きだったと言うのなら――」

「シルヴィア殿を譲っていただけると？」

「それはない」

きっぱりと答えたアーサーを見て、ディードリッヒは目を瞬かせ、クッと笑った。

「そ、そうでしょうね。子供の頃から思い続けたシルヴィア殿を、たとえどんな理由であれ、あなたが他の誰かに譲るとは考えられません。――ですから殿下。それが答えですよ。私はあなたがどれだけシルヴィア殿を探していたのか知っています。そんな私が、彼女を好きだなんて言うはずがないでしょう？」

「恋愛は自由だ。そして理屈ではない」

「ええ。ですが、私にはそれが全《すべ》てなのです」

笑顔を崩さない男の顔をアーサーはじっと見つめた。

ずっと自分の側にいて、支え続けてきてくれた彼のことだから、嘘か本当か、ただ強がっているだけなのかすぐに分かる。

「……分かった。これが最後だ。お前は私とシルヴィを祝福してくれるということだな？」

「はい」

迷うことなく首肯したディードリッヒを見て、その瞳に嘘がないことを確認する。

「そうか。悪かったな」

「いいえ。長年執着し続けた思い人のことですから、殿下が必要以上に気になさるのも当然かと。ただ、私の忠誠は疑って欲しくないですね」

肩を竦めるディードリッヒをアーサーは呆《あき》れたように見つめた。もう、先ほどまでの空気は消えている。

「安心しろ。それだけは疑ったことがない」

「なんと。その言い方を聞いていると、他は疑っていると言われている気持ちになります」

おどけたように言うディードリッヒに、アーサーもいつものように答える。

「ああ、気づいたか。その通りだ。お前は基本、腹黒い男だからな」

「こんなに誠実な私を捕まえて腹黒いとは、酷い言いようですね」

「誠実、の意味を一度辞書で引いてみろ。こんなに腹黒い男を疑うことなく使えるのだから、私は良い君主になると思わないか」

「辞書など引かなくても、私を示す素晴らしい言葉だと分かっておりますので、気遣いは無用です。ああ、あと、殿下が良い君主になるかというお話ですが、そういう言葉は他人から言ってもらうものであって、自分から言う言葉ではないと思うのですが」

「私の側近は捻くれていてな。心で思っていても、なかなか口に出さないのだ。だから優しい主君である私が代わりに言ってやったまでだ」

「なんとお優しい」

「……ディードリッヒ。お前、台詞《セリフ》が完全に棒読みになっているぞ」

「いい加減、どうでも良くなって参りまして」

「そうだな。私もだ」

ディードリッヒの言葉に、アーサーも深く頷く。

いつも通りのやりとりと言えばそれまでなのだが、どうにも疲れてしまった。

「まあ良い。冗談はこれくらいにして執務に――」

「アーサー殿下！」

「っ！」

仕事に戻ろうとしたアーサーの動きを止めたのは、ノックもせずに部屋に飛び込んできた兵士だった。

二人の顔が一瞬にして、険しいものになる。

兵士は焦った様子でアーサーの執務机の前までやってくると、その場に跪《ひざまず》く。

「ご無礼をお許し下さい！　緊急事態にて、すぐさまお伝えせねばと思い、まかり越しました！」

「許そう。用件を言え」

どう見ても普通でない様子の兵士を見て、アーサーが頷く。隣のディードリッヒも真剣な顔で兵士に目を向けた。

兵士は頭を下げながらアーサーに言った。

「申し上げます。先ほど捕らえた暗殺者全員、自害いたしました！」

「っ！」

――全員、自害。

告げられた言葉に、アーサーもディードリッヒも驚愕《きょうがく》に目を見開いた。アーサーが兵士に聞く。

「自害、だと。方法は」

「歯に、毒を仕込んでいた模様です。投獄しようとしたタイミングで一人が毒を噛み、残り全員も倣《なら》うように自害しました」

「……毒か。生き残りは？」

「おりません。全員即死です。申し訳ありません。尋問を始める前にこのような失態を……」

不甲斐《ふがい》なさに震える兵士を、アーサーは見つめた。

「捕まった暗殺者が自害するのは、可能性として十分考えられることだ。それを止められなかったのは残念だが、死んでしまったものは仕方ない。……身につけているもの、身体的特徴など、共通点がないか徹底的に調べろ。どの裏組織に属していたのかのヒントになるかもしれない」

「はっ！」

「何か見つけることができれば、自害の責任は問わない」

「ありがとうございます。必ずや！」

「行け」

アーサーの命令にもう一度深く頭を下げた兵士は、急ぎ足で部屋を出ていった。

扉が閉まったことを確認し、黙ったままだったディードリッヒに視線を移す。

「お前、どう思う？」

「……おそらく、何も見つからないでしょうね。どこかの組織に属しているのならなおさら。死体にヒントが残らないようにしているはずです」

「だろうな。だが、何も残らないことが証拠になることもある。調べさせる必要はあるだろう」

「はい」

頷くディードリッヒに、アーサーは「これは、シルヴィにも話したのだが」と前置きをして言った。

「今回の暗殺者だが、どうにも質が低すぎるように思った。碌《ろく》に戦ったことのないシルヴィに簡単にあしらわれるような三流どころばかり。護衛も殺さなかったし、本気で私を殺そうとしているようには思えなかったのだ」

「確かに、おかしいですね。今まで殿下の命を狙ってきた暗殺者は皆、一流どころばかりでしたし、そうあるべきだと思うのですが……」

王太子であるアーサーは今まで何度も命を狙われている。それをアーサーは今まで全て己の技量のみで躱《かわ》してきたのだ。

裏組織に所属する暗殺者なら、アーサーを簡単に殺せないことを知っている。烏合《うごう》の衆では役に立たない。それを分かっていて、技量の伴わない暗殺者を送ってくるはずがないのだ。

「ウロボロスは、違いますよね」

アーサーが現在協力関係にある裏組織の名前を出したディードリッヒに、アーサーは否定を返した。

「違う。協力関係にある間はという条件で、ウロボロスと王家は契約をしている。向こうは王家の人間をターゲットにしない。こちらは、ウロボロスに属する者を捕らえないという契約をな。破棄されれば困るのは向こうだ。今回に限り、ウロボロスは無関係で間違いない」

「そう、ですか」

「それに、ウロボロスにあんな中途半端な暗殺者は所属していないだろう」

アーサーの言葉に、ディードリッヒは今度こそ頷いた。

「それはその通りですね。ですが、しばらく警備は強化した方が良いかと」

「その辺りはお前に一任する。――よし、この話はここまでだ」

話を終わらせ、アーサーは椅子《いす》から立ち上がった。

「父上のところへ行く。暗殺者の件の報告と、あとはシルヴィのことを知らせなければならないからな。お前は、ここにいてくれ」

「承知しました」

ディードリッヒの答えを聞き、アーサーは執務室を後にした。

◇◇◇

「父上、アーサーです」

「入れ」

ディードリッヒを己の執務室に残したアーサーが向かったのは、国王の執務室だった。

入室許可を得て中に入る。国王は執務机でゆったりとした様子で座っていて、急ぎの仕事もなさそうだ。更に運が良いことに国王の他には誰もいなかった。護衛の兵士に目配せして外に追い出したアーサーは、早速本題に入った。

簡潔に、暗殺者の件について話す。報告を受けていた国王は、アーサーの話に頷き、この件を彼に一任することを決めた。

「それと、あともう一つ、父上に報告があります」

「？　なんだ」

話は終わったものだと思っていた国王が、怪訝《けげん》そうな顔をする。

アーサーは、にこりと笑みを作って言った。

「私が結婚したい相手は、リーヴェルト侯爵令嬢、シルヴィア・リーヴェルトです。半年後の夜会では彼女に婚約指名をする予定ですので、父上もそのつもりでいて下さい」

「ア、アーサー？」

突然の息子の発言に国王がギョッとする。全く想定外だったという顔だ。そんな国王を無視し、アーサーは話を続けた。

「父上が相手の名前を聞きたがったのではありませんか。彼女から結婚の承諾を取りつけましたので、最早《もはや》隠す必要もありません。私はシルヴィと結婚します」

「待て！　待て待て！　アーサー。話が急すぎてついていけん……！　頼むから待ってくれ……！」

暗殺者の話から、いきなり結婚の話。あまりの温度変化の激しさに国王は目を瞬かせた。

息子の突然の告白を何とか自分の中で消化しようと額を指で押さえる。しばらくじっとしていた国王だったが、やがて顔を上げ、アーサーを見つめた。

「とりあえず確認させてくれ、アーサー。お前の結婚したい相手はリーヴェルト侯爵家の令嬢で間違いないのだな？」

「はい」

「そ、そうか。リーヴェルト侯爵家の令嬢シルヴィア殿か。確かにお前が言っていたとおり、侯爵家の令嬢だな。年は――」

「十九です。成人済みです」

「そ、そうか……あと、婚約者とかは……」

「いません。彼女と父親のリーヴェルト侯爵にはすでに話を通しました。向こうからは色よい返事ももらっておりますので、何の問題もないかと」

「……仕事が早いな」

　質問に間髪を入れず返してくるアーサーに、国王が驚きで目を丸くする。アーサーは真顔で言った。

「父上に期限を設けられましたので、私も必死だったのです」

「……そうか。まあ、良いだろう」

　少し考えた様子ではあったが、国王は頷いた。

「そうだな。相手を連れてくれれば祝福すると言ったのは私だったな。分かった。近いうち、リーヴェルト侯爵とその娘を招集しよう。本人たちに意思を確認後、まだ婚約指名の前段階ではあるが、内々にその令嬢をお前の婚約者だと発表することを約束する」

「父上、ありがとうございます……！」

　願ったとおりの展開に、アーサーの顔が輝いた。そんな息子の顔を見て、国王が優しく目を細める。

「何、お前がようやく結婚してくれる気になったのだ。安いものだ」

　そう言いつつも、国王は非常に残念そうだった。

「本当は……別に結婚して欲しい令嬢がいたのだが。仕方ない」

　その言葉は、アーサーを大いに苛立《いらだ》たせた。

「父上。私はシルヴィ以外の女性と結婚する気はないと告げたはずですが」

　腹立たしい気持ちのまま、アーサーが国王を睨む。国王は「分かっている」と苦笑した。

「約束は約束だ。守る。アーサー、それはお前も同じだ。今後は表に出ると言った言葉、忘れるなよ」

「分かっています。シルヴィを得られるのであればどんなことでも。父上、シルヴィとの結婚を祝福して下さるとの言葉、信じますよ」

「……ああ」

短くではあるが、国王が首肯する。それを確認し、アーサーは己の父に向かって深々と頭を下げた。

◇◆◇

アーサーとの婚約話は、シルヴィが驚くほどトントン拍子に進んだ。

シルヴィの父に正式に話を通したアーサーは、どうやらその足で国王に、婚約指名で彼女を指名すると告げに行ったらしい。

アーサーの相手が本当に実在したことを知った国王は息子の気が変わっては困ると内々に話を進めた。

リーヴェルト侯爵とシルヴィを呼び出し、アーサーも同席させた上で、互いの意思を自ら確認したのだ。全員が、結婚について前向きだと知ると、国王は深い安堵《あんど》の息を吐いた。

「ようやくお前の結婚が現実化して、私は嬉しい。こうなれば明日にでも婚約指名の夜会を開きたいところだが、すでに半年後と告知しているからな。予定通り、婚約指名は半年後。それをもって正式な婚約とする。式は更にその半年後だ。今から準備を始めるが構わないな？」

「はい」

アーサーが皆を代表して返事をする。

結婚式には大体一年という時間を掛けるのが普通だ。

その式の準備を婚約もしていない今から水面下で始めるということは、結婚の中止が許されないという意味でもある。

国王はそれくらい結婚の意思が固いのかと聞いたのだが、アーサーは笑みさえ浮かべていた。

「元々私はシルヴィとしか結婚するつもりはありませんでしたから、何も問題はありません。是非、それで進めて下さい」

「……分かった。正式な発表は婚約指名の後に行うが、約束通り城内の人間にはお前の婚約者がすでに内定していることと、その相手の名を周知しておこう。話が通っている方がお前も動きやすいだろう」

「ありがとうございます」

こんな感じで、あっさりと話は決まってしまった。

アーサーの手を取ると決めたからには、どのような展開も受け入れると覚悟して登城したシルヴィであったが、怒濤すぎてついていけない。

シルヴィの予定では、婚約指名までは国王に会うことなどないと思っていたのだ。

それが国王に呼び出されて直接結婚の意思を確認されるわ、指名もまだなのに、婚約者としてすでに認められるわ、あげくに挙式の日程まで決められるとは考えてもみなかった。

（……そして、国王陛下があっさり私を受け入れたっていうのもびっくり……）

ゲームでも国王は息子が選んだヒロインのことを受け入れてはくれるが、それは表面的なものなのだ。国王には本当はアーサーに結婚して欲しいと思っている相手が他にいて、婚約指名後の個別ルートではその辺りのゴタゴタに巻き込まれる。

だけど、この国王の様子ではそんな気配は全く見えない。息子の相手が決まったことを心から喜んでいるようだ。

(何がどうなってこうなっているのか分からないけど、まあいいか。これが現実なんだから、臨機応変《りんきおうへん》に対処していけばいいや)

不思議に思ったものの、シルヴィは深く考えることを放棄した。

ゲームではないと、きちんと認識したシルヴィは、ゲームと比べることの馬鹿らしさを嫌と言うほど知ったからだ。とはいえ、知識は知識。せっかくあるものは使っていこうとも考えている。

予備知識があれば何か起こった時に備えられる。全部を信用するわけではないが、使えるものは使えば良い。それが賢い生き方というものだ。

そんなことを考えながらぼうっとしていると、国王がアーサーに言った。

「私はリーヴェルト侯爵と話がある。……妃《きさき》がシルヴィア殿と話したがっているようだ。アーサー、案内を頼む」

「分かりました。……シルヴィ、母上のところへ行こう」

「えっ……はい」

父をその場に残し、アーサーに連れられ、部屋を出る。国王に招かれていた部屋は、彼の私室で、彼らの他には誰もいなかった。シルヴィたちが本音を話しやすいよう気を遣ってくれたのだろう。

アーサーは国王のすぐ隣の部屋に行くと、ノックをした。

「――母上。アーサーです」

「入りなさい」

透き通るような声が入室を許可し、内側から扉が開いた。扉を開いたのは王妃付きの女官だろう。

アーサーに続いて部屋の中に入る。

部屋の中央には四柱式の大きなベッドがあり、薄いカーテンの奥からほっそりとした女性が身体を起こしてこちらを見ていた。女性は、親しみの籠《こ》もった瞳でアーサーに声を掛ける。

「アーサー、よく来てくれましたね」

「母上、連れて参りました」

「まあ……！」

あまり血色の良くなさそうな頬に赤みが差す。少しパサついた、長く茶色い髪と同色の瞳《ひとみ》。ゆったりとした上品な夜着の上に厚いストールを羽織った女性は、好意的な笑みを浮かべ、シルヴィを見た。

少しやつれてはいるが、美しい面立ちはどこかアーサーと似ている。

間違いなく彼女が、アーサーの母でこの国の王妃だろう。

「お、お初にお目に掛かります。シルヴィア・リーヴェルトと申します」

いきなりの対面に驚きつつも慌てて頭を下げる。それを王妃はやめさせた。

「いいから。それよりもっと近くに来て、顔を見せて下さい。ああ……あなたがアーサーの……！」

「シルヴィ。母上の言うとおりにしてくれ」

「は、はい」

どうすればいいものか戸惑っていると、アーサーに促された。おそるおそるベッドの側まで近づくと、王妃は感に堪《た》えないといった表情を見せた。

一緒に側に来たアーサーが母親に言う。

「母上。約束は守りましたよ。彼女が……ずっと探していたシルヴィです」

静かな口調でアーサーが告げると、王妃は何度も頷いた。

そうしてシルヴィに手を伸ばしてくる。彼女はシルヴィの手を両手で握ると、まるでとても大切なものを押しいただくような表情を見せた。

「ありがとう。シルヴィア殿」

「お、王妃様？」

突然礼を言われ、シルヴィは目を見開いた。どういうことかと隣にいたアーサーに視線を向けたが、彼は笑っているだけだ。近くにいる女官も、王妃の行動を止めようとしない。

どうすればいいのか焦るシルヴィに、王妃は思いを込めた声音で言った。

「――あなたに、ずっと礼が言いたかったのです。あなたが昔、息子を叱《しか》ってくれたおかげで、息子は私を信じてくれました。あの時、周囲には誰も味方がいなかった。そんな私には、息子の信頼は本当に嬉しかった。とても辛《つら》かった時期をくぐり抜け、私が今も生きているのは、あなたが息子を叱ってくれたからです。本当にありがとう……」

「えっ……」

本心からだと分かる言葉に驚きを隠せない。

動揺するシルヴィの肩を、アーサーが宥《なだ》めるようにぽんと叩《たた》いた。

「母上と私がこうして忌憚《きたん》なく話せるようになったのもシルヴィのおかげだ。母上はずっと、シルヴィにお礼を言いたいと言い続けていた。私も、シルヴィが見つかったら必ず母上の元へ連れていくと約束した。……約束を叶えることができて良かった……」

アーサーの言葉に、王妃が同意するように頷く。

「礼を言えたどころか、アーサーの婚約者として会えるなんて……。ずっとアーサーはあなたと結婚したいと言っていましたからね。息子の願いが叶って本当に良かったと思っています。陛下にも、この間、シルヴィア殿が昔、間接的に私を助けてくれたことを伝えておきました。陛下は驚いておられましたよ。アーサーは何も言わないからと。そんな恩人だと知っていれば、シルヴィア殿を探すことにも協力したのにとおっしゃっておられました」

「……」

(それは……言わないでくれて良かったとしか言いようがない)

アーサーと王妃の話を聞いて、シルヴィは心から思った。

国王が本気を出せば、シルヴィの存在などすぐに見つかっただろうし、アーサーとの一件は単なる子供同士の口喧嘩だ。感謝されても困ってしまう。

だけど、一つだけ分かったことがあった。

それは――。

(王妃様が、私のことを恩人だって話したから、陛下は私に対して最初から好意的だったってことなのかな)

先ほどの国王の態度がどこから来ていたのか理解したような気がする。

王妃は笑みを浮かべながらシルヴィとアーサーに言った。

「あとは、あなたたちが無事結婚する姿を見ることができれば、思い残すことはありません……」

もういつ死んでも構わないと言う王妃に、アーサーは励ますように言う。

「何をおっしゃるのですか、母上。母上には孫を抱いていただかないといけません。シルヴィとは最低でも五人は子供が欲しいと思っているのですよ。その子供たちを抱いて、成人する姿を見届けていただかないと」

具体的に子供の数まで出され、シルヴィは内心驚愕していたが、何とか顔には出さずに同意した。

「そ、そうです。王妃様には是非長生きしていただかないと……。アーサー様のためにも、陛下のためにも」

ゲームで王妃は、精神を病んで死んでしまった。

見た目通り繊細な女性なのだろう。そんな彼女の生きる糧《かて》となりそうな話題で否定的なことなど言えるはずがない。

とはいえ、ショックを受けていないのかと言えば、そんなことあるわけがない。

(そ、そうかあ……。私、最低でも五人、子供を産むことになるんだあ……。お、多いな……。私の

希望としては三人くらいで良かったかなあ……はは……ははは)

跡継ぎを産むことは妃の義務。それは分かっているが、五人は考えていなかった。

しかも最低ときたものだ。最終的には何人産むことになるんだろうと思いつつ、シルヴィは今の話は聞かなかったことにしようと決めた。

真面目に考えると、アーサーとの結婚を考え直したくなりそうだったからだ。

遠い目をしていると、王妃は「そうですね」と気を取り直したように頷いた。

「あなたたちの子……ええ、是非、たくさんの王子や姫を産んでちょうだい。私は身体が弱くて、アーサー一人しか産んであげられなかったから……陛下には申し訳ないと思っているのです」

国王に愛妾《あいしょう》はいない。王妃のことを大切にしている国王は、彼女以外に誰も娶《めと》らなかったのだ。結果として、国を継ぐ王子がアーサー一人になってしまった。アーサーが無事成人したので問題はないが、もし彼に何かあればストライド王国は直系王族がいなくなっていたところだ。

「母上、ご心配には及びません」

力強く答えるアーサーに続き、シルヴィも言った。

「あの……できる限りは頑張ります……」

今の王妃の話を聞いて、それ以外の答えが返せる人がいるのなら見てみたい。

そんな人がいたら、きっとその人は人間じゃないはずだ。

結果としてアーサーの言葉を肯定してしまったが、深く考えないことにした。

「王妃様……そろそろお休みになられた方が……」

話をしていると、王妃付きの女官が遠慮がちにではあるが声を掛けてきた。

病気療養中で体力のない王妃に無理はさせられないということだろう。

王妃も素直に頷いた。

「そうですね。……シルヴィア殿、是非また遊びに来て下さい。あなたの口からアーサーの話が聞きたいわ。待っていますからね」

「はい」

「母上。私も参ります」

「ええ、もちろん。アーサー、あなたが来てくれるのも楽しみにしています」

辞去の挨拶《あいさつ》をし、王妃の部屋を出る。

謎《なぞ》の威圧感から解放された気持ちになり、シルヴィはほうと身体の力を抜いた。

それを見ていたアーサーが心配そうな声で言う。

「シルヴィ。大丈夫か？　良ければ私の部屋で少し休憩していくか？」

「え？　へ、平気よ。私、このまま帰るわ」

アーサーと二人きりで部屋。アーサーが親切心で言ってくれているのは分かっているが、それでも警戒してしまう。そんなシルヴィの答えを聞き、アーサーが首を傾げる。

「先ほど父上もシルヴィのことを周知して下さるとおっしゃっていたし、お前が部屋に来ても、咎める者はいないと思うが……」

「そ、そういうことを気にしているのではないの。その……お父様も待っていらっしゃると思うし、今日はこのまま帰ることにするわ」

父のことを引き合いに出すと、アーサーは「そうか」と頷いた。

「リーヴェルト侯爵もいたことをすっかり忘れていたな。分かった。それなら、またの機会にでも来て欲しい。せっかく隠し事もなくなったのだ。昔のことも含めて、ゆっくり話がしたいのだ」

「ええ、分かったわ」

そういうことなら、シルヴィだって大歓迎だ。

部屋という言葉で、もしかして押し倒されるのではないかと思っていたが、どうやら勘違いだったらしい。疑って悪かったなと思い、快く頷くと、アーサーが言った。

「ああ、そうだ。一つ言っておこう」

「？　何かしら」

思い出したと言わんばかりのアーサーに話の続きを促すと、彼は色の滲《にじ》む視線をシルヴィに向けながら言った。

「来る時は、泊まりだと侯爵たちには伝えておいてくれ。お前が部屋に来て、何もしないまま返せる自信など私にはないからな」

「絶対に！　部屋になんて行かないから！」

光の速さで断った。

部屋に行くがイコール泊まりになるとはどういう理屈だ。絶倫王子らしく、最初から一回では終わるつもりはないと、そういうことだろうか。

（最初から朝までコース確定？　こわっ！　やっぱり警戒して正解だったんじゃない！）

アーサーのことは好きだが、それとこれとは話が別。

恐怖に戦《おのの》いているシルヴィの手をアーサーが握る。

「嫌がることはないだろう？　まだ内定とはいえ、私たちが結婚することは両親も認めてくれたことだし。私は、早くお前を私のものにしてしまいたい」

熱の籠もった言葉に嘘は見当たらない。だが、そんなことを言われても困るのだ。

だってシルヴィは、できるだけ『その時』を遅らせたいのだから。だが、アーサーはそれを許してはくれなさそうだ。

「う……うう……」

「シルヴィ、お前のことが好きなのだ」

握った手を、アーサーが自分の方に引き寄せる。好み顔が間近に迫り、シルヴィは息を呑《の》んだ。

「っ！」

「シルヴィ……お前を抱《じ》きたい」

囁かれた響きには焦れが含まれていた。だがその目はどこまでも真っ直ぐで、視線はシルヴィを捕らえて放さない。アーサーは、シルヴィの瞳を見つめたまま低い声で尋ねてくる。

「駄目か？　私はお前が恋しくて仕方ない」

（うわあああああ!!）

衝撃のあまり、耳が取れて落ちてしまうかと思った。

今の表情と声。それはまさにシルヴィが一番弱いもので――。

「――う。ちょっと待って！　だからそれはずるいんだって！」

反射的に「うん」と言いかけた。

推しの顔と声に完璧《かんぺき》に流されかかってしまった自分に気づき、シルヴィは頭を抱えたくなった。

(弱っ！　私、アーサーに弱すぎない？　で、でも……格好良い！)

チラッとアーサーを見上げ、あまりの格好良さにときめいてしまう。

そうして、ハッとした。

(だーかーら！　それが駄目なんだってば！)

また流されかかってしまった。馬鹿な自分を叱咤《しった》し、慌ててアーサーの腕の中から逃《のが》れようと身を捩《よじ》る。だが、シルヴィの動きなどお見通しだったのか彼はビクともしなかった。

「逃げるな。逃げずに返事を聞かせて欲しい」

(返事って……そんなの決まってるじゃない！)

アーサーの腕の中で暴れながら、シルヴィは口を開く。

「っ!!　だから！」

そうしてアーサーを何とか振り払うと、彼女は顔を真っ赤にしながら言った。

「そんな風に聞かれたら、『うん』以外言えなくなるからやめてって言ってるの！　いい加減にしてよ！」

「――分かった。楽しみにしている」

「へ？」

静かに返された言葉の意味が分からずきょとんとすると、アーサーは真面目くさった顔で頷いた。

「つまりは了承をもらえたということだろう？　何、大丈夫だ。事に及ぶ時には再度、今と同じように尋ねることにするからな。――そうすれば、お前は頷いてくれるらしいし」

「っ！」

唖然《あぜん》とアーサーを見つめる。

彼の言った言葉の意味を理解し、シルヴィは今度こそ頭を抱えた。

「～～～！　ああもう！　ああ言えばこう言う！　だからどうしてこう、自分に都合良いように取るの!?　違うって言ってるでしょう!?　ロマンチックな演出をしてくれるんじゃなかったの!?　約束、忘れないでよ！」

「ああ、分かっている。場所や雰囲気を考えろという話だろう？　今のはほんの冗談だ」

「冗談って……性質《たち》悪いわ……」

何だかどっと疲れたような気がする。楽しそうに笑うアーサーを見ながらシルヴィは、「アーサーって昔からこんなキャラでしたか。別人じゃありませんか」と今すぐ王妃に確認したくなった。

◇◇◇

内々にではあるが、世継ぎであるアーサーの相手が決まったという話は、すぐに王都中に広まった。

情報規制が掛けられているのでシルヴィの名前までは外に出回っていないものの、城内ではリーヴェルト侯爵の娘だと公表もされている。

国王に呼ばれた夜、夕食の席で父は家族全員を集めて、シルヴィがアーサーに嫁ぐことを改めて告げた。

母はニコニコと嬉しそうだったが、レオンは無表情で何を考えているのかさっぱり分からない。

ただ、「そうですか」とだけ言って立ち上がり、自分の部屋へと戻ってしまった。

それからレオンの顔をシルヴィは見ていない。食事も自分の部屋でとり、引きこもってしまったのだ。

ちゃんとレオンと話すべきかとも考えたが、相談したアリスに止められた。

「どうなっても知らないよ」と真顔で窘められればシルヴィも頷くしかなく、弟のことが気になりつつも日々を送っていた。そんなある日の午後。

シルヴィはアーサーと一緒にメルヴィンの家へと向かっていた。

媚薬の解毒剤のお礼を言いたいというシルヴィの願いに沿ったものだ。今日ならば時間が取れると言われて、シルヴィは屋敷でアーサーが迎えに来るのを待っていた。

「道は覚えているか？」

「ええ」

迎えに来たアーサーはいつもの騎士服を着ていた。最近見ていた王子らしいキラキラとした服装ではない。平民街に行くからだろう。シルヴィも平民街を歩いていても違和感のないような服装を心掛けていたが、アーサーを見て、つい笑ってしまった。

「？　何かおかしいか？」

「ごめんなさい。別に馬鹿にしたとかそういうことではないの。ただ、騎士の格好をしたアーサーを見るのはなんだか久しぶりだなって思っただけだから」

正直に説明すると、アーサーは納得したように頷いた。

「そうだな。最近お前と会う時は王子らしい格好ばかりだったからな。この格好は嫌いか？」

「いいえ。アーサーによく似合っていると思うわ。正体を知ってから見ると、どうして王子が騎士の扮装《ふんそう》をしているんだろうとは思うけど」

「私はあまり外へ顔を出していないからな。この髪と目の色は目立つが、王家特有というものでもないし、騎士服を着て、堂々と歩いていれば、わりとばれないものなのだ。だが、私もいつまでも『出たくない』とは言っていられない。婚約指名の夜会を終えた後は、全ての公式行事に顔を出す予定だ」

「そう……」

それはつまり、いよいよアーサーも王太子として皆の前に姿を現すということだ。

中には今まで単なる騎士だと思っていた男が王太子だと知り、驚く人たちもいるのだろう。

アーサーと話しながら、道を歩く。

メルヴィンの家はそう遠くない場所にあるので、わざわざ馬車を使ったりはしない。アーサーと一緒に大門をくぐり抜け、平民街へ入った。

平民街へ入ると、ガラリと人の種類が変わる。

シルヴィに目を向けてくる、少し危なそうな男も何人かいたが、隣にアーサーがいることに気づくと、皆、舌打ちして去っていった。

どうしてだろうと思っていると、シルヴィの疑問に気づいたアーサーが教えてくれた。

「私は、この格好で何度も平民街を視察しているからな。王城に勤めている騎士だと、知られているのだ」

問題を起こせば、下手《へた》をすれば捕まってしまう。それを分かっているから近づかないということらしい。

通常なら絡まれそうな美貌《びぼう》のアーサーが皆に遠巻きにされているのには理由があったということだ。

これなら確かに、安全に平民街を歩ける。昔何度も往復した道を歩いていると、やがてメルヴィンの家が見えてきた。薬屋の看板が掛けられた一軒家。昔見た時と、何も変わっていない。

懐かしいなと思いつつ、二人で裏口へ回る。ノックをしてしばらく待つと、鍵が外れる音がして、大柄の威圧感のある男がのっそりと顔を出した。不機嫌そうに眉が中央に寄っている。シルヴィとアーサーの魔術の師匠であるメルヴィンだ。

「……誰だ？　客なら表に……って、おお、お前ら。揃《そろ》ってどうした？」

ガリガリと頭を掻《か》きながら出てきたメルヴィンは、シルヴィたちに気づくと、驚いたように目を見張った。アーサーが一歩前に出る。

「この間はありがとうございました、師匠。シルヴィが師匠に会いたいというもので、連れてきたのです。師匠、今、お時間よろしいですか？」

アーサーの話を聞き、メルヴィンは破顔した。

「おお、入れ、入れ！　ちょうど今は客もいない。シルヴィ、お前、久しぶりだなあ。もう身体はいいのか？」

声を掛けられ、シルヴィは緊張しつつも頷いた。

「はい。お久しぶりです、師匠。その――」

助けてもらった礼を言おうとしたが、それはメルヴィンに止められた。

「とりあえず、中に入れ。話はそれからだ」

「は、はい」

外でする話ではないということだろう。それに気づき、シルヴィは慌てて頷いた。

アーサーに続き、家の中へと入る。

家の中も外と同じで、記憶にある姿と何も変わらない。促されるままアーサーと一緒に椅子に座ると、目の前にコップが置かれた。それに礼を言うと、メルヴィンも空いた椅子に腰掛ける。メルヴィンは昔からやたらと可愛らしいエプロンをつけていたが、それは今も同じようだ。

今日は可愛らしい白猫がプリントされたエプロンを着ている。

「で？　二人一緒に来たっつーことは、ようやく互いの正体も分かり……ってところか？」

「あっ……いえ、その。それはその通りなのですが、今日は私が先日お世話になったことのお礼を言いたくて。媚薬の解毒薬。ありがとうございました」

何よりもこの件について礼を言いたくて頭を下げると、メルヴィンはアーサーに目を向けながら言った。

「礼なら俺《おれ》ではなく、そいつに言ってやれ。確かに俺は解毒薬を作ったが、原材料がなければどうしようもなかった。用意したのはそいつだ」

「そうなの?」

未知の話を聞かされ驚いた。

確かにアーサーからは、『原材料があった』という話を聞いていたが、それが彼から提供されたものだとは知らなかったのだ。

「ごめん。……助けてもらっただけでなく、原材料まで提供してもらっていたなんて……」

あまりに迷惑を掛けすぎた。アーサーはお金を払う必要はないと言ってくれたが、菓子を作るくらいでは割に合わない。

シルヴィが青ざめていると、アーサーは困ったような顔をした。

「……お前にそんな顔をして欲しくて助けたわけではない。それに……原材料は私が提供したとは言いにくい。お前、私がやった薔薇《ばら》を持っていただろう。詳しい説明は省《はぶ》くが、薔薇が原材料になったのだ。つまり元々はお前が持っていたもの。気にする必要はない」

「薔薇……」

アーサーの言葉を聞き、あの媚薬に苦しめられた日、持っていた薔薇のポプリをなくしたことを思い出した。

大事にしていたのに、どこで落としたのだろうと思っていたのだが、まさか薬の原材料になっていたとは。

（でも……確かにロイヤルガーデンの薔薇には高い医薬効果が認められるのよね。それが、薬になったってことか……）

ゲームの知識を思い出し、納得はしたが、シルヴィは再度アーサーに礼を言った。

「それでも。あなたが薔薇をくれなければ、私は助からなかったのだもの。やっぱりあなたにはお礼を言うべきだと思うわ」

「いや、私はお前が薔薇を持っていてくれたことが嬉しかったから、それ以上は……」

「えっ……」

アーサーから返ってきた言葉に、言葉を失う。アーサーはシルヴィを見つめながら言った。

「……捨ててくれてももちろん構わなかったのだが、まさかああやって持ってくれているとは想像もしていなかったのでな。嫌われていないのかもと思い、嬉しかったぞ」

「き、嫌ってなんて……」

あの時はもう、アーサーのことが好きだったのだ。言葉を濁すと、アーサーは膝《ひざ》の上に置かれたシルヴィの手をそっと握った。

「……知っている。お前は、私のことが好きだと言ってくれたものな」

「っ……！　ちょ、ちょっと、師匠のいる前で……」

何だか怪しげな雰囲気になってきた気がする。慌てて手を振り払おうとするが、ギュッと握られていてなかなか解くことができない。

　焦っていると、メルヴィンが呆れたような声で言った。

「……なんだ、お前ら。人の目の前でいちゃつき始めたと思ったら。そうか、ようやくくっついたのか」

「へ？」

　声がひっくり返る。メルヴィンの方に顔を向けると、彼は良かったと頷いていた。

「そいつはずっと、お前のことを探していたからな。俺はお前の名前をこいつには教えなかったし。自力で見つけろと追い返してやったんだ」

「せめて名前だけでも分かれば、いくらでも探しようがあったのですけどね」

　恨めしげな目でアーサーがメルヴィンを睨む。メルヴィンはそれを鼻で笑い飛ばした。

「それじゃあ、意味がないだろう。本当に欲しいものは自分の手で掴《つか》み取らないと意味がない。それに結局、お前はシルヴィを手に入れたんだからいいじゃないか。……お前も、ちゃんと名乗ったのか？」

「はい。両親にも会ってもらいましたし、その……半年後には婚約指名を行い、結婚する予定です」

「そうか！　それは良かったな！」

（師匠、やっぱりアーサーの正体を知ってたんだ……）

　メルヴィンは当時アーサーのことを『フェリクス』としか呼ばなかったが、やはり全部を分かった上で、彼を預かっていたようだ。

アーサーに名乗らないことがメルヴィンの弟子入り条件だったが、それは王家のゴタゴタにシルヴィを巻き込まないようにしようという彼の親切だったのだと今なら分かる。

メルヴィンは、自分のコップを手に取ると一気に呷《あお》り、よしと言いながら立ち上がった。

そうしてシルヴィに聞いてくる。

「シルヴィ。お前、ちゃんとアーサーのことが好きなのか？」

「え？」

いきなり何を聞いてくるのかと目を見張ると、メルヴィンはアーサーに視線を向けながら言った。

「こいつ、昔からずっとお前を探し続けてきて、完全に初恋を拗《こじ》らせているからな。適当な気持ちで応えると、愛が重すぎて逃げ出したくなると思うぞ。そのあたり、最初からきっちり覚悟しておいた方が良い」

「師匠、シルヴィに何を言ってるんですか！」

アーサーからのツッコミが入ったが、メルヴィンは「事実だろう」と真顔で言った。

「双方幸せになれない結婚ならしない方が良い。どうだ？　シルヴィ。お前は適当な気持ちでアーサーに応えたのか？」

「いえ……」

メルヴィンに再度問いかけられ、シルヴィはゆっくりと彼と目を合わせた。

「師匠には流されたように見えるのかもしれませんが、それでもきちんと、自分で考えて結論を出しました。後悔はしないつもりです」

アーサーに応えると決めたのは自分だ。覚悟を示すように言うと、メルヴィンは「そうか」と小さく笑った。そして「おめでとう」と含みのない笑顔でシルヴィたちを祝ってくれたのだった。

◇◇◇

「殿下」

アーサーと一緒ならまた来てもいいという言葉をもらい、メルヴィンの住居を後にしたシルヴィたちを外で待っていたのは、黒い騎士服に身を包んだディードリッヒだった。

どうやら彼は、少し離れた場所から護衛していたようだ。

ディードリッヒは、馬に乗っていたが、他にもう一頭の手綱を持った従者を連れていた。

「殿下のご命令通り、連れてきましたよ。どちらへ行かれるご予定ですか？」

チラリとシルヴィに目礼し、ディードリッヒはアーサーに尋ねた。

アーサーは従者から手綱を受け取ると、「森林公園に行こうと思っている」と答えた。

「森林公園とは、どちらの？」

「王家が所有している、ミルドラース森林公園だ」

「なるほど。承知いたしました」

二人の会話のやりとりを聞く。今日は、アーサーが丸一日休みだったため、メルヴィンの家に行った後、時間があれば少し馬に乗って出かけようという約束をしていたのだ。

どこに行くのかは聞いていなかったが、ミルドラース森林公園なら近場だし、護衛という点でも問題ない。

ミルドラース森林公園は王家所有の場所で、一般人は許可なく立ち入ることができないのだ。

それは、この森林公園でしか採れない特殊な草花や鉱石を守るためでもあった。

「前回、暗殺者に狙われるということがありましたからね。二度とそのようなことがないように、お守りいたします」

あの時、ディードリッヒはいなかったが、そういう問題ではないのだろう。

たくさんの護衛を引き連れてまで出かけなくても良いのではとシルヴィも思ったが、それを察したのかディードリッヒが言った。

「大丈夫ですよ。あなたたちのデートの邪魔はしませんから。前回あなた方が行った森とは違い、ミルドラース森林公園は、王家の人間以外の立入りを禁じている場所ですからね。私たちは公園の入り口で待機しています。ただし、いざという時は連絡を取れるようにしていただきますが」

「分かっている。何かあればすぐに魔術で連絡を入れる」

「はい、それなら結構です。――ということですので、どうぞシルヴィア殿は殿下と楽しんでいらして下さい」

笑顔で言われ、シルヴィはどう答えていいものやら困った。

アーサーが馬に跨《また》がり、シルヴィに手を伸ばしてくる。

「シルヴィ」

「あ、うん」

アーサーの手を掴む。ぐっと身体が引き上げられた。アーサーの前に腰を落ち着けると、彼が声を掛けてくる。

「あまり速くは駆けない。シルヴィ、出してもいいか？」

「うん。大丈夫」

頷くと、アーサーは馬をゆっくりと走らせた。ミルドラース森林公園は王都のすぐ側にある。急ぐ必要もなかった。

シルヴィはアーサーに捕まりながら、周りの景色《けしき》を眺めていた。少しだけ皆の視線が気になったが、それよりもこれが初デートであることに気づき、一人でドキドキしていた。

(付き合って初めて出かけるって言うんだから、初デートで間違っていないよね……)

ミルドラース森林公園へのデートは、そういえばゲームでもあった。

王家所有の公園だから、やはり相手はアーサーで、そしてそこでは外でのプレイが楽しめ——。

(はあああ!?　駄目じゃない！　ミルドラース森林公園なんて行ったら貞操の危機!?)

ゲーム内容をうっかり思い出し、シルヴィは青ざめた。

ゲームではミルドラース森林公園へは、両想いになる前に行くのだが、そこはさすがにエロゲー。テンプレなエロイベントが用意されているのである。

それが、「突然の雨！　近くにあった小屋に避難して、互いを温め合ううちに……」というもの。

全く、雪山に遭難したのかとツッコミを入れたくなるイベントである。

（互いを温め合ううちにって何⁉　雨宿りしてるんなら、大人しくしていればいいじゃない。いちいちエロイベントに絡めないでよ！）

少し前の自分に聞かせてやりたくなるくらい正反対のことを思う。

とはいえ、絶望するにはまだ早い。シルヴィの知っていることはあくまでもゲームのイベント。実際に起こるとは限らないのだ。

（ゲームが始まっていないと考えるなら、むしろ起こらない方が自然よね。大丈夫……きっと、大丈夫よ）

それに今日は天気も良い。雨なんて一滴も降らなさそうだ。条件だって違う。ゲームでは恋人ではなかったが、今のシルヴィたちは、結婚を前提に付き合っている恋人なのだ。

（よし、落ち着け私。ほら、何もかも違うじゃない。ちょっと出かけるだけなんだから平気……平気に決まってる……）

付き合っていないよりも付き合っている方が危険度が高いのではないかという冷静なツッコミを入れてくれる者はその場にはいなかった。

シルヴィが必死で自らに『大丈夫だ』と言い聞かせていると、アーサーに首を傾げられた。

「どうした？　シルヴィ。何かあったか？」

「う、ううん。何でもないの」

「？　うが多いぞ？」

「そそそ、そうね」

園に到着した。

それに挙動不審になりつつもなんとか誤魔化し、非常に疲れながらも、二人はミルドラース森林公
変なことばかり言うシルヴィを見て、アーサーが怪訝な顔をする。

動揺のあまり、何故か言葉が滑ってしまう。これは……駄目だ。

「なな、なんでもなななないの」

「どうした、シルヴィ?」

◇◇◇

護衛のディードリッヒたちとはミルドラース森林公園の入り口で別れ、シルヴィたちは中へと進んだ。

公園という名称の通り、かなり人の手が入っている。普段は一般開放していないが、特定の時期には、事前予約すれば国民も入ることができる。

今はちょうど、一般開放が終わった直後。シルヴィとアーサーの二人以外いない公園はしんと静まり返っていた。

舗装された道は幅が広く、馬でも余裕で走れる。アップダウンが少ないので、景色を十分に楽しめた。花よりも木々が多い。小さいが湖もあり、橋も架《か》かっていた。

所々に、休憩できるベンチや四阿《あずまや》があり、芝は綺麗《きれい》に刈り込まれている。人の手の入っていないヴ

ルムの森のような場所も悪くないが、計算された美しさを感じさせる森林公園も綺麗だとシルヴィは思った。

「前回は、デートという感じもなく終わってしまったからな。仕切り直しがしたかった」

馬を適当な木に繋《つな》ぎ、アーサーが戻ってきた。

少し休憩しようという話になり、シルヴィは先に降りていたのだ。湖の近くに設置されていたベンチに腰掛けていると、その隣にアーサーが座った。

それだけのことなのに妙に緊張してしまう。

馬に乗っていた時もそうだが、アーサーの体温を近くに感じると、どうしようもなくドキドキしてしまうのだ。

(馬を走らせてるアーサー、格好良かった……)

真剣な眼差《まなざ》しにシルヴィの胸は高鳴りっぱなしだった。馬は乗り慣れないが、アーサーの手綱さばきは安定していて、安心して彼にもたれかかることができた。景色を見るのも楽しかったのだが、アーサーに抱かれて、馬に乗っているという事実に、シルヴィはノックアウトされていたのだ。

ようやく、何も気にすることなく付き合えるようになった恋人。

浮かれている自覚はあった。

「シルヴィ、前に私たちを襲ってきた者たちだが……」

「ん？」

隣に座ったアーサーが声を掛けてくる。その内容を聞き、シルヴィはアーサーの方に視線を向けた。

「お前も当事者だからな。結果だけは教えておこう。非常に残念ではあるが、私たちを襲った暗殺者は、全員自害した」

「自害……」

「そうだ。毒物を歯に仕込んでいたらしい。尋問をする暇もなかったと聞いている。……最低でも誰が主犯なのかくらいは聞き出したかったのだが」

「そう……」

残念そうな口調のアーサーに、シルヴィは表情を強ばらせながらも気丈に頷いた。

シルヴィでも知っている。任務に失敗した暗殺者は自害する者が多いということを。

特に、どこかの組織に属しているものほどその傾向は強くなる。失敗者は組織から始末屋が送られ、近いうちに殺される。その殺し方は残忍で、それを知っているからこそ、皆、殺されるくらいなら自死を選ぶのだ。

「始末屋に殺されるのが怖かったのかしら……」

「その可能性は十分にある」

独《ひと》り言のように呟くと、アーサーが言った。

「私は裏組織の一つと仕事上付き合いがある。始末屋と呼ばれる者にも会ったことがあるから分かるが、彼らは普通の暗殺者とは全く違う。あれらは私たちとは別種の存在だ。暗殺者を殺す暗殺者。ある意味、暗殺者の天敵と言っても良いだろうな」

「暗殺者たちの天敵。……アーサー、裏組織と付き合いがあるんだ……」

そういえば、ゲームでもアーサーは、裏組織と協力体制を取っていた。確か、ウロボロスという組織名だったはず。

詳細を思い出そうとしたが、なかなか出てこない。裏組織関連の話は、シルヴィの好むところではなかったのだ。ゲームをしていてもわりとスキップしていたこともあって、この辺りは知識が曖昧《あいまい》だった。

（こんなことなら、ちゃんとやっとけばよかった）

もしかしなくても、結構大事な話なのではなかったか。

恋愛パートばかりを繰り返していた前世の自分を殴ってやりたい。

「そんな顔をするな。父上の命令だ。別に私が危ないことをしているわけではないのだから」

「う、うん。でも、何があるか分からないんだから気をつけてよね」

分からないというのが、これほど怖いとは思わなかった。

アーサーの不利益になるようなことが起きなければいいけどとシルヴィが不安になっていると、アーサーが言った。

「大丈夫だ。快くない話を聞かせてすまない」

「う、ううん。教えてくれてありがとう」

こういう話は自分からは聞きにくいし、気になっていたから、知らせてくれたのは有り難い。

「……やっぱり、誰かに依頼されたのかな」

「私の名前を出していたくらいだ。間違いなくそうだろう。恨みならあちこちで買っているとは思うが……心当たりがありすぎて、一人に絞れない」

アーサーの話を聞き、シルヴィは首を傾げた。王太子とはそんなに恨みを買うものなのだろうか。

「そうなの？　ああ、でも政敵とか……そういう関係？」

「それもあるが、平民街でも取り締まりによく参加しているからな。顔を覚えられている程度には恨みを買われている」

「そっか……でもそれは仕方ないよね」

アーサーにとっては町の治安を維持するのも仕事の一つだ。

「まあ、それもあって、ディードリッヒや他の近衛《このえ》兵などはずっとぴりぴりしているな。いつ、第二陣が来るかもしれないと。今回このミルドラース森林公園を選んだのも、警備がしやすいという理由なのだ。彼らにしてみれば、私が今出かけることが信じられない暴挙に見えるらしいからな。せめて護衛しやすい場所を選べと出てくる前に散々言われた」

ディードリッヒの懸念は尤もだ。そして、そうさせてしまったのは、シルヴィがメルヴィンのところへ行きたいと言ったから。そのことに気づき、途端、罪悪感が湧《わ》いてくる。

「ごめんなさい。私のせい、よね」

シルヴィが謝ると、アーサーは目を瞬かせた。そんな風には思っていなかったという顔だ。

「いや？　お前は関係ない。大体、出かけようと提案したのは私だっただろう」

「それはそうだけど、でも——」

「私がお前といたかっただけだ。これは私の我が儘《まま》。ディードリッヒたちも分かっている。お前が気にすることは何もない」

軽く言って、アーサーはベンチから立ち上がった。

「とはいえ、あまり長居もできないが……っと」

「あれ？　雨？」

ポツリ、と頭の上に冷たい水の感触がした。

咄嗟《とっさ》に頭を押さえる。空を見上げると、いつの間にか暗い雲が集まっていた。

ポツポツと降る雨は、すぐに本降りになる。

「ちっ……まずいな」

（これはまさかのゲーム展開⁉　嘘でしょう⁉）

いきなり降り出した雨にシルヴィが愕然《がくぜん》としていると、アーサーが彼女の腕を取った。

「シルヴィ、近くにあった四阿、場所を覚えているか⁉」

「う、うん……分かるけど」

「私は馬を連れてくる。先に行け！」

腕を引かれ、立ち上がったシルヴィは慌てて指示通りに駆け出した。四阿の場所は覚えている。雨はどんどん強くなり、ゴロゴロという音まで聞こえ始めてきた。

「嘘……雷まで？　やめてよ」

シルヴィは雷が大嫌いなのだ。あの音を聞くと、反射的に居竦んでしまう。どこかに落ちる前にと、シルヴィは必死で四阿に駆け込んだ。すぐ後に、馬を連れてきたアーサーもやってくる。早めに行動したおかげで、ずぶ濡れにはならなかったが、それでもかなり濡れてしまった。

服が肌に張り付き気持ち悪い。

アーサーに至っては、髪まで濡れ、前髪から水滴がいくつも落ちていた。

「……邪魔だな」

アーサーはマントを外し、手袋を脱ぎ捨てると、鬱陶《うっとう》しげに前髪を掻き上げる。

狭い四阿は人間二人と馬が入るといっぱいになってしまった。

「通り雨だとは思うが……これはしばらく様子見だな」

「そうね……」

雨の様子を見ながら溜息を吐いたアーサーに、シルヴィも同意する。雨の勢いは更に増し、屋根がなければあっという間にびしょ濡れになってしまう。まるでスコールのような突然の豪雨には驚いたが、近くに四阿があって良かったと思った。窓や扉はないが、屋根はある。それだけで随分と違うのだ。

（……小屋に逃げ込むイベントは発生しなかった。……やっぱり違うんだ）

様子を窺《うかが》うアーサーを見つめながら、シルヴィは内心ホッとしていた。

小屋に逃げ込み二人きり。冷えた身体を温め合う……なんて展開はお断りなのだ。

少なくともこの四阿では、そういういやらしい話にはならないだろう。何かできるような場所もないし、室内でもないからだ。とはいえ、雨に濡れたせいで身体は冷えてきた。できればさっさと帰って、お湯に浸《つ》かりたい。

「どれくらいで、雨、止《や》むのかな……」

「一時間もしないうちに止むと思うが。一応、四阿で雨宿りをしているとディードリッヒたちには魔術で連絡を入れた。雨が止めば、迎えに来る話になっているから、私たちはのんびり待っていればいい」

「うん……」

すでにディードリッヒたちに連絡は入れているらしい。それなら滅多なことにはならないだろう。ずっと立ちっぱなしというのもなんなので、四阿の中にある長椅子に腰掛ける。二人で立っているより場所も取らないし、座ると少し疲労が楽になった。

雨は相変わらず強く、止む気配を見せない。

「きゃっ‼」

突然、空が光ったかと思うと、バリバリという音がし、ほぼ同時に雷が落ちた。あまりの大音量にシルヴィは咄嗟に耳を塞《ふさ》ぐ。

身体が勝手に反応してしまう。大袈裟《おおげさ》すぎるほどに震えるシルヴィを見て、アーサーが心配そうな声で聞いてきた。

「シルヴィ……。まさかお前、雷が苦手なのか？」

「えっ……ちが……きゃあっ！」

また、雷が落ちた。先ほどよりも光と音の間隔が近い。

アーサーに自らの弱点を晒す気は毛頭なかったが、近い距離に雷が落ちたことで、シルヴィはパニックに陥ってしまった。

「やっ……！　雷っ！　きゃあああっ！」

ドンッと地に響くような音と稲光に恐怖しか感じない。

ぶるぶるとシルヴィが震えていると、強い力で身体が引き寄せられた。アーサーに抱き締められる形となったシルヴィは、今度は違う意味で身体を震わせた。

「っ！」

「……大丈夫だ、シルヴィ。こうしていれば怖くないだろう？」

「あ……アーサー？」

藻掻《もが》こうとするシルヴィをアーサーはしっかりと抱き締める。そして落ち着かせるように背中をゆっくりと撫でた。

いやらしさの欠片《かけら》もない、ただ相手を気遣うためだけというのが分かる触れ方に、シルヴィの心も次第に落ち着いてくる。

「う……う……」

「大丈夫だ。私がついている」

優しい声音を聞き、涙が零《こぼ》れた。額をグリグリと胸に押しつけると、アーサーはポンポンと宥めるように背を叩いてくれる。

ギュッとアーサーにしがみつく。激しく地面を叩きつけるような雨の音と、短い間隔で何度も落ちる雷に恐慌状態に陥りそうになったが、アーサーの体温がシルヴィを現実に留《とど》めていた。

雷が落ちる度に「ひっ……！」と引きつった声を上げていると、アーサーが両手でシルヴィの耳を塞ぐ。

「こうしていれば、聞こえないだろう？」

「……うん」

――嘘だ。それくらいで聞こえなくなんてならない。だけどアーサーの手の温度が何とも心地よくて、シルヴィは小さく首を縦に振った。

まるでアーサーに守られているような気持ちになっていく。それでもまだ怖いと思っていると、耳を塞いでいた両手で顔を少し上に向けられた。

「？　……っ！」

何だろうと思う間もなく口づけられた。雨に濡れたせいで冷えてしまった唇がシルヴィの唇の温度を奪っていく。

「んっ？　んんっ？」

アーサーの舌が唇を割り開く。舌は口内をくまなく擦《こす》りつけ、最後にシルヴィの舌に絡んだ。

舌を吸われ、声が漏れる。

「ん……」

乱暴な動きではない。優しい、労《いた》わるようなキスにシルヴィはいつの間にか夢中になっていた。

「……はあ」

息が鼻から抜けていく。

どれくらい経《た》っただろう。満足したのか、ゆっくりと唇が離れていった。

「……えと、アーサー？」

どうしていきなりキスをしたのだろう。そう思い、アーサーを見つめると、彼はニヤリと笑った。

「……雷など気にならなくなっただろう？」

「っ⁉」

シルヴィは大きく目を見開いた。

確かに。確かにアーサーとのキスに夢中になって、雷のことなどすっかり忘れていた。

あれだけ怖いと思っていたのに、嘘みたいだ。

「……」

視線を彷徨《さまよ》わせるシルヴィを見て、聞かずとも答えが分かったのだろう。アーサーが言った。

「だから、お前が怖がっている雷が鳴っている間、ずっとキスし続けてやる」

「……アーサー」

まじまじとアーサーの顔を見つめる。その表情にはどこにもからかうような色はなく、彼が真面目に言っているのだということが分かった。

「で、でも……んっ」

いくらなんでも、雷が鳴っている間ずっと、というのはやりすぎではないだろうか。

そう思ったが、反論の言葉は、再び降ってきたアーサーの唇に呑み込まれてしまった。

甘い熱が押しつけられる。アーサーの髪から水滴が落ち、シルヴィの顔に掛かる。

それを気持ち悪いとは思わなかった。自分から身体を寄せ、その背に両手を回す。

雷雨の音が、アーサーの塞ぐ両手越しに聞こえてくる。

雨の勢いは増す一方で、雷も不定期に鳴っている。

いつもなら、怖くてベッドの中で震えているような状況。

だけど、アーサーとのキスに夢中になったシルヴィには、もうそれが、怖いものだとは思えなかった。

◇◇◇

雨は、アーサーの言ったとおり、小一時間程度でピタリと止み、空には嘘みたいに綺麗な青空が広がっていた。

雨と雷に怯えていた間、結局アーサーとキスし続けていたシルヴィは、雨が止んだことでようやく我に返り、恥ずかしさに身悶《みもだ》えていた。

（うわああ……。私、何やってるの……。雷に怯えている間、ずっとキスして慰めてもらうとか……）

一瞬、そんなイベントあったっけ、と思ってしまうような甘い時間だった。

アーサーは終始優しく、キス以上のことは決してしなかった。本当に、雷に怯えているシルヴィを落ち着かせるためだけにしてくれたのだ。それくらい、彼の態度を見ていれば分かる。

「あの……アーサー。ありがとう……」

雷の音が気にならなくなったのは間違いなく、アーサーのおかげだった。羞恥《しゅうち》に震えながらもシルヴィがお礼を言うと、アーサーは彼女の髪をするりと撫でた。

「怖くなかったか？」

「う、うん」

「それなら良かった」

優しい笑顔を向けてくれるアーサーに、シルヴィは心臓発作でも起こしてしまうのではないかと思った。

（アーサーが……アーサーが格好良すぎる……）

正体を隠し、敬語で接してくれていた時もアーサーはずっと優しかったが、それでも今ほどではなかったと思う。これが、恋人に対する甘さというやつだろうか。

常時、こんな風に接されては、シルヴィの心臓が保《も》たない。

ドキドキしっぱなしの胸を押さえていると、アーサーが言った。

「ディードリッヒたちが迎えに来たようだな。シルヴィ。こんなことになってしまったが、良ければまた、私と出かけてはくれないだろうか。できればやり直したい」

アーサーからすれば、せっかくのデートが台無しになった気分なのだろう。

だが、シルヴィは嫌な気持ちになど全くならなかったし、それどころか、今までよりもアーサーのことをより好きになってしまったくらいだ。

アーサーが謝る必要はどこにもない。

「やり直しなんて要《い》らない。そ、その……私はちゃんと楽しかったし、普通に誘ってくれたら、別に次も付き合うから……」

恥ずかしく思いながらも正直に告げると、アーサーは驚いたようにシルヴィを見た。

「本当に？　こんな場所で足止めをさせてしまったのにか？」

「天気なんて誰にも分からないもの。アーサーは私が不安にならないようにしてくれたわ。だから……それで十分なの」

「シルヴィ」

「そ、そういうことだから！」

なんだか甘ったるい雰囲気になってきた気がする。こういうのは苦手だと思いながら無理やり話を終わらせた。後はもう、さっさと帰れればそれでいい。服もまだ濡れているし気持ち悪いのだ。そう思ったところで、シルヴィはふと、とんでもないことに気がついた。

「ね、ねえ……アーサー。私、今気がついたんだけど」

「なんだ」

シルヴィの声は震えていた。訝《いぶか》しげに彼女を見つめるアーサーに、シルヴィは愕然としながら言う。

「雨はどうにもならないけど、服くらいなら魔術を使えば乾かせたんじゃない？　何もこんな濡れた服をいつまでも着ている必要はなかったんじゃないかって……思ったんだけど……」

「あ……」

アーサーもぽかんとした。やはり彼も気づいていなかったようだ。

アーサーは額に手を当てると、信じられないと何度も首を横に振った。

「……本当だ。気づかなかった」

「でしょう？」

二人とも魔術が使えるというのに、今の今まで思いつきもしなかった。突然の豪雨と雷に、やはり冷静さを欠いていたのだろう。

アーサーが魔術を発動させる。風の魔術だ。あっという間に二人の服も髪も綺麗に乾いた。

「……」

「……何と言うか、間抜けよね」

乾いた服の感触にホッとしつつもアーサーに話しかけると、彼も微妙な顔で同意した。

「本当に、全く気づかなかった。……すまない、シルヴィ。風邪《かぜ》を引いていなければ良いが……」

「アーサーが謝る必要なんてないわ。私も……本当にたった今気づいたんだもの。でも、魔術が使えるのに、二人とも濡れたままで我慢していたなんて……ふふっ……考えてみれば、すごく馬鹿な話よね」

「……シルヴィ、言わないでくれ。私は今、猛烈に恥ずかしい」

憮然《ぶぜん》とするアーサーだったが、シルヴィはよりおかしい気持ちが込み上げてくるだけだった。

「いや、だって……ふふっ……私たち、馬鹿みたい……。こんなのきっと、ずっと忘れないわ。きっといくつになっても思い出すのよ。あの時、二人で間抜けだったねって……」

「そうだな。確かに忘れようがない。こんな失態、ある意味生まれて初めてだ」

「そうよね。ふふっ……」

「くくっ……」

なんだか妙に笑えてくる。シルヴィに釣られるように、アーサーまでもが笑い出してしまった。二人で笑っていると、ディードリッヒたちが走ってくる。

「殿下！　大丈夫ですか……ってあの……？　どうして笑っていらっしゃるのです？」

「どうしてって……ねえ？」

「ああ、あまり言いたくはないな。二人の秘密と言ったところだ」

シルヴィが目配せをすると、アーサーも頷いた。

こんな間抜けすぎる話、第三者に聞かせたくない。

「はあ……まあ、仲が良さそうで結構ですが……雨が上がった今のうちに城に戻りましょう。殿下の馬はこちらでお預かりします。馬車を呼びましたから、それに乗って帰って下さい。シルヴィア殿、シルヴィア殿もどうかご一緒に城へ。湯殿を用意いたします。さすがにこのまま帰っていただくのは……」

ディードリッヒの言葉に、アーサーもシルヴィも頷いた。

魔術で乾かしたとはいえ、冷え切った身体は温めたいし、ディードリッヒの立場も分かる。

雨に打たれたシルヴィをこのまま返すのは、王子の側近としてもあり得ないということだろう。

ディードリッヒの用意した馬車に素直に乗り込む。すぐに馬車は城に着いた。馬車から降りると、女官が十人ほど綺麗に並び、シルヴィたちを待っていた。

「殿下、湯殿の用意が整っております」

真ん中にいた女官がアーサーに声を掛けると、彼は鋭い視線を投げかけた。

「ああ、シルヴィを連れていってくれ。父上から話は通っているとは思うが、彼女が私の婚約者だ。無礼な真似は許さない」

「心得ております」

女官たちが一斉に頭を下げる。一糸乱れぬ動きだ。

それを確認し、アーサーが言った。

「シルヴィ、彼女たちが湯殿まで案内してくれる。入浴が終わったら、私の部屋で待っていてくれ。一緒にお茶でもしよう」

「……はい」

「私は少し仕事を片付けてから行くから、待たせることになると思う。部屋の中は自由に見てくれていい」

「分かりました」

頷くと、アーサーは城の奥へと歩いていった。それに付き従うように、ディードリッヒが続く。ほんの少しだけ拍子抜けだった。

（一緒に風呂《ふろ》に入ろうとか、言われるのかと思った……）

もちろん断るつもりだったが、何もないとそれはそれで「えっ」と思ってしまう。

結局、ゲームのイメージから離れることができていないのだ。

変な先入観に囚《とら》われて、アーサーをただの『絶倫溺愛王子』と思ってはいけない。

(そ、そうよね。アーサーはフェリクスなんだもの。ゲームのアーサーと同じ扱いじゃ失礼だわ)

「姫様」

「えっ!?」

納得し、深く頷いていると、女官が声を掛けてきた。

シルヴィより年上の……三十過ぎに見える女性。立っている位置的に女官を纏《まと》める立場にありそうだ。

「姫様。浴場に案内いたします」

「え、ええ。お願いするわ」

女官たちに先導され、浴場へ向かう。案内された浴場は広く、一人で使うのが戸惑われるほどの規模だった。

「王族の皆様のみがお使いになれる特別な浴場です。姫様は、殿下と結婚なさることが決まっていると陛下からお聞きしておりますので、どうぞこちらをお使い下さい」

王族用の浴場と聞き、腰が引けたが、ここまで来て嫌だとも言えない。シルヴィは諦めて、浴場への中へと足を踏み入れた。

◇◇◇

身体は温まったが、より疲れが溜《た》まった気がする入浴を終え、シルヴィが案内されたのは、アーサーの私室だった。聞いていたとおり、アーサーはいない。女官たちはお茶の用意だけして下がっていったので一人きりだ。

「……ここが……アーサーの部屋」

グルリと見渡す。まず目に入ったのは、大量の本だ。ライブラリーと言った方が正しいのではないかと思うほど、壁際には背の高い書棚がいくつもあり、中身もぎっしりと詰まっていた。

本棚の前には大きな机があったが、読書の途中だったのか本が散乱している。机の周りには椅子やソファが無造作に置かれていて、なかなか居心地が良さそうだ。書棚の上には人物画や風景画が飾られている。

奥に扉が見える。おそらくアーサーの寝室に続いているのだろう。

「……」

好きにしてもいいとは言われたが、留守にしている人の部屋を触りたくはない。

シルヴィは大人しくお茶を飲んで待っていることに決め、近くのソファに座った。

「……アーサー、早く戻ってこないかな」

夜会の時に待たされた貴賓室も辛かったが、ある意味もっといづらかった。キラキラピカピカはあまりしていないが、それだけだ。書棚一つとっても、名のある職人が手掛けた最高級品であることが分かる。もちろん、シルヴィが座っているソファだってそう。信じられないくらい座り心地の良いこれは、きっと目玉が飛び出るほどの逸品なのだろう。

紅茶を飲む手も震えるというものだ。

いっそ帰ってしまいたい気持ちに駆られたが、そういうわけにもいかない。

お風呂も借りたし、その後にはドレスまで借りてしまった。

シルヴィが女官たちに世話されて浴場から出た時には、着ていた服はどこにもなく、代わりのドレスが用意されていたのだ。

薄いピンク色のドレスは可愛らしい小花模様で、レースがふんだんにあしらわれていた。

髪飾りは持っていかれなかったのでホッとしたが、ここまでしてもらって勝手に帰るわけにもいかないだろう。

忍の一字でアーサーを待っていると、しばらくして扉が開かれた。

現れたのは部屋の主であるアーサーだ。彼もまた着替えていた。騎士服から王子らしい煌《きら》びやかな服装に変わっている。

「すまない、緊急の仕事が入ってしまって手間取っていた。待たせてしまったか？」

「お疲れ様。大丈夫よ。仕事なら仕方ないもの」

ソファから立ち上がる。

早く帰ってきて欲しかったのは本当だが、仕事をしているアーサーを責める気は毛頭なかった。むしろ、帰ってきてすぐ仕事に追われるなど、王太子はやはり大変なのだなと気の毒に思ったくらいだ。

「そのドレス、良く似合っている」

「え？　あ、ありがとう……。女官たちが用意してくれたのだけど……」

　褒めてもらえるのは純粋に嬉しい。

　シルヴィがほんのりと頬を染めていると、アーサーが優しげな表情で言った。

「そのドレスは、そのままもらってくれ。お前の夜会用のドレスを用意した時に、一緒に作らせたものなのだ。いつか機会があればと思っていたが、意外に早く見ることができて良かった。その……お前の髪飾りを意識して作らせたのだ」

「そうなの？」

　アーサーの言葉に驚き、再度自分の着ているドレスを見る。薄いピンク色は確かにシルヴィの髪飾りとよく似ていた。小花模様も、もしかして髪飾りに合わせているのだろうか。とても細やかで丁寧な仕事だ。

「……すごく可愛い。ありがとう、アーサー」

「喜んでもらえたのなら良かった。そうだ。リーヴェルト侯爵には、王城に寄ると伝えておいた。夕食の時間までには返すと言ってあるから心配するな」

　父に連絡を取ってくれたと聞き、ホッとした。

　予定の時間に帰らなければ心配するだろうと思っていたのだ。そして、アーサーが常識的な時間に帰してくれるつもりなのにも有り難く思っていた。

（アーサー、部屋に来たら泊まりを覚悟しろ、なんて言っていたけどやっぱりあれ、冗談だったんだ。ちゃんと順序を踏んでくれるつもりなのかな。だとしたらすごく嬉しいんだけど……）

ちょうど風呂上がりだし、もしかしてだが、貞操の危機なのではないかと少しだけ疑っていた自分が恥ずかしい。

「ありがとう。じゃあ、もう少ししたら帰るわね」

「ああ」

アーサーに促され、ソファに再度腰掛ける。シルヴィの正面に座ったアーサーは、彼女の目を見つめ、意味ありげに笑った。

「――お前、今ホッとしただろう」

「え？」

どきりとしつつも咄嗟にシルヴィは誤魔化した。

「な、何のこと？」

「とぼけるな。お前、ずっと落ち着かなかっただろう。それが、私が『夕食の時間までには返す』と言ってから妙に安堵した。お前、私に襲われるとでも思っていたのか？」

「わ、私はそんなこと……」

思っていたが、『はい、その通りです』と言えるわけがない。

シルヴィが視線を宙に彷徨わせると、アーサーは余裕たっぷりに言った。

「安心しろ。今日は抱かない。――何せ、お前に言われたからな。時と場所を考え、あと――ロマンチックに、だったか？　そこまで言われて今日お前を抱いたら、どさくさ紛れだと一生責められそうだと思っただけだ」

「一生なんて、責めないわよ！」

どれだけ粘着だと思われているのだ。

だが、シルヴィは内心「セーフ」と思っていた。

アーサーとの初夜を少しでも遅らせるために言った適当な言葉が、見事に効力を発揮していたからだ。

（あ、危なかった。あの時、アーサーを牽制していなかったら、今日、脱処女だったたってこと？　私、ものすごくギリギリの橋を渡ってない？）

ギリギリどころか落ちかけているような気さえする。だってそれはつまり、そういう状況を整えてさえくれれば抱かれると言っているようなものなのだから。

（うわあ……）

頭を抱えていると、アーサーが言った。

「そういうわけだ。私としては据え膳は美味《おい》しくいただきたいところだが、お前の意思も尊重したい。特に今日のデート、私は失敗したと思っているからな。それでお前に手を出す気にはさすがになれん」

「……」

「だが、次はないぞ。逃がしてやるのは今回だけだ。次、この部屋に来た時は、覚悟するんだな。次の日の朝まで絶対に離してやらないから」

「えっ……ええっ⁉」

堂々と宣言され、シルヴィは二の句が継げなくなった。

次、次とはいつのことだろう。明日？　明後日？　それまでに初体験の覚悟を決めておけと、そういうことだろうか。

（む、無理だわ）

そんなすぐに覚悟など決められない。せめてひと月……ううん、半年くらいは待ってくれないだろうか。そう思ったところで名案が浮かんだ。

（そうよ、アーサーの部屋に行かなければ良いってことよね）

部屋でのデートを回避すれば良いということに気づき、シルヴィは思わず胸を撫で下ろした。

それを見ていたアーサーがポソリと言う。

「……お前が今、何を考えているのか、手を取るように分かるのだが」

「えっ⁉」

じろりと睨まれ、シルヴィは頬を引きつらせた。

「どうせ、部屋へ行かなければ良いとでも思っていたのだろう。だが、シルヴィ。結婚前提で付き合っている恋人を抱きたいという私の当然の感情は無視か？」

「えっ……えーと」

「それはずいぶんと良い度胸だな」

決して無視しているわけではなく、なかなか覚悟を決められないから先延ばしにしたいだけなのだが、それを言えば「覚悟なんて今すぐ決めさせてやる」とでも返されそうな気がする。

（仕方ないじゃない。アーサーがゲームキャラではないように、私だって、エロゲーヒロインじゃないんだもの）

つまりはそういうことだ。

だから、申し訳ないけれどアーサーには待ってもらいたい。

誤魔化すように笑ったシルヴィに、アーサーはそれこそ責めるような視線を向けたのだった。

◇◇◇

名案だと思われたシルヴィの『アーサーの部屋に行かない作戦』だったが、それはあっという間に失敗に終わった。

外デート以外は何かと理由をつけて断ろうと考えていたのだが、作戦を決行したほんの数日後に、申し訳なさそうな顔をしたアーサーに言われてしまったからだ。

「母が、お前に会いたいと言っている。医師も会いたいと思う人物に会うことは母の心身に良い影響を与えるだろうと言っているし……良ければ、来てもらえないだろうか」

そんな風に頼まれれば嫌だとは言えない。それにずっと臥《ふ》せっている王妃のことはシルヴィも気になるから、彼女は快く頷いた。

「私で良いのなら喜んでお伺いさせていただくけど……でも、私はお医者様ではないし、何の知識もないけど構わないの？」

「母が会いたいと言ったという事実が大事なのだ。頼む」

そんな風に説明され、シルヴィは早速とばかりに王妃の部屋へと連れてこられた。

今日も王妃は、前に見た時と同様、ベッドに身体を起こした状態でシルヴィを迎えてくれた。

本当に、こんな体調で会いに来ても良かったのかと心配してしまうような、青白い顔色をしている。

だが、シルヴィを見た王妃は、嬉しそうな表情を見せた。

「ごめんなさいね。無理を言ってしまって……。あなたにも色々と用事があったでしょうに」

「いえ、私は構わないのですが、本当によろしいのですか？　体調もですが、私で……」

ベッドサイドにあるテーブルには、薬と水差しが置かれている。それについ目を向けると、王妃は儚《はかな》げな笑みを浮かべた。

「ええ。実は前々から医師には言われていたのです。家族以外で誰か会いたい人はいないのかと。他人と話すことは病気の治療にも良いから、会いたい人がいるのなら積極的に会うようにと。だけど……この城で息子と夫以外に会いたい人なんて、私にいるはずがありません」

不貞を疑われた傷は深く残っているということだろう。

きっぱりと会いたくないと言い切った王妃の目は、真剣だった。

「ですがこの前、あなたに会った時に思ったのです。幼い頃、アーサーを諭《さと》してくれたあなたたなら信じられるのではないか、と。話すのも楽しかった。こんな風に思えたのは初めてなのです」

「それで……医師に話したところ、是非シルヴィを呼ぶべきだという結論に至ったのだ。お前には迷惑かもしれないが――」

「いいえ、迷惑だなんて思っていません。私と話すことで王妃様のお役に立てるのならとても嬉しいです」

王妃やアーサーが望んでいて、医師が許可を出しているのなら、シルヴィが断る理由はない。話し相手にくらいならと頷くと、王妃はホッとしたような表情をした。

「良かった。私も、王妃と呼ばれる身。身体が弱いことを理由にしてこのまま閉じ籠もりきりではいけないと思っているのです。ですがなかなか勇気が出なくて……あなたと話すことで何か変わって行ければと思っています」

「はい、協力いたします。それで、王妃様。差し支えがなければ教えていただきたいのですが、お医者様は他に何かお体に良いことなどおっしゃっておられませんでしたか？」

この際だ。他にも協力可能なことがあるのならと思い問いかけてみると、王妃は困ったように頬に手を当てた。

「その……医師は、できるだけ太陽の光を浴びると良い、と言ったのですけど……」

「つまりは散歩、ですか？」

「ええ。でも、人の目があるから、あまり外には出たくなくて……」

力なく首を横に振る王妃を見て、シルヴィは言った。

「そうですか……ええと、それでは、窓際で日光浴から始めてみては如何《いかが》でしょう。あと、もしよろしければ、庭の散歩くらいなら付き合いますけど。人の少ない夕方とかなら……」

ずっとベッドにいるのなら、確かに外の空気を吸った方が良い。最低限の体力もなさそうな今の王妃には辛いかもしれないが、体力はないからこそつけなくてはならないのだ。

それなら、日光浴もいいが散歩もしなければならない。

せめて人の少ない時間帯をとシルヴィが提案すると、話を聞いていたアーサーが口を開いた。

「誰にも見られたくないと言うのなら。母上、ロイヤルガーデンは如何ですか？　あそこなら王族しか入れません。奥庭は一年に一度しか立ち入れませんが、それ以外の場所なら父上も許可を出して下さるでしょう」

「ロイヤルガーデン？　でも……私一人では……」

無理だと項垂《うなだ》れる王妃に、アーサーは根気よく言った。

「散歩にはシルヴィが付き合ってくれるらしいですし、問題ないでしょう。シルヴィの扱いはすでに私の婚約者も同然。父上も、駄目だとは言わないと思います。それに……母上さえよければ、私も付き合いますよ」

「あなたも来てくれるのですか？　それなら」

ぱあっと表情を明るくした王妃に、アーサーが頷く。

そんな二人の姿を見ながら、シルヴィは「ロイヤルガーデン……」と小声で呟いた。

アーサーが呟きに反応し、振り返る。

「ああ、シルヴィには説明していなかったな。城の奥にはロイヤルガーデンと呼ばれる王族のみが立ち入ることを許される特別な庭があるのだ。そこなら護衛も入ってこられないから母上も安心できると思ってな」

「……そんな庭があるのですね。ですが、私は王族ではありませんし……」

ゲームの知識としてロイヤルガーデンについてはかなりのことを知っているが、ここは知らない振りをしなければならない。それに、シルヴィの知っている設定と違いがあるかもしれないのだ。変に先入観を持たない方が良いだろう。

そう思いつつ、慎重に答えを返すと、アーサーは笑みを浮かべた。

「シルヴィは私の婚約者だと周知されているから問題ない。それに、以前言っただろう？　お前さえ良ければ特別な庭に連れていくと。あの時言った庭がロイヤルガーデンのことだ。母上のリハビリにもなるし、お前も来てくれると嬉しい」

「あの時……屋敷の庭を一緒に散歩した時ですね。……分かりました」

アーサーと再会した夜会の、次の日の話だ。ディードリッヒと一緒に屋敷に来たアーサーはシルヴィと散歩をして、その時にロイヤルガーデンの話をしたのだ。

（あの時は、絶対にロイヤルガーデンになんて行くものかって思っていたけど）

結局、自分から婚約を受け入れることになったのだから不思議なものだ。

「そうと決まれば、早速出かけよう。母上、体調は如何ですか？」

「大丈夫ですよ。今日は随分と気分が良いのです」

「それは良かったです。では、私は父上に許可を取って参ります。シルヴィ、母上についていてくれ。すぐに戻る」

「はい」

首肯すると、アーサーはすぐに部屋を出ていった。アーサーが帰ってくるまでに準備を終わらせたいと、王妃が女官たちを呼ぶ。女官たちは、外出するという王妃の話を聞き驚きはしたが、皆、良かったと好意的に喜んでくれた。

国王からの許可はすんなりと下り、三人でロイヤルガーデンの入り口まで行くと、兵士たちが頭を下げ、無言でシルヴィたちを通してくれた。

「母上、お体の具合は？」

久しぶりに外に出たからか、王妃の足取りはかなりゆっくりとしたものだった。日を避けるためにつばの広い帽子を被《かぶ》っている。

何かあっても助けられるように、シルヴィたちは王妃を挟むようにして歩いた。誰もいない庭は三人の足音だけが聞こえる。

ロイヤルガーデンには、古今東西《ここんとうざい》様々な薔薇が咲き、とても美しかった。ゲームのスチルで見た時も綺麗だと思ったが、実物はその比ではない。こんな時でなければ、棒立ちになって見惚《みほ》れていたことだろう。

「大丈夫ですよ。さっき、兵士たちを見た時は、少し動揺しましたが……会話しなかったので何とかなりました」

「父上が、不用意に母上に話しかけないようにと厳命していらっしゃいました。その……無理はするなとおっしゃっていましたが」

国王からの言葉を聞き、王妃が小さく微笑む。

「ええ。陛下には心配ばかり掛けていますからね。ですが……ああ……久しぶりに日の光を浴びましたが凍えていた身体が温まっていくようです。もっと早く外へ出れば良かった……」

　王妃が立ち止まり、空を仰ぎ見る。

　その顔色は日を浴びたせいか、少し血色が良くなっていた。王妃がシルヴィに目を向ける。

「シルヴィア殿も、付き合ってくれてありがとう。あなたがいてくれたおかげで、外に出ようと思えました」

「お役に立てたのなら嬉しいです。王妃様」

「王妃様、だなんて。あなたは私の義理の娘になるのでしょう？　母と呼んで欲しいわ。私もあなたのことをシルヴィと呼んでも良いかしら？」

「は、はい。もちろんです」

　頷くと、王妃は嬉しそうな顔をした。

「アーサーが結婚したいと思っていた女性が、あなたで良かったと思いますよ。シルヴィ、これからも私の散歩に付き合ってくれますか？」

「お誘いいただけるのならば、喜んで」

「ありがとう。できればあなたたちの結婚式には出席したいと思っているのです。今の私では長時間人前に出ることなど不可能ですが……まだ、式までは一年近くありますし、徐々に人と付き合えるよう慣れていきたいのです」

「お義母様。ありがとうございます」

王妃の言葉が嬉しかった。身体の弱い、人前に出ることを怖がっている王妃が、シルヴィたちのために頑張ると言ってくれているのだ。

アーサーが嬉しそうに言った。

「母上が前向きになって下さって私も嬉しいですよ。私も、仕事の都合が付けられる時はできるだけ同行するようにします。シルヴィ、父上に話は通しておく。母上のこと、よろしく頼む」

「散歩に付き合うだけですけどね。分かりました」

話しながら、三人で庭を歩く。初めて踏み入れたロイヤルガーデン。

こんな展開になるとは思わなかったが、こういうのも悪くないと思った。

◇◇◇

王妃との散歩は、最初は三日に一回程度だったが、やがてほぼ毎日へと変わっていった。

シルヴィはその散歩に毎回付き合い、数回に一回はアーサーも同行した。

兵士たちもすっかりアーサーの婚約者としてのシルヴィを覚え、王妃と親しくしていることもあってか、かなり態度は好意的だ。

王妃は相変わらず他人と接するのが怖いようだが、毎日散歩に出ていることで、体調は少しずつ上向きになってきた。

細く儚げな様子は変わらないが、顔色は以前より明らかに良くなっているし、食欲も出てきたようだ。

「最近、食事をするのが楽しくなりました」

前はスープだけで、それ以上は食べる気にならなかったのだと告白した王妃は、照れたように笑った。

「外に出ているからでしょうか。少しずつ気持ちも前向きになっているような気がします。明るい太陽の日差しを浴びると、ホッとするというか……自分がずいぶんと無理をしていたのだなと気づくようになりました」

アーサーと国王、あとは世話をする女官や医師を除けば誰にも会おうとしなかった王妃は、少しずつ内向きだった自分を改善しようとしているようだった。

「これも、あなたが毎日私に付き合ってくれるからです。ありがとう、シルヴィ。毎日登城するのは大変でしょうに……ですが、あなたが来てくれて私はとても嬉しいと思っています」

「お義母様と散歩するのは楽しいですから。大変だなんてことありません。それに、ここの庭はとても綺麗なので、毎日見ていても飽きないのです」

王妃に言ったことは嘘ではない。

それに王妃のお召しということで、父は大喜びだし、あまり屋敷にいたくないシルヴィにもこの招きは有り難かった。

最近、レオンの様子が少しおかしいのだ。引きこもっているのは変わらないのだが、たまに顔を合わせた時、思い詰めたような表情をしているような気がする。それが妙に怖くて、シルヴィも無意識にレオンを避けてしまっていた。

「ふふ。実はこの庭の奥にはもっと綺麗な薔薇が咲いている場所があるのですよ。いずれアーサーがあなたをそこへ連れていくでしょう。楽しみにしているといいですよ」

「はい」

王妃が言っているのは、以前、アーサーがシルヴィにくれた薔薇がある場所のことだ。

そこは王族であっても滅多なことでは立ち入れない秘密の場所。王妃との散歩はいつも庭の手前の方をぐるりと回るだけなので近づいたことすらない。

「……お義母様、少しずつ元気になっていらっしゃるみたい。良かった」

いつも通りに散歩を終え、王妃と別れてからシルヴィは勝手知ったる王城の廊下を歩いていた。

時刻は、もうすぐ夕方になるかと言ったところ。

シルヴィを見た女官や侍従たちが立ち止まり、深く頭を下げる。

シルヴィが王太子妃となることは、この数ヶ月で完全に王城内で広まったらしく、彼女を見かけると、皆、王族に対するのと同様の態度を取るようになったのだ。

それを最初は驚いたし、やめて欲しいとアーサーに相談しようか悩んだが、最終的には黙っておくことにした。

次期王太子妃に丁重な態度を取るのは当然。

やめて欲しいというのは、シルヴィの単なる我が儘でしかないことに気がついたからだ。

少しずつだがシルヴィも、王太子妃になるということに自覚が芽生え始めていた。

「明日は、アーサーも散歩に来るってお義母様、おっしゃっていたわね……」

ここ数日、アーサーは散歩には現れていなかった。

どうやら彼は今、かなり緊急の案件を抱えているらしく、毎日執務室に籠もりきりなのだ。それは彼の側近であるディードリッヒも同じで、二人揃って毎日夜遅くまで仕事をしているのだと、王妃は言っていた。

「王太子ってやっぱり大変なのね……」

忙しいのに無理をして来なくても良いのに。

そう思いつつも、アーサーに会えるのは嬉しいので、やめてくれとも言いたくない。複雑な気分だ。

王妃と毎日散歩をしていることもあり、あれからアーサーとは二人きりでどこかへ出かけたりなど全くできていない。それはつまり、アーサーとの関係が進んでいないということでもあった。

ある意味、シルヴィの望んでいたとおりの展開なのだが、なんとなく不満も感じてしまう。

我が儘な自分に呆れるしかない。

「手を出して欲しいのか欲しくないのか……自分でもよく分からない……」

嫌でないことだけは確かだ。ただ、覚悟を決めたのかと言われても、「はい」とは言いづらい。

現状はそんな感じ。

あれから数ヶ月が経ち、シルヴィの気持ちも少し落ち着いてきたのだ。そうなると、やはり好きな人と触れ合いたいという思いだって出てくる。だけど、初めての経験なのだ。怖いという気持ちは拭《ぬぐ》いきれない。

堂々巡りだった。

「はあ……まあ考えても仕方ないわよね。どうせ、いつかはどこかで経験するんだし……」

そしてその相手はアーサー以外あり得ない。それが確かなのだから、あとはもう、流れに任せるしかないだろう。なるようになる。

「――また会ったな。確か、シルヴィア・リーヴェルトだったか」

「え……？」

ぼんやり考え事をしていて、周囲に注意を払っていなかった。いつの間にか目の前に立っていた人物に声を掛けられ、シルヴィは反射的に顔を上げた。

「――スレイン公爵様」

彼女の行く手を遮っていたのは、クロード・スレイン公爵だった。前回の夜会の時、最悪な出会い方をした男だ。

どこぞの令嬢と庭で性行為を行っていたのを目撃。しかもシルヴィに代わりを務めろと言ってきたのだ。

いくら公爵といえども、そんな最低な男に好印象など抱けるはずがない。

シルヴィが顔を顰《しか》めると、クロードは面白そうな顔をした。

「ほう？　やはり俺を見て嫌そうな顔をするか。女であれば頬を染めるのが当たり前だと思っていたから新鮮な反応だ」

自分に相対する女は、皆自分に惚れるとでも思うのだろうか。だとしたら、大層な自信だ。

「……そういう女性がお好みなら、どうぞそちらへ。屋敷へ帰るところですので失礼いたします」

無礼にならない程度に礼をし、その場を立ち去ろうとする。だが、クロードの横を通り抜けようとした際、腕を捕まえられてしまった。

「待て」

「っ！　お離し下さい」

男性の強い力で腕を握られれば、シルヴィに抵抗など殆《ほとん》どできない。痛みで顔を歪《ゆが》めるシルヴィにはお構いなしにクロードが言う。

「――アーサー殿下の婚約者として話は聞いているぞ。シルヴィア・リーヴェルト。殿下を身体で籠《ろう》絡《らく》した悪女だそうだな」

「はあ？」

思わず、低い声が出た。

意味の分からない言葉に、眉を顰《ひそ》める。

シルヴィの反応に満足したのか、クロードは更に言った。

「今まで碌に姿も見せず、どんな美姫にも興味すら抱かなかったアーサー殿下が、今やリーヴェルト侯爵令嬢一人に骨抜き。よほどの手管なのだろうと、噂《うわさ》が広まっている」

「……ストライド王国の社交界も地に落ちたものですね。そんな馬鹿げた噂が出回るなど。それで？　スレイン公爵様はその噂を信じていらっしゃると？」

凍えるような声が出た。

シルヴィがアーサーに選ばれたことにより、王宮の様々な陰謀や、令嬢たちの嫉妬《しっと》に巻き込まれるのは理解していた。だが、こんな品性を貶《おとし》められるようなことまで言われるとは思わなかった。

（ふざけないで。侮辱されるのはごめんよ）

確かに最初は乙女ゲーだと思い、エロイベントを回収するぞと張り切っていた。それは最低だったと認める。だけど、決してクロードが言ったような真似はしていない。

（身体で籠絡？　そんなことができるなら、とっくに初体験なんて済ませているって！）

未《いま》だにウニウニと悩んでいない。

よくもまあ出鱈目《でたらめ》をと心底呆れつつ、真意を問いただすべくクロードを見つめると、彼は「さあ」と読めない顔をした。

「俺は噂を聞いただけだ。ただ、そのような悪女なら、俺の相手もしてくれるのではないかと思ってな。何せ前回は逃げられてしまったから」

「たとえ、私がそのような女だったとしても、あなたのお相手をすることだけは、死んでもあり得ないと申し上げておきます」

完全な侮蔑だ。

いくら公爵といえども、ここまで言われる覚えはない。

冷ややかな目でシルヴィが告げると、クロードは肩を揺らして笑った。

「死んでもあり得ない、か。いや、意外とそういう女があっさりと落ちるものだと経験上知っているのでな。……ふむ。冗談だったが気が変わった。シルヴィア。お前、本気で殿下と俺の二股《ふたまた》を掛けてみないか？　これでも女を蕩かせる技術には自信がある」

「公爵様には話が通じないようですので、これで失礼します」

心から要らない誘いだ。そしてそんな誘いを掛けてくるということは、シルヴィを噂通りの女だと思っているという意味でもあった。

（最低。クロードって噂話を真に受けるような男だったのね。……これじゃあ、ゲームの方が良い男じゃない）

少なくともゲーム内でクロードは、ヒロインに侮蔑《ぶべつ》の言葉を投げかけたりはしなかった。

からかったり、浮気をしたりと最悪な男ではあったけれど、それでもヒロインを複数の男を股掛けする女扱いをしたりはしなかったのだ。

（ゲームの方が良いとか最悪）

もうこの男とは、一言も話したくない。

形だけ会釈し、渾身の力で掴まれていた腕を何とか振り払う。さっさと立ち去ろうとすると、今度は肩を掴まれてしまった。

はっきり言ってセクハラだ。

「待てと言っただろう。まだ話は終わっていない」

「私の方に、話すことは何もありません。いくら公爵様でも侮辱される覚えはないのです。……失礼します」

肩に置かれた手に不快感を覚えながらも睨みつける。そんなシルヴィの目をクロードは覗《のぞ》き込んできた。

「ほう。俺の言葉を侮辱と捉《とら》えるか。では、噂は真実ではないと？」

「ここまで言われて、どうしてわざわざ説明しなければならないのです？　噂を信じたいのなら信じれば良い。お好きにどうぞ。ただし、二度と私に関わらないで下さい」

「……気の強い女は嫌いではない」

（だから！　離せって言ってるでしょうが！）

いい加減苛々《いらいら》していた。クロードが公爵だと思い、こちらは遠慮しているのだ。本気で切れてしまう前に、立ち去らせて欲しい。

「私は、あなたのような俺様男はお断りですね。どんなに顔が良くとも、身分が高くとも、全てが台無しです」

「ははっ。ずいぶんとはっきり言うな」

「あなた相手に遠慮などしていられません」

でなければ、クロードのペースに巻き込まれてしまいそうだ。

シルヴィがキッとクロードを睨《ね》めつける。クロードはすっと目を細めた。がらりと雰囲気が変わる。

「お前――本当に面白い女だな……」

「クロード」

「っ！」

咎めるような男性の声が聞こえた瞬間、クロードはシルヴィからパッと手を離した。クロードから逃れることのできたシルヴィは慌てて彼から距離を取ろうとしたが、別の手に腰を攫《さら》われてしまう。

咄嗟のことで抗《あらが》う暇もなかった。

「あっ……」

「シルヴィ」

「アーサー……様」

声の主はアーサーだった。アーサーはシルヴィを引き寄せると、クロードを睨みつける。

「またお前か、クロード」

「おや、アーサー殿下。今日は、仕事が忙しいと聞いておりましたが？」

「もう終わらせた。それよりこれはどういうことだ。シルヴィが私の相手であることは、父上から正式に話があっただろう。それはお前も聞いているはずだ。その上で、彼女に手を出そうと、そういうことか？」

「いえ、とんでもない」

アーサーの射貫《いぬ》くような視線にもクロードは動じなかった。にこやかに微笑みながらいけしゃあしゃあと言ってのける。

「殿下のお相手であるシルヴィア殿があまりにお美しいのでつい、魔が差しただけです。殿下の次で構わないので、と。残念ながら振られてしまいましたが」

「……クロード。これ以上私の怒りを買いたくなかったら、しばらくは口を噤むことだな。あと――妙な噂を広めるのもやめろ。シルヴィを傷つける者を私は決して許さない」

「噂は俺が広めたわけではないのですけどね。分かりました。殿下のおっしゃるとおりにいたしましょう」

「行け。二度とシルヴィに関わるな」

「それはお約束いたしかねます。俺も公爵の身。王太子妃となるお方とは今後も何かと付き合いがあるかと思いますし」

流し目を送られ、シルヴィはさっと視線を逸《そ》らした。気づいたアーサーがシルヴィを己の後ろに庇《かば》う。

「クロード」

「怖いお顔だ。ええ、俺はこれで引き下がらせてもらいますよ」

ククと喉《のど》の奥で笑い、クロードはその場を去った。クロードの姿が見えなくなり、ホッとしたシルヴィはへなへなとその場に頽《くずお》れる。

「シルヴィ？」

「……あはは……腰が抜けたみたい」

公爵相手に、一歩も引かずやり合っていたのだ。張り詰めていた緊張の糸が切れ、腰が抜けてしまったのだろう。

「アーサー。来てくれてありがとう」

情けない声で感謝を告げると、アーサーは黙ってシルヴィを抱え上げた。

これは、いわゆるお姫様抱っこというやつだ。

「わっ……」

「静かにしろ。このままでは帰るどころか歩くことさえままならないだろう。私の部屋へ行くぞ」

「う、うん……お世話になります……迷惑掛けてごめん」

アーサーの言うとおりだったので素直に頷く。言葉の最後に謝罪を紡ぐと、アーサーは表情を少し緩めた。

「別に迷惑だなどと思っていない。ただ、腹立たしいと思っているだけだ。シルヴィが困っていたというのに、すぐに気づくことのできなかった不甲斐ない自分自身に」

「アーサーは来てくれたわ。十分よ」

別の部屋で仕事をしていたアーサーが気づかなかったのは当たり前だ。それでもシルヴィの危機に駆けつけてくれたのだから文句なんてない。だが、アーサーはそういうわけにはいかないようだ。

「クロードに迫られて……怖かっただろう」

「怖いというか、腹立たしかったわ。どうして、あんなことを言われないといけないのだろうって。

アーサー、どこから聞いていたの?」

「聞こえたのは、二股を掛けるかという、ふざけた誘い辺りからだな。正直、殴ってやりたいと思ったぞ」

「そう……」

それなら、シルヴィが断ったのも聞いていたはずだ。

変な誤解を与えずに済んだと思いホッとしているうちに、目的地に着いた。

これで二回目。アーサーの部屋だ。

扉の前に立っていた兵士が、アーサーの視線を受けて扉を開ける。

「……」

アーサーは無言で主室を過ぎ、その奥にある部屋へと入った。

「アーサー？」

入った部屋は寝室だった。驚くシルヴィをアーサーはベッドの上に下ろす。

そして突然のことに戸惑っているシルヴィをよそに、自分もベッドに乗り上げた。

「……えと？　ど、どうしたの？」

シルヴィを見つめてくる瞳に訴えのようなものを感じる。それに気づき、シルヴィは慎重にアーサーに話しかけた。

「どうしたの、アーサー。急に……その、寝室に連れてくるなんて……」

「シルヴィ……」

「きゃっ……」

肩を押され、ぼすんとベッドに倒された。背中に感じるのは柔らかいリネンの感触。それに気づき起き上がろうとしたが、アーサーがのしかかってきたので上手《うま》くいかなかった。

どうしていきなりこんな展開になったのか分からず、シルヴィはアーサーを凝視した。

「あ、あの……？」

「腹が立った」

「え？」

いきなり言われ、目をぱちくりさせる。何を、と問いかけるより先に、アーサーが口を開いた。

「腹が立った。シルヴィは私だけのものなのに、我が物顔でお前を口説くクロードに、どうしようもなく怒りが込み上げた。お前の肩に触れていたのも気に入らない。お前に触れて良い男は私だけのはずだろう？」

「え、えーと……そ、そうね？」

確認するように問いかけられたシルヴィは、慌てて首肯した。ここで一つでも間違えると、何か取り返しのつかないことが起こりそうな気がしたのだ。

「それが、私とクロードの二股？　ふざけるな。シルヴィは私だけのもので、他の男になど指一本触れさせはしない。お前を見るクロードの欲の滲んだ目。吐き気がする。いっそ抉《えぐ》り取ってやりたいくらい怒りが湧き上がった」

「は……はあ」

「お前は私だけのものだ。そうだろう？」

「う……うん」

ずいっと顔を近づけられ、シルヴィはボッと頬を染めながらも頷いた。

肯定されたことに気をよくしたのか、アーサーが少し表情を和《やわ》らげる。そうしてシルヴィの頬に己の掌《てのひら》を当てた。

「幼い頃からずっと、お前だけが好きだったんだ。今更、クロードになど渡すものか。共有など冗談じゃない。つま先から髪の毛の一本に至るまで全部私のものだ。何一つ、クロードにくれてやる気はない」

「ええーと……アーサー、もしかして嫉妬してるの？」

決してクロードと仲良く話していたわけではなかったから、いまいちぴんとこないが、どうにもアーサーの言葉を聞いているとそうとしか思えない。

アーサーに押し倒されたまま尋ねると、彼は驚いたように目を見張った。

「嫉妬？　違……いや、違わないか。お前が私以外の男といるところを見て、そして口説かれているのを見て腹が立った……そうだな。私はクロードに嫉妬した」

「私が嫌がっていたの、見ていたのなら分かったでしょう」

それで嫉妬とはどういうことかと思ったが、アーサーは不快そうに眉を寄せた。

「分かっていても腹が立つ。お前、分かっているのか？　私がどれだけお前のことが好きなのか」

じっと見据えられ、シルヴィは言葉に詰まった。じわじわと自分の頬が熱くなっていくのが分かる。

アーサーに嫉妬したと言われて嬉しかったのだ。

赤くなったシルヴィを見つめ、アーサーがふと、表情を緩める。

「お前、今の自分の状況を理解しているのか？　私にベッドに押し倒されているのだぞ？　少しは危機感を持った方が良いのではないか？」

「押し倒した張本人のアーサーに言われたくないと思うの」

「嬉しそうな顔をしておいて何を。……駄目だな。お前がそんな顔をするから、怒りが飛んでいってしまった」

「えっと……それは良かった？」

言いながら、シルヴィは顔の横にある自分の腕に目を向ける。アーサーに押さえつけられた腕は今も拘束されたままで、身動き一つできないのだ。

機嫌が良くなったというのなら、離して欲しい。

「アーサー……離して……」

身じろぎしながら、アーサーに頼む。すぐに解放されると思ったが、アーサーはシルヴィの腕を離さなかった。

「ね、アーサー……」

「シルヴィ、抱きたい」

「っ！」

懇願する口調に、虚を衝《つ》かれた。

言葉を返せず絶句するシルヴィにアーサーは言う。

「頼む。まだお前の心の準備ができていないことは分かっている。だが、さっきのクロードやお前の弟のことを考えると、悠長に待ってはいられない。お前を……私のものにしたいのだ」

「で……でも、私を抱いたところで何かが変わるわけじゃ……」

「そうだな。変わらないかもしれない。だが、お前に私という存在を刻みつけることはできる」

アーサーの息が熱い。

彼が紛れもなく本気で言っていることを理解し、シルヴィは途方に暮れた。

「アーサー……」

「シルヴィ、私が嫌いか？」

（それは……ずるい）

縋《すが》るように見つめられ、シルヴィは泣きそうになった。

アーサーのことは、大好きだ。両想いになってからもその想いは増し、今やシルヴィはアーサー以外の男など考えられないまでになっている。

幼い頃と違い、母親に対して優しくなったところ。なんやかんや言いつつ、シルヴィの意向を尊重してくれるところなど、新たに知った彼の美点に、日々惚れ直しているのだ。

そんな彼に『嫌いか？』などと言われて、『嫌いです』と誰が答えられるだろう。

少なくともシルヴィには無理だ。

「シルヴィ」

促すようなアーサーの呼びかけに、シルヴィは顔を真っ赤にしながら言った。

「す、好きに決まってるでしょ！」

「良かった。それなら、構わないな？」

「ロ、ロマンチックな雰囲気は……。ほ、ほら、時と場所と、あと状況とか考えてって以前も……」

「確かにお前の望むようではないかもしれない。だが、少なくとも場所は寝室で、邪魔は入らない。愛し合う二人が盛り上がって身体を重ねることなど、良くある話だろう？」

「良くある、で片付けるのはどうかと思うの。そ、それにお父様が……」

アーサーと抱き合うことなど考慮に入れてなかったのだ。父はいつも通りシルヴィが帰ってくると思っているだろう。それなのに帰宅が遅れたりしたら、心配させてしまう。

だが、アーサーはあっさりと言った。

「リーヴェルト侯爵になら、あとで使いを出しておく。シルヴィは今日、私の部屋に泊めると――」

「と、泊める？」

まさかの一泊発言にシルヴィは大きく目を見開いた。時間はそんなに遅くない。それなのにどうして泊まりという言葉が出てくるのだろう。

「その方が侯爵も察しやすいだろう。心身共にシルヴィが私のものになったと知れば、リーヴェルト侯爵もより一層お前を守ろうとするはずだ。はっきり分からせておいた方がいい」

「守る？」

「お前の義理の弟、レオンのことだ。……お前には悪いが、リーヴェルト侯爵には詳細は伏せて話した。レオンはどうやら姉であるシルヴィによこしまな想いを抱いているようだと。シルヴィは私の妻になる女性。私に嫁ぐ日まで、守って欲しいとな。侯爵は二つ返事で頷いたぞ。レオンに関しては、最近侯爵もおかしいと思っていたらしい。シルヴィを娶りたいという発言もあったそうだし、侯爵はむしろ私の懸念に同意していた」

「お父様……」

まさか、アーサーがレオンのことを父に報告しているとは思わなかった。

シルヴィは結局、媚薬騒動の件を家族の絆《きずな》が壊れるのを恐れて父には報告しなかった……いや、できなかったのだが、アーサーはそれを分かっていたらしい。シルヴィを守るよう父に言っていたことからもそれは明らかだった。

「私がシルヴィを抱いたことを知れば、それこそ侯爵は命に替えてもお前を守るはずだ。私は当然避妊するつもりはないし、だからもしかしたらお前は今日にも孕《はら》むかもしれない。腹の中に私の子がいるかもしれないと、侯爵は必死でレオンをお前に近づけまいとするだろうな。少なくともこれで、当面、屋敷内でのお前の安全は保障される」

「……」

もしかしてだが、最近明らかにレオンと遭遇する機会が減っていたのは、アーサーに言われた父の命令もあったのだろうか。

何も言えないでいるとアーサーが少し眉を下げる。

「勝手なことをしてすまない。だが、私も心配だったのだ。媚薬を盛るような人間がいる屋敷に、何の対策も立てず大事なお前を置いておくことはできなかった」

「ううん……ありがとう。私、勇気がなくてお父様には言えなかったから……でも、レオンのことはやっぱり少し怖くて。だから気に掛けてくれて嬉しい」

弟なのに警戒しなければならないというのは悲しいが、そうしなければ自分の身は守れない。今まではは、シルヴィとアリスの二人で頑張っていたが、父が完全に味方についてくれるとなると、確かに屋敷の安全性はかなり上がる。

「本当は、お前を城に住まわせたい。そうすれば、私が直接お前を守ってやれるからな。だが、さすがに婚約もまだの状態では難しい。シルヴィ、婚約指名をして正式に婚約者になった暁《あかつき》には、私の元へ来い。手元に置いておかなければ心配だ」

「アーサー……」

「シルヴィ、私は『はい』という返事以外聞かないぞ」

それでは最初から、答えは決まっている。シルヴィは小さく笑い、アーサーに言った。

「――少し考えさせて。いきなり城に住めと言われても困るから」

「どうせ結婚すれば住むことになる。その準備だと思えばいい」

「気楽に言ってくれるわね」

断らせまいとするアーサーはわりと必死だ。それだけシルヴィを求めているのだと知り、彼女は嬉しくなった。

好きな男に求められて嬉しくないはずがないのである。

アーサーに押し倒され、今にも食べられてしまいそうだという状況だというのに、不思議とシルヴィは落ち着いていた。それは多分、アーサーが同意なしでは事を進めたりしないだろうと、シルヴィが信じているからなのだろう。

「アリスとか言ったか。お前のメイドを連れてきても構わないぞ。そのメイドさえ良ければ、結婚してからもお前付きの女官として城で雇っても良い」

「えっ……」

アーサーからの魅力的な提案に、シルヴィは分かりやすく反応した。

アリスを連れてこられる。それは、シルヴィにとってはとても有り難い話だ。

「い、いいの？　本当に？」

「ああ、慣れない王宮暮らしになるのだ。一人くらい気心の知れた者がいるのは、お前も心強いだろう」

「うん……うん！　ありがとう、アーサー！」

アーサーの言葉が本当に嬉しい。喜びのあまりシルヴィが笑顔になると、アーサーはじっと彼女の瞳を覗き込んできた。

「？　何？」

「いや、喜んだということは、私と一緒に城に住んでくれるということで良いのだな？」

「っ……！　そ、それは……」

しまった。確かにそう取られても仕方のない反応だった。

「まあいい。今は深く問わないでおこう。それより――いいな？」

「っ！」

何がとはさすがに聞けなかった。アーサーの目を見ればそれは火を見るより明らかで、今の状況を考えても、一つしかない。

「えと……ええと……」

「シルヴィ、愛している。これからもお前だけを愛し続けると誓う。だから……」

「……」

懇願するようなアーサーの口調に負け、ついに彼女は小さくではあるが首を縦に振った。

アーサーは十分待ってくれた。だからもういいかと思ったのだ。

「シルヴィ……！」

アーサーの声が喜色を纏《まと》う。

シルヴィはぎこちないながらも笑みを作った。

「あの……私、初めて、だから……手加減してくると嬉しい」

それに対し、返ってきた答えは、シルヴィを安心させるのに十分だった。

「分かっている。できる限り優しくすると約束しよう」

「……うん」

それなら後はアーサーに任せよう。

まだ少し怖いが、アーサーならきっと悪いようにはしないはずだ。

シルヴィは全身から力を抜き、その身体をアーサーに預けた。

◇◇◇

「んっ……」

軽いリップ音が寝室に響く。

これから自分はどうなるのだろうと身構えていたシルヴィだったが、意外とその行為はゆっくり、進んでいった。

シルヴィを怖がらせまいと気を遣ってくれているのだろう。その気遣いは有り難かったし、大事にされていると実感できて嬉しかった。

（アーサーって本当、良い男……）

ぼうっとしながらアーサーを見上げる。シルヴィを組み伏せた男は、凄絶《せいぜつ》な色気を全身から放ちながら、触れるだけの口づけを何度も繰り返していた。

官能を高めるというよりは宥めるような口づけに、自然と強ばっていた身体の力も抜けていく。

今もそうだが、彼が幼馴染みの少年だったと知り、その思いに嘘はないと信じて受け入れてきてからずっと、アーサーはシルヴィに決して無理強いをしたりはしなかった。口では文句を言いながらもシルヴィが自分に追いついてくるのを待ってくれていたのだ。

優しく、一途な想いを向けてくれる。

そして今のシルヴィは、そんなアーサーの想いに応えたいと思っていた。

「シルヴィ。何を考えている」

瞳を閉じ、口づけを受けながらぼんやりとしていると、アーサーに咎められた。シルヴィは目を開け、アーサーの青い瞳を見つめる。

「何をって……アーサーのことだけど」

「私の？」

「そう」

素直に頷く。

シルヴィの言葉に嘘がないことが分かったのか、アーサーは「それならいい」と行為を再開させた。

口づけを続けながら、シルヴィの身体の線をなぞるように手を滑らせ始める。布越しではあるが妙にくすぐったく、つい、声を上げてしまった。

「んんっ……んっ」

ほう、と息を吐いた瞬間、アーサーの舌が侵入してきた。舌はすぐにシルヴィの舌を見つけ、絡みついてくる。熱く濡れた舌に舌裏を擦り上げられるのが気持ち良い。

「ふぅ……んんっ」

アーサーの手が胸元へと伸びる。ドレスの上から胸の膨らみに触れられ、シルヴィは身体を震わせた。

（う……ううう。恥ずかしい……）

胸の形を確かめるように手が動く。男の人だと分かる手は、いつものように手袋をしていなかった。

「ああ、手袋をしていないのが気になるのか？」

不思議そうに自分の手を見ていたことに気づいたのだろう。

シルヴィが頷くと、アーサーは言った。

「騎士に扮《ふん》している時は必ずつけるようにしている。制服の一部みたいなものだからな。ディードリッヒもつけていたことを覚えていないか？　逆に王子としての格好に手袋は必要ない。執務室での書類仕事も多いからな。むしろ邪魔なくらいだ」

つまり、今日は王子として仕事をしていたから手袋をつけていなかったと、そういうことらしい。

でも、確かにディードリッヒもいつも手袋をつけている。騎士の制服の一部と言われれば、なるほどと納得できた。

「シルヴィ、背中を少し浮かせてくれ」

「？」

不思議に思いつつも、言われたとおり、背中を浮かせる。リネンと背中の間にアーサーの手が入り込み、首の後ろの辺りを探った。

すぐにその手はボタンを見つけ、器用にも片手で外していく。

「っ……！」

今着ているドレスが背中にボタンのたくさんあるタイプだったことを思い出してしまった。

何をされているのか理解し、固まってしまったシルヴィのドレスのボタンを、アーサーは次々と外していく。

「あ、アーサー……」

「服を着たままというのも悪くないが、最初はやはりお前と肌を合わせたい。何、恥ずかしがる必要はない。お前の身体なら、一度隅々までしっかり見ているからな」

「～～!!」

アーサーが言っているのは、媚薬に侵された時の話だろう。うろ覚えの記憶ではあるが、確かにあの時、シルヴィは全裸でアーサーに身体を弄《いじ》られていた。

それを思い出し、顔を真っ赤に染めるとアーサーは笑った。

「なんだ。やはり覚えていたのか」

「お、覚えていたのかって……あ、あれは忘れて……！　その、正気ではなかったし、いや、お世話になったんだけど……！」

「挿入して欲しいと強請《ねだ》るお前は、凶悪なほど可愛らしかったぞ。よくぞあそこでやめられたものだと自分を褒めてやりたいくらいだ」

「そ、それは悪かったと思っているけど……！　もう、せっかく忘れていたのに思い出させないでよ」

夢と勘違いして、アーサーに溺《おぼ》れていたのだ。あれは……完全に黒歴史だ。

項垂れるシルヴィにアーサーが言う。

「悪い。だが、今日はやめるつもりはないぞ」

「……分かってるわ」

ここまで来てやめろとはさすがに言えない。

シルヴィが頷くと、いつの間にかボタンを外し終わっていたアーサーに、上半身を露《あら》わにされる。

そのままドレスを脱がされ、シルヴィは下着だけの心許《もと》ない姿になってしまった。

（うう……恥ずかしい……）

「シルヴィ……綺麗だ……」

「んっ……」

アーサーがシルヴィの首筋に唇を這《は》わせる。

チュ、チュと何度もキスを繰り返されると、変な声が出てしまう。時折強く吸いつかれ、シルヴィは息を乱した。

アーサーは、シルヴィに優しいキスを送りながら、下着も奪ってしまう。胸を覆っていたものも、下腹部を覆っていたものも全部。

その手際の良さに呆れるしかない。

あっという間に全裸にされたシルヴィは、自らの身体を両手で抱き締めながらリネンの上で羞恥に震えていた。

「あ、アーサー……」

「大丈夫だ。私に任せていろ」

「う、うん……」

「手は邪魔だ。退《ど》けろ」

「うう……」

おそるおそる胸を隠していた手を退ける。アーサーの目の前に胸を晒すこととなり、シルヴィの顔は限界まで赤く染まっていた。

緊張のためか、乳首がツンと尖《とが》っている。

「も、恥ずかしい……アーサーも脱いでよ……一人だけ脱いでるとか……無理……」

恨みがましげにアーサーを睨むと、彼はすぐに着ていた服を脱ぎ捨てた。

アーサーも一糸纏わぬ姿。

そうすると、当然下半身にあるものに目が行ってしまう。

(うわあああ……大きい……)

他の男のものなど見たことはないが、大きいということくらいは分かる。

これが本当に自分の中に入るのかと疑いたくなるほど太い肉茎は筋張っていて、血管が浮き上がっていた。すでに準備万端《じゅんびばんたん》。立ち上がっていたそれを思わず凝視してしまう。

「シルヴィ、あまり凝視しないでくれ」

「ご、ごめん」

慌てて視線を逸らす。

初めて見た肉棒はかなりグロテスクな形をしていて驚いたが、不思議と嫌だとは思わなかった。むしろ、彼の肉棒が自分の中に収まることを想像して、腹の中がキュンと疼《うず》いたくらいだ。

シルヴィが怖がる様子を見せなかったことに気をよくしたアーサーが、再度彼女に覆い被さってくる。

「シルヴィ……」

「あっ……」

アーサーが耳の下や、頬、額、鼻、そして唇と顔中に口づけていく。顔中にキスの雨を降らせながら、彼は右手で、シルヴィの乳房を掴んだ。

「ひぅ……」

ビクリと震えたが、シルヴィはそのまま動かなかった。アーサーの為《な》すがまま、じっとしている。

（も、もう……いっぱい、いっぱい）

恥ずかしくて、恥ずかしくて、頭の中は真っ白だ。

自分に覆い被さってくるアーサーの身体は引き締まっており、ほどよく筋肉がついている。腹筋は薄らと割れており、胸板も思っていたより厚かった。そんなつもりはないが、シルヴィが抵抗したところで、あっという間に押さえつけられてしまうだろう。

（男の人……なんだ）

今更ではあるが、アーサーとの性の違いを実感してしまった。

乳房を揉《も》みしだきながら、今は胸元に唇を滑らせている男を見る。白っぽい銀髪に無意識に手が伸びた。さらさらした髪はシルヴィとは違って硬質で、すぐに彼女の手をすり抜けていく。

「どうした？　シルヴィ」

「ううん……ただ、アーサーの髪って綺麗だなって思って」

自分とは正反対の銀色の髪は、やはり物珍しさもあってか目につきやすい。飽きずにアーサーの髪を触っていると、彼はクスリと笑った。

「アーサー？」

「いや、私にそんなことをするのはお前くらいだなと思って」

「ん？　嫌だった？」

それなら悪かったと思っていると、アーサーは首を横に振った。

「そんなことはない。シルヴィならいくらでも触ってくれて構わない。ただ、私はあまり表に出ない王子で、幼い頃などは、それこそ皆から遠巻きにされてきたからな。お前のように無造作に触れてくれるような者などいないと思っただけだ」

「ディードリッヒ様がいらっしゃるじゃない」

「ディードリッヒ？　あいつだけは勘弁してもらいたいな。あいつが今お前がしているようなことをし始めた日には『何か企《たくら》んでいるのか』と言ってしまいそうだ」

「え……？」

ディードリッヒは真面目な性格のはずだ。その彼を、『企んでいる』などと表現するアーサーが信じられなくてシルヴィは目を見張った。

そんな彼女を見て、アーサーは「やはり」と息を吐く。

「お前も騙されているクチか。言っておくが、あいつは相当性格が悪いぞ。ニコニコしているが腹の中では何を考えているのか分からない奴《やつ》だ。真面目なだけの男だと思っていると痛い目を見る」

「そ、そうなの？」

意外だ。

まさかディードリッヒがそんな性格だったとは知らなかった。

真面目で誠実な人だと思っていたが、それだけではなかったようだ。

だけど、人なんていくつもの側面を持っているものなのかもしれない。

彼だってゲームキャラではない。この世界に生きている人なのだ。『真面目』だけでディードリッヒの全てを語ることなど確かにできないと思った。

「へえ……でも、だからアーサーと友人でいられるのかな。ただ、真面目なだけじゃ、アーサーと友情は続かない気がするし」

正直なところを告げると、アーサーは苦笑いをした。

「まあ……そうだな。あいつがいたからこそ、私はこの十年ほどを歩いてこられたのかもしれない。師匠の家からお前が消えて自棄《やけ》になっていたところに髪や目の色が変わって、それと同時に皆の態度が変貌《へんぼう》して。全部が嫌になっていた時、側についていてくれたのがディードリッヒだからな」

「へえ……格好良い」

どんな時でも主《あるじ》の側にいて、その力になり、支える。

言葉にするのは簡単だが、実行するのは難しい。だが、ディードリッヒはそれをやってのけたという。まさに騎士の鑑《かがみ》のような人だと思った。

「素敵ね。ディードリッヒ様。皆に人気があるのも分かる気がする」

心から納得して頷く。アーサーに視線を向けると、何故か彼は非常に不機嫌になっていた。

「アーサー？」

「……ディードリッヒが良い男だということは分かっているが、お前に言われると腹が立つ」

「え……」

睨みつけられ、シルヴィは焦った。アーサーはがグッと顔を近づけてくる。

「お前が他の男を褒めるのは不愉快だ。お前は、私だけ見ていれば良いだろう。ディードリッヒを褒めるな」

「っ……」

怒られているのに、怖いと思えない。それどころか、シルヴィはじわじわとした嬉しさを感じていた。

(わっ……アーサー、ディードリッヒにもヤキモチ焼くの？)

先ほど、クロードに焼いたと言われた時にも嬉しかったのだが、これはまた違う。

何故か口元がむにむにと動いた。それを見たアーサーが、眉を寄せる。

「シルヴィ、私は怒っているのだぞ。分かっているのか？」

「うん。ディードリッヒ様にも嫉妬してくれたってことよね？　ふふ……アーサーって誰にでもヤキモチ焼くんだ。意外」

笑顔で言うと、アーサーは憮然とした顔をした。

「……余裕のない男で悪かったな。幻滅したか？」

「ううん。その……悪くないって思ったけど」

好きな男からのヤキモチなど嬉しいだけだ。明らかに弾んだ声でシルヴィが言うと、アーサーはムッとした顔で、乳房を揉む力を強めてきた。

「あっ……」

「どうやらお前は、嫉妬に狂った私に、朝まで抱き潰《つぶ》されるのを希望しているらしいな？」

低い、地を這うような声に一瞬呼吸が止まる。怒らせた、と思った瞬間、胸に強い刺激が加えられた。

「ひゃんっ」

「望み通りにしてやる」

——違う、と口にしようとしたが、言えなかった。

くに、と今まで触れられなかった乳首を指の腹で押され、未知の快感が走り抜けていったからだ。

「ああっ……！」

円を描くように先端を弄られ、あられもない声が出る。アーサーは無言でもう片方の胸にかぶりついた。遠慮なく乳首を吸われ、ビクビクと身体が震える。

「あんっ……や……吸っちゃ……」

強弱を付けた動きで先端を吸い立てられると、甘い疼きが身体の中心に湧き上がる。訪れた快感に為す術《すべ》もなく、シルヴィは身体を捩らせた。

「は……う……ああんっ……アーサー……もっと……優しくして……」

「優しく？　十分過ぎるほどしているだろう。理性が飛びそうになるのを必死で抑えているというのに」

「やあ……激しいの……」

嫌ではないし、気持ち良いのだが、いかんせん刺激が強すぎる。

アーサーが乳首を口の中に含んだまま、舌を動かす。チロチロと敏感な場所を舌で嬲《なぶ》られ、シルヴィは息を乱すしかなかった。

（胸って……こんなに気持ち良いものなの？　ちょっと弄られただけで頭の中、真っ白になりそう……）

アーサーが乳首をしゃぶる音にさえ、敏感に身体が反応する。身体に力が入らない。

媚薬の時、今のようにアーサーから愛撫《あいぶ》を受けたが、ここまで気持ち良かったようにも思えなかった。

（なんで……？　媚薬を使われた時より気持ち良いって……どういうこと……？）

全身がちょっとした刺激に全力で反応する。二本の指で乳首を摘まれると、腹の奥からどろりとしたものが零れ落ちた。

「ひぅ……っ！　あっ……」

「随分と可愛らしい声で啼《な》いてくれるものだな」

「ひぁんっ……」

アーサーの手が、胸を離れ、足の方へ向かっていく。するするとした動きが、くすぐられているように感じる。

「ひゃっ……やっ……くすぐったい……あっ」

蜜口《みつ》に指が触れた。蜜口は熱く潤っており、濡れた音がする。

「んんっ……」

自然と身体に力が入った。蜜口に触れられるのは当たり前だが恥ずかしくて、どうしても固まってしまうのだ。

そんなシルヴィをアーサーが宥める。

「シルヴィ、力を抜いてくれ。驚かせて悪かった。怖い真似はしないから」

「わ、分かってるけど……」

恥ずかしいし、怖いのだ。それでも深呼吸を繰り返し、シルヴィは一生懸命身体から力を抜こうと苦悩した。

「はあ……んんっ⁉」

息を吐き出したタイミングを狙って、指が差し込まれた。痛みはなかったが、驚きのあまり声を上げてしまう。

「ア……アーサー……やあんっ」

「痛くはなさそうだな。なら、これはどうだ？」

「ひんっ……！」

指を一本、隘路《あいろ》に押し込んだアーサーは、そのまま指を軽く曲げた。途端、ビリビリとした快感が走る。

「ひゃああっ……！」

「やはりシルヴィはここが弱いのだな。前と同じだ」

前、というのは媚薬の時のことだろう。その時に知られてしまった弱い場所をアーサーは何度も執《しつ》拗《よう》に刺激する。その度に、頭の奥に火花が散った。

「ひうっ！　やあ……そこ、だめっ……！」

　尋常ではない快楽が押し寄せる。蜜口からは新たな愛液が零れ、アーサーの手を濡らしていった。腹がヒクヒクと小刻みに震える。アーサーの指は知らない間に二本に増え、シルヴィの中を押し広げていた。

「はあっ……ああんっ……！」

　信じられないくらいに気持ち良い。

　シルヴィの目からは随喜の涙が零れ、彼女はリネンの上で快楽を何とか逃がそうと身体を捩った。だが、アーサーがそれを許すはずがない。

「シルヴィ、逃げるな」

「やあ……だって、怖い……」

　気持ち良すぎておかしくなりそうなのだ。こんなの知らないとシルヴィが首を横に振ると、アーサーは蜜にまみれた指をゆっくりと引き抜いた。

「あっ……」

　膣《ちつ》内を刺激していたものがなくなり、押し上げられっぱなしだった快楽が収まってくる。

　ようやく落ち着けるとシルヴィが息を吐いた矢先、アーサーは彼女の足を開かせ、その両足を抱えた。

「えっ……」

「すまない、シルヴィ。だが――限界だ」

熱く固いものが、蜜口に押し当てられる。それが何かを理解する前に、痛みが襲ってきた。

「あああ……！」

肉棒が陰唇《いんしん》に潜り込み、隘路を開いた痛みだった。

鋭い痛みはすぐに鈍いものへと変わる。肉棒が狭隘《きょうあい》な通路を押し開き、強引に中へと進んでくる。

大きすぎるアーサーの肉棒に、誰も迎え入れたことのない膣内は悲鳴を上げていた。

「やあ……痛いっ……」

無理やりこじ開けられる痛みに顔を歪める。思わず目の前の男に抱きついた。力一杯その背に爪《つめ》を立ててしまう。

「痛むか？　すまない。だが……止められない」

肉棒が一番狭い場所をこじ開け、更に奥へと潜り込む。

亀頭が容赦なく膣壁を擦っていく動きに、シルヴィは声を上げた。

痛みではなく快感からくる声だった。

「あああんっ……」

指では決して届かなかった場所。その深い場所を、肉棒で擦られると、我慢できない愉悦が走った。

初めて感じた中での快楽は、鈍いどころか外を刺激される以上で、甘い喘《あえ》ぎ声が上がってしまう。

「あんっ……やあんっ……」

男を受け入れた痛みは綺麗さっぱり消えていた。痛みはほんの一瞬で、すでに彼女の身体は快楽を感じられるまでになっていた。

（なんで？　どうして？　私、初めてなのに……確かにさっきまでは痛みもあったのに……）

最初は確かに痛かった。だけどその痛みはあっという間に消え去り、次にやってきたのは途方もない快楽。

肉棒を受け入れるのは確かにアーサーが初めてなのに、どうしてと思ったところで、なんとなく理由が分かった。

（もしかして……これ、乙女ゲーヒロインのチートってやつ？）

そういえば、ゲームでもヒロインはあまり痛がっている様子はなかった。それどころか初回からアンアン喘ぎまくりだったはずだ。ゲームだったので、シルヴィは全く気にしなかったが。

（えと……じゃあ、さっき前戯がやたら気持ち良かったのも……ヒロインチート？　えええええー？）

信じたくない結論に辿《たど》り着き、シルヴィは泣きそうになった。

よくある、異世界転移や異世界転生をした主人公に与えられるチート。それがよりによって、『快楽を得やすい身体』だと誰が思うだろう。

（そ、そういうのは要らなかったかな……）

エロゲーを楽しみたいと思っていた時のシルヴィなら喜んだかもしれないが、今となっては「いや、もう結構です」としか言えない。快楽に弱いって……つまりはエロ展開に持ち込まれやすいというのと同義なのだから。

「シルヴィ、大丈夫か？　痛まないか？」

自分に備わっているかもしれないチートについて考察していると、アーサーが心配そうに尋ねてきた。慌てて我に返る。そして首を横に振ることで答えを返した。

「え、えっと平気。痛かったのは最初だけみたい。その……今はなんともないの」

「そうか……それなら良いが」

「んんっ」

様子見のため、途中で腰を止めていたアーサーが、奥まで肉棒を押し込める。今まで少しずつ収められていた肉棒がいきなり一番奥まで到達し、シルヴィは思わず甘い声を上げてしまった。

「んあっ……」

「本当に痛みはないようだな。シルヴィ、それなら動いても大丈夫か？」

「う、うん……多分、大丈夫だと」

「ゆっくりする。痛かったら止まるから言ってくれ」

「分かった……」

頷くと、アーサーが腰をそうっと動かし始めた。様子を窺うような抽挿はじわじわとシルヴィの快楽を引き出していく。

「は……あ……う……」

焦れったい。

肉棒がただ、出入りしているだけだというのに膣壁を擦られる度に悦楽が湧き起こる。肉棒が奥に押し込められる度、襞《ひだ》肉は蠢《うごめ》き、アーサーの雄を締めつけた。

「ひぃんっ……あんっ……」

淫《みだ》らな声が出る。

ビクンビクンと、まるで痙攣《けいれん》しているように身体がひっきりなしに震えている。

アーサーの動きはやけに的確で、どこを擦られても気持ち良くてたまらなかった。

「ひゃっ……ああんっ……嘘……気持ち良いの……どうして……」

初めてのはずなのに、肉棒を擦られると、中がどうしようもなく気持ち良くてたまらない。

(最初は中は感じないって言ったの、どこの誰よ！)

無駄すぎる前世の知識だった。

だが、そんなことを恨みがましく思ってしまうほど今のシルヴィは感じてしまっているのだ。

特に、奥の方を亀頭で叩かれると、涙が出るほど気持ち良くて、もっと欲しいと腰が揺れた。

「はあ……ああんっ……」

「シルヴィ……もう腰を揺らして……私に感じているのか？　愛らしいな」

快楽に頭を支配され、アーサーの言葉にも碌に返せない。ただ、肉棒が擦り上げる動きが気持ち良くて、もっと欲しくて、シルヴィはアーサーの足に己の足を巻きつけた。

「シルヴィ？」

「あ……アーサー、もっと……」

(駄目、気持ち良くてもう……)

身体がもっともっとと快楽を強請る。

アーサーの首に両手を回し、キスを強請る。すぐに彼はシルヴィの要求に応えてくれた。

舌を絡める濃厚な口づけを交わしながら、腰を擦りつける。

「は……あ……」

(気持ち良い、気持ち良い、気持ち良い……)

アーサーの手が、ぐにぐにと乳首を弄る。痛いくらいの力だったが、今のシルヴィにはちょうど良かった。より強い快感に変換され、意識が飛びそうになる。

まるで酒でも飲んで、酩酊《めいてい》したかのようだ。理性はとうになくなり、ただ、気持ち良いことしか考えられない。アーサーが激しく腰をぶつけてきた。その度に一番感じる奥が擦れ、たとえようのない悦楽に脳髄が痺《しび》れた。

「シルヴィ……愛している」

「あっ……私……もっ……」

叩きつけるような抽挿に肉筒が反応し、キュウキュウに肉棒を締め上げる。襞肉は複雑にうねり、肉棒を逃がすまいと、まるで蛸《たこ》のように吸いついていた。

「はあ……ああ……」

「シルヴィ……お前の中、襞が絡んで……くっ……今すぐにでも出そうなくらいに気持ち良い」

「アーサー……も、駄目……何か、くる……」

アーサーに揺さぶられていると、気持ち良い感覚がどんどん溜まっていく。それは腹の奥に留まり今にも弾《はじ》けそうになっていた。

「シルヴィ……いいか？　一緒にイこう」

苦しそうな顔でアーサーが尋ねてくる。それにシルヴィは頷くことで答えた。

アーサーはシルヴィの足を抱え直すと、今までより速いスピードで抽挿を始めた。

あっという間に溜まり溜まったものが迫《せ》り上がってくる。

「は……あ……あ……」

単純なピストン運動。それなのにどうしてこんなにも気持ち良いと思ってしまうのだろう。肉棒をただ出し入れされるだけなのが心地よいなんてシルヴィは知らなかった。

「んんっ……んっ、ああっ……」

身体の中に迎え入れた肉棒が熱を持つ。シルヴィの中を埋め尽くした肉棒は無遠慮に一番奥を何度も何度もノックした。

「はあ……アーサー……」

先ほどから、全身が性感帯にでもなったみたいに痺れている。ぶるぶると両足が震え始める。お腹《なか》にキュッと力が入る。呼吸もだんだん乱れていった。

アーサーが無心に腰を振っている。その額からは汗が滲み、表情には余裕がない。何かを堪《こら》えるように、アーサーは激しく抽挿を繰り返した。

「んんっ！」

深い場所に亀頭が勢いよく押しつけられる。次の瞬間、肉棒が爆《は》ぜ、子種がシルヴィの中へと注がれた。温かいそれはシルヴィの身体の奥へと広がっていく。

「ひうっ……」

ほぼ同時にシルヴィも達していた。凝縮された絶頂が頭の奥で弾け、何もかもが真っ白に染まる。陰唇はビクビクと肉棒を食い締め、背筋や足はピンと伸びた。甘美な陶酔のうねりがシルヴィを呑み込んでいく。

「はっ……あっ……」

深い絶頂に呼応し、襞肉が肉棒を搦《から》めとる。肉棒が劣情を中へと放つ度、シルヴィの身体はそれを喜んで受け入れた。誰にも触れられたことのない場所に、アーサーの子種が流れていく。

「……んっ」

深すぎる絶頂で張り詰めていた身体が弛緩《しかん》した。力なくベッドに倒れるシルヴィをアーサーが労《いたわ》るような手つきで撫でていく。

「シルヴィ……」

「アーサー……」

よく頑張ったという顔をされ、シルヴィは緩みきった表情で笑った。疲れたシルヴィの様子を見て、アーサーがゆっくりと肉棒を引き抜く。

「んっ……」

引き抜いた肉棒から白濁が零れる。リネンに染みを作ったが、それは白ではなく、薄いピンク色をしていた。

その染みを見て、シルヴィは内心酷くホッとしていた。

(良かった……もし、血が出なかったらどうしようかと思った)

中には初めてでも血が出ない人もいるらしいが、最初の性交時の破瓜《はか》の血はやはり特別なものだ。シルヴィが今まで誰にもこの行為を許したことがなかったという分かりやすい証拠。

実際、ピンク色の染みを見たアーサーは嬉しそうな顔をしていた。

痛みがあまり続かなかったからもしかして血も出ないのではと心配していたが、そんなことはなかったようだ。

肉棒を引き抜いたアーサーがシルヴィを抱き締め、唇に触れるだけのキスを何度も落としてくる。

「シルヴィ……私を受け入れてくれてありがとう。……愛している」

その声が本当に嬉しそうで、シルヴィまで照れくさくなってくる。

上半身を起こし、時計を確認する。まだギリギリ帰っても問題なさそうな時間だった。

「帰れそうだし、私、屋敷に帰るわ。その……身体もベタベタするしお風呂にも入りたいから」

「帰る？　今日はお前は泊まりだと言っただろう」

不思議そうな顔でシルヴィを見つめてくるアーサーに彼女は言った。

「帰れそうなら帰るわよ。当たり前じゃない。まだ時間も遅くないし……って、きゃっ！」

本格的に身体を起こそうとしたシルヴィをアーサーが再びベッドに引き込んだ。

予想していなかったシルヴィは呆気《あっけ》なく倒れてしまう。

「アーサー！　もう、何するの！」

シルヴィをベッドに引き込んだ犯人を睨みつける。だが、アーサーはシルヴィよりも怒った顔で彼女を睨んでいた。

「え？」

「……明日まで帰さないと言っただろう」

「や……だから……ひゃっ……何を……！」

ベッドの中、アーサーが強引にシルヴィの体勢を変えさせる。うつ伏せにさせられたシルヴィはアーサーに抗議したが、腰を持ち上げられハッとした。この体勢はまずい。

「ちょ……アーサー……きゃああっ……！」

勢いよく肉棒に貫かれた。あまりの衝撃に、シルヴィは息を詰める。欲を吐き出したばかりだとはとても思えない熱さと硬さが、膣内を埋め尽くしていた。

「ひぅっ……あああんっ」

咄嗟にリネンを握りしめる。偶然ではあるが、腰を突き出すような格好になった。アーサーがシルヴィの腰を持ち、激しく抽挿を始める。

「ひゃっ……！　あっ！　あっ！」

さっきまでと角度が違うからか、肉棒の当たり方が変わる。膣壁を肉棒が擦り上げていくと、あっという間に快感が走り抜けていく。

「あっあっあっ……！　やあああ……！」

肉棒が膣奥を叩く。あまりの衝撃に達しそうになってしまう。

「んっんっ……強いっ……やあ……またイっちゃう……！　アーサー……なんで……」

絶え間なく襲ってくる悦楽に噎《むせ》び泣きながら、リネンを握りしめる。身体に力が入らない。

アーサーが吐き出したもので滑りの良くなった膣内を、肉棒が容赦なく擦り上げていく。

「あんっ……もう……！」

身体がぶるぶると震える。必死で快楽を散らし、与えられる刺激に耐えていると、アーサーが言った。

「お前が悪い」

「悪いって……何が……ひんっ」

後ろから胸を鷲掴《わしづか》みにされ、シルヴィは背を仰け反らせた。

アーサーはそんな彼女の背に唇を這わせながら言った。

「帰る、だなんて言うから。私は嬉しかったのに。ようやくお前が心身共に私のものになって。なのにお前は、あっさりと帰ろうとする。風呂に入りたい？　それなら私の部屋にもあるから後でいくらでも入れてやる。前に入った大浴場でもいいぞ。侯爵にはさっきも言ったとおり、連絡しておいてやるからお前は大人しく――私に溺れていろ」

「ひぁっ……！」

ずんと最奥を突かれ、目の奥に星が散った。

軽く達してしまい、蜜壺《つぼ》が収縮する。アーサーが、心地よさそうな声を出した。

「っ……！　本当にお前の中は、おかしくなくらいに気持ちいいな……。熱くぬめって無数の襞が絡みついてくる。……癖になりそうだ」

「ひゃあ……ああんっ……や、アーサー……私、イってるから……」

「だからどうした」

「あっ！」

膣奥に肉棒を押しつけられたまま円を描くように捏《こ》ね回された。同時に乳房を掴んでいた手が乳首を扱《しご》き立てる。二カ所から与えられる刺激にシルヴィは、ひんひんと啼いた。

腹の中が酷く熱い。肉棒が通る度、無意識に締めつけてしまう。

軽い絶頂をシルヴィは何度も繰り返した。

（や……駄目、これ……気持ち良すぎて……何なの。なんでこんなに気持ち良いの……まだ二回目なのに……）

中を肉棒で抉られるのがたまらなく良い。膣奥なんて突かれても痛いだけのはずなのに、突かれれば突かれるほど快感が増していく。

（だから！　最初から中で感じるとか……ないんだって……ああもう！　気持ち良い！）

思考を放棄したくなる悦楽に、シルヴィはリネンを握ったまま身悶えた。

気持ち良い。気持ち良すぎて、訳が分からなくなる。

腰を振りたくるアーサーが後ろから「好きだ」だの「愛してる」だの言っているが、意識が半分くらい飛びかけているシルヴィには殆ど聞こえていなかった。

「ひうぅ……イくっ……またイっちゃう……」

涙混じりに訴えると、アーサーが獰猛《どうもう》に笑う。

「何度でもイかせてやる。存分に飛べ」

「あああああっ！」

　肉棒が膨れ上がり、奥底へと白濁を吐き出した。ドクンドクンと肉棒が脈打っているのが分かる。飛沫《しぶき》が腹の奥を満たしていった。それを受け、シルヴィも激しい絶頂を迎える。

「っ!!」

　ガクンガクンと全身が揺れる。激しすぎる交わりに疲れ、シルヴィはそのままベッドに倒れ込んだ。

「はあ……や……もう……駄目……」

　優しくして欲しいと言ったのに、最初から飛ばしすぎだ。

　全身が激しい虚脱感に襲われる。疲労のあまり、眠気が襲ってきた。

　ああ、これは確かに泊まりでないと無理だ。帰れないとシルヴィが思ったところで、アーサーがまた腰を振り始めた。

「ひっ⁉　あ、アーサー？」

「足りない。全然足りない」

「や……ちょっと……私、初めてって……ああっ」

　ぐったりと倒れ伏すシルヴィの後ろからアーサーが挿入したままのしかかってくる。背中に感じるアーサーの体温。後ろからシルヴィを組み伏せたアーサーはゆっくりと肉棒を抜き差ししながらシルヴィの耳元で囁いた。

「――朝まで、抱き潰してやると言っただろう？」

「っ！」

愕然とするシルヴィを見たアーサーが満足そうに笑う。

「まだ時間はたっぷりある。お前に私の形を覚えさせるには十分だな？」

「や……あの、そういうのは……要らない……んだけど……んんっ」

耳朶《みみたぶ》を食《は》まれ、甘い声が出た。

肉棒は相変わらず、快楽を伝えてくる。愛液と白濁が混じり合うグチグチという音と、自らの置かれている状況に眩暈がしそうだ。

（えっ……朝までって……待って？　嘘でしょ？　ゲームじゃないんだよね？　現実なんだよね？　全部色々違ったよね？　なのにどうして、ここだけゲームと一緒なのよ！　絶倫アーサーなんて要らないんだってば!!）

「シルヴィ……私のシルヴィ……こうなったからにはもう……絶対に離さないからな。これからは毎日可愛がってやる。私に抱かれて、早く子を孕んでくれ……」

うっとりとした声で呟くアーサーが怖すぎる。

婚約もしていないのに毎日とかどういう意味だろう。

どうにか逃げたくて、一生懸命アーサーの下から逃れようと藻掻いたが無駄だった。

背中にのしかかったアーサーは、シルヴィの両脇《わき》の下から腕を差し込み、逃げられないようにがっちりと彼女の腕を捕らえる。

「逃がさない」

「ひぃっ！　や……！　あんっやあ……！　腰、動かさないで……もう無理だってば……」

本心からの言葉だったが、アーサーは笑い飛ばした。

「嘘を吐くな。お前の中、先ほどより複雑に蠢いて、私のものに絡みついてくる。もっと欲しいとな。私はそれに応えているだけだ」

「ち、ちが……んんんっ、ひゃああっ。そこ、駄目っ！」

弱い場所に肉棒を擦りつけられる。途端、愉悦が湧き起こり、随喜の涙が零れた。

（も、なんで……！　なんでこんなに気持ち良いの！　もう疲れたのに、眠いのに、身体が勝手に喜ぶみたい……）

痛みがあれば泣き叫ぶということもできたのだが、蜜壺は解けきって痛みなど露ほども感じない。ただただ気持ち良いだけ。

「ひっ……んんっ……ああああっ」

「シルヴィ……その甘い声、もっと聞かせてくれ」

「ひぅっひっ……ひゃんんっ」

（乙女ゲーヒロインのチートなんて碌なものじゃない！　快楽体質なんていらないっての！　うわあああ、もう……馬鹿になりそうなくらい気持ち良い……やだぁ）

アーサーに翻弄《ほんろう》される。シルヴィは思考の止まった頭で、もう勝手にしてくれと思いながら、手っ取り早く理性を手放すことにした。

◇◇◇

「……ううう」

身体が軋《きし》む。頭が酷く重かった。朝の光で目を覚ましたシルヴィは、昨夜の自分を思い出し、大きな溜息を吐いた。

「……ヤりすぎ」

感覚からして、二時間ほどしか寝ていないのではないだろうか。頭の奥が鈍く痛む、寝不足特有の感覚に乾いた笑いしか出てこなかった。

「……馬鹿」

自分を抱き締め、上機嫌だと一目で分かる顔で眠っている男を至近距離から睨み付ける。

昨夜が初めてのシルヴィにこの男は凶悪なほどに盛《さか》り、大変な思いをしたのだ。

（……絶倫アーサー……現実でも存在したわ……）

がっくりとする。

何度もシルヴィの中に子種を注ぎ込んだ男は、シルヴィが最後疲れ果てて気絶するように眠るまで抱き続けていたのだ。

おかげで身体は重だるいし、あちこち筋肉痛も感じている。

せめてもの救いは、アーサーと繋がっていた部分が痛くないことだが、これもヒロインチートなのだろうか。ヒロインは、ヒーローとエッチしまくらないといけないから。

「……いやいやいや。ないない。そんなの」

慌てて恐ろしい考えを振り払った。

きっとアーサーは、初夜だからつい、盛り上がってしまっただけなのだ。

平常時がこれとか、普通に考えてあるわけない。

「そう……今回は特別だったから……そう。そうよ……」

とはいえ、初めての女にここまで無理をさせるのもどうかと思うが。

もう一度溜息を吐き、アーサーの腕を退けて身体を起こす。身体には何も身につけていなかったが、さっぱりとしていた。眠っていたベッドにもべたつきはないし、もしかして、アーサーが綺麗にしてくれたのだろうか。考えると少し恥ずかしいが、後処理をしてくれたのは有り難い。ドロドロのベッドで眠るなんてご免なのだ。

「……喉渇いた」

散々啼かされたからか、喉がひりひりとしていた。

水で良いからどこかに置いていないだろうかとキョロキョロしていると、腕が伸び、ベッドに引き倒される。

「きゃっ……！」

「シルヴィ。私を置いて、どこへ行こうとしている」

「っ！　アーサー、起きてたの」

シルヴィをベッドに引き込み、再度己の腕の中に閉じ込めた男は不満そうな顔でシルヴィを見ていた。

「お前が私の腕の中で藻掻いていた時にな。何をしているのかと様子を見ていれば」

「水！　水が欲しいの！　アーサーのせいで喉がカラカラなんだから！」

責めたいのはこちらだとアーサーを睨めつけたが、彼は「ああ」と納得したように頷いた。

「昨日はずいぶんとイイ声で啼いてくれたからな」

「……思い出させないでよ」

「私としては一生覚えていたい素晴らしい記憶だ。ああ、そうだ。水ならサイドテーブルの上に水差しがある。取ってやろうか？」

「大丈夫。自分でできるわ」

アーサーがようやく離してくれたので起き上がる。だが、何故かアーサーは心配そうだ。

「本当に大丈夫か？　気をつけろよ」

「気をつけろって……サイドテーブルの水差しを取るだけでしょう？　平気よ……ってあれ……」

ベッドに腰掛けようと身体を動かした途端、ぺたんとその場に座り込んでしまった。

何が起こったのか分からないシルヴィに、アーサーがやはりという顔をする。

「まあそうなるだろうな。少し無理をさせすぎたようだ。大人しくしておけ」

「嘘……何これ……」

慌ててもう一度動こうとしたが、やはり力が入らない。あまりのことに驚いていると、アーサーが真顔で言った。

「シルヴィ、無理をするな。動けるようになるまでゆっくりしているといい。昼までには何とかなるだろう」

「何とかなるだろうって……ええ？」

　まさかのやりすぎで腰が立たないという現実に、眩暈がしそうだ。

　シルヴィは思いきり、アーサーを睨んだ。

「アーサーの嘘吐き。手加減してって言ったじゃない。一回、手加減という言葉を辞書で引いてみればいいんだわ」

　動けなくなるまでヤるなど、正気の沙汰《さた》ではない。文句を言うとアーサーは心外だという顔をした。

「手加減はした。少なくとも、お前が気絶してからは抱いていないし……。大体、本気で抱き潰すつもりなら、まだ終わっていないと思うぞ？　私としては最大限お前に配慮したつもりだ」

「まだ終わっていないって……ええ？」

　とんでもない言葉を聞き、耳を疑った。だが、アーサーは真剣だ。

「十年以上、お前のことだけを思い続けてきた私が、あれっぽっちで満足するはずがないだろう」

「……ねえ。そこは満足しようよ。十分人外の所業だと思うの」

「無理だな」

　ボソリと出た言葉はシルヴィの心からの声だったが、アーサーは一刀両断《いっとうりょうだん》した。

「正直に言うなら、全然足りないし、このままお前を城に留め置いて、寝室に閉じ込めたいくらいだ」

「まさかその間、ずっとヤるって言うんじゃないでしょうね」

半分以上冗談のつもりで言った言葉だったが、アーサーは感心したように頷いた。

「よく分かったな。そのつもりだ」

「この獣！」

「獣とは失礼だな。お前が好きなのだから仕方ないだろう」

「好きって言えば何でも許されると思わないで。私は、そんな爛れた生活は嫌なの！　一日中籠もりきりでエッチとか絶対嫌！」

ゲームのアーサールートも真っ青な、R18ルートを提示され、シルヴィは必死で拒絶した。

(なんなの……。現実の方がゲームより酷いってどういうことなの……これならゲームの方がマシ……って、ナニコレ、信じたくない……)

本気で倒れそうだ。

わなわなと震えるシルヴィにアーサーが平然と言った。

「母上にもできるだけ早く孫を、と言われている。母上のご要望を叶えるためにも私たちはもう少し頑張るべきだと思うのだが……。シルヴィ、これから毎日頑張ろう。母上と散歩した後に私の部屋に来るようにしてくれれば――」

「行かない！　これ以上頑張らなくて良いから！」

どうしてアーサーに抱かれに、毎日彼の部屋を訪ねなければならないのか。

一度許したからといって、それからは無条件で抱けると思ってもらっては困るのである。

今回は特別。特別なのだ。

だが、アーサーは言ってくる。

「シルヴィ、私は頑張りたい……それに子を作るのは王族の義務だ。私の妃はお前になるのだからお前に頑張ってもらわなければ……」

痛いところを突いてくるアーサーにシルヴィはうぐっと言葉に詰まった。

確かに、それはその通りなのだ。シルヴィはアーサーの子を産まなければならないし、それを今は嫌だと思っていない。だけど。

「け、結婚したら頑張る。だから今は程々で良いと思うの。ね、それがいい、そうしよう」

拒否しているわけではないのだから、これくらいで許して欲しい。そういう思いでアーサーを見つめると、彼は残念そうな顔をした。

「私はそれでは足りないのだが……」

「足りよう！　一日一回で十分だよね！」

「……シルヴィ、一つ聞くが、お前、桁《けた》を一つ間違えてないか？」

「間違えているわけないでしょう！」

反射的に怒鳴ってしまった。だけど仕方ないではないか。

桁を間違えるって……一体、アーサーは何回するつもりなのだろう。

(絶倫王子……ゲームより絶倫とか……もう遅いけど、やっぱり逃げて正解だったんじゃない。あっさり捕まった私の馬鹿ー！)

とはいえ、今更悔やんでもどうしようもない。

じりじりとにじり寄ってくるアーサーから逃げようと思っても、動けないので逃げられない。このままま問答無用《もんどうむよう》で抱かれてしまうのかと身構えたシルヴィだったが、幸いにも杞憂《きゆう》に終わった。

さすがに動けないシルヴィに無体を働くつもりはなかったのか、アーサーがそれ以上余計なことをしなかったからだ。

(助かった……)

無事動けるようになり、風呂に入り、朝食を食べた後、シルヴィはアーサーの用意してくれた馬車に乗って、屋敷に帰れることになった。

◇◇◇

「……ただいま戻りました。ご心配をお掛けして申し訳ありません」

馬車から降り、玄関まで迎えに来てくれた父と母にシルヴィは気まずい気持ちを抱えながら帰宅の挨拶をした。

まさかの朝帰りどころか昼帰り。そして自分が誰と何をしてきたのかバレバレの状況に、シルヴィは羞恥で地面に埋まりたくなっていた。

(ああああ……恥ずかしい……！)

玄関には主立った召使いもいる。一瞬、アリスと目が合ったシルヴィは、彼女がニヤニヤとしているのを見て倒れたくなった。

絶対に後で根掘り葉掘り聞かれると思ったのだ。

（もう……なんの羞恥プレイなの！　誰も気づいていない感じでこっそり帰りたかった……）

とはいえ、それは無理な話だ。だってシルヴィの隣にはアーサーがいる。王太子が来ていて、父たちが無視できるはずがないのだ。

ちなみにどうしてアーサーまで来たのかと言えば、「私と一緒にいたという、動かぬ証拠となるだろう」ということだった。アーサーから連絡が行っているのだから父が疑うことはないとは思うが、念には念を入れてということだろうか。

チラリと父の顔を盗み見ると、アーサーが共にいることを明らかに喜んでいた。

「すまない、リーヴェルト侯爵。シルヴィを帰すのが遅くなった」

「いいえ、連絡はいただいておりましたので問題ありません。それに殿下と一緒なら、私共も安心できます」

「そうか。本当は、彼女を城に住まわせたいのだが、それは婚約後にと考えている。それまではこれまで通りお前がシルヴィを守ってくれ。――くれぐれも頼んだぞ」

「承知いたしました」

アーサーの命令に、父がしっかりと頷く。

レオンのことを言っているのだということはさすがにもう分かっていた。アーサーがシルヴィに目を向ける。

「シルヴィ。今日は、母上の散歩はいい。事情は話しておいたからな。また明日。いつもの時間に待っているとのことだ」

「……分かりました」

事情を話したという言葉に気が遠くなりかけたが、堪えた。

明日、王妃と会った時、どんな顔をすればいいのだろう。

考えたくないと思ったシルヴィは、無意識に胃の辺りを押さえた。

「明日は私も同席しよう。ではな。名残《なごり》惜しいが、私も仕事がある。リーヴェルト侯爵、これで失礼する」

「わざわざ娘を送って下さり、ありがとうございました。殿下」

父に従い、全員がアーサーに頭を下げた。

アーサーは乗ってきた馬車で城に帰り、後にはシルヴィが残された。

「あの……お父様」

「お前も疲れているだろう。部屋に戻ってゆっくりしていなさい」

「はい」

父の言葉に素直に頷くと、父は更に言った。

「うむ。体調は万全にしておかなければならん。分かっているな？」

「……はい」

言外に含まれた意味を悟り、シルヴィは顔を赤くしつつも返事をした。

体調を万全に。

つまりは妊娠に備えろと父は言っているのだ。

娘が王子に抱かれたと知ったからの言葉だろう。もしシルヴィが妊娠すれば、子供は王家の血を継ぐ存在。何を置いても守らなければならない。

分かってはいるが、アーサーに抱かれたことを前提に話されるのがとても恥ずかしかった。

「アリス」

「はい」

ううう、あああ、とシルヴィが一人で身悶えていると、父がアリスの名前を呼んだ。

一歩前に出てきたアリスに、父が言う。

「アリス、今日からお前は、シルヴィの世話だけに専念しろ。他の仕事は一切しなくていい。常にシルヴィに付き、世話をするように。他の者たちも分かったな？」

父の言葉に、アリスだけでなく、並んでいた他のメイドや執事たちも頷いた。それを確認し、父が言う。

「さあ、アリスと一緒に部屋に戻りなさい」

「お父様……分かりました」

父の言葉に頷き、屋敷の中に入る。後ろからアリスがついてきた。

無言で階段を上り、自分の部屋に戻る。アリスがしっかりと鍵を掛け、俯《うつむ》く。

「……」

「アリス？」

アリスの様子がおかしい。どうしたのだろうとシルヴィが彼女に声を掛けると、アリスは我慢できないと言わんばかりに噴き出した。

「ふっふっ！　はは！　あはははは！　おめでとう！　ついに、ついにアーサーとヤったのね！　で？　どうだった？　どうだったの？　だってアーサーって、幼馴染みでずっとあんたのこと好きだったんでしょう？　アーサーは一途キャラだから間違いなく童貞だろうし！　くくっ。くっそ、ウケル！　あのイケメン王子が童貞とかあり得ないっての！　ねえ、下手だった？　それともエロゲーのヒーローらしく上手かった？　あと、あと！　アーサーって本当に絶倫だったの？　教えて!!」

「何言ってんの！　教えるわけないでしょう!!」

目を輝かせながら怒濤のごとく聞いてくるアリスに、シルヴィはカッと目を見開き、声を上げた。

「なんで、恋人とのアレコレをあなたに教えないといけないの！　っていうか、前にも教えないって言ったわよね？」

「えー……そこはさー、ノリで教えてくれても……」

「勘弁してよ……」

アーサーとの情事の内容など恥ずかしすぎて話せるわけがない。

げっそりとしたシルヴィに、アリスもさすがにまずいと思ったのか、「ごめん」と謝ってくる。

「調子に乗りすぎたね。いや、あまりにも嬉しくて。あの、アーサーは絶対嫌！　って言ってたあんたが、そのアーサーと……なんてさ。いやあ……近いうち落ちるとは思っていたけど……あのさ、言いたくはないいけど、あんたものすごくチョロかったわね」

「うるさい」

チョロいのは自覚しているので、言って欲しくない。恨みがましげにアリスを睨むと、彼女は「着替えよっか」と笑った。

「部屋の中でドレスというのも疲れるでしょ。それとも先に入浴する？　アーサーの残滓《ざんし》を掻き出したいとか……」

「入浴は済ませてきたから要らない。ねえ、アリス。あなた全然反省してないでしょう」

しつこく下ネタをぶっ込んでくるアリスを再度睨む。

アーサーに清めてはもらっていたが、帰る前に彼の部屋の浴室を借りて入浴もさせてもらったのだ。

身体はさっぱりしているから、改めて風呂に入る必要はない。ただ、ドレスよりは部屋着の方が楽なので着替えることには同意した。

アーサーにもらったピンク色のドレスを脱ぎ、部屋に用意してあった部屋着に袖《そで》を通す。

部屋着のボタンを留めてくれていたアリスが「はあ……」と呆れたような声を出した。

「アリス？　どうしたの？」

「どうしたのって、あんた……」

ボタンを留めていた手を止め、アリスがしみじみと言う。

「背中。気づいていないようだけど、真っ赤になってるから。コレ全部、アーサーが残したキスマーク？　すっごい数よ。アーサーの執着を見せつけられるみたいで呆れたわ」

「えっ？」

慌てて振り向くが、背中など見えない。

「嘘……そんなに付いてる？」

「俺のもの！　って宣言しているように見える程度には付いているわよ。何、付けられたことにも気づいていなかったの？」

「う、うん……」

後ろからは何度も抱かれたが、意識が半分飛んでいたので気づかなかったのだ。確かにチクリとした痛みのようなものは何度か感じた気もするが……それ以上に気持ち良くて、気にならなかった。

「これ、一、二回って感じじゃないね。あんた初めてのくせに、何回抱かれたの。でもそっかー、やっぱりアーサーは絶倫王子ってことかー。あーあ、エロイベ、私も観察したかったなあ」

「……ア、アリス……あの……」

「ご愁傷様！　アーサーの相手は大変だろうけど頑張ってね！」

「あああああ……」

にこやかに言われ、シルヴィは恥ずかしさのあまり自らの顔を両手で覆った。

（アーサーの馬鹿！　言わなくても気づかれたじゃない！）

「まあ、あんたの着る服って元々胸元を見せるようなデザインは少ないから、脱がない限り気づかれはしないだろうけど……ああ、そうか。これ、アーサーの牽制ね」

「牽制？」

「レオンに対してよ。真っ赤になるほど他の男の跡がついた女を抱けるのかって、これ、挑発も兼ねてるわね」

「……」

レオンの名前が出て、シルヴィは黙り込んだ。アリスが気まずげに言う。

「あのさ、あんたは知らないだろうから教えとくけど、旦那様、私たち召使い全員を集めて言ったのよ。『レオンをシルヴィに近づけるな。何事もなくシルヴィを王太子様に嫁がせるのがお前たちの役目だ』ってね」

「お父様……」

奇《く》しくもアーサーの言っていたとおりだと知り、シルヴィは目を見張った。

「今日、私があんたの世話以外の仕事を免除されたのだってその一環。目を離すなってそういう意味でしょう？　万が一、レオンがあんたに近づいても、守れるようにって」

「……うん」

「あんたとアーサーの婚約が内々に決まった時にね、実はレオン、旦那様に直談判《じかだんぱん》に行ったのよ。『姉さんは僕が娶りたい』ってはっきりとね。旦那様には一蹴《いっしゅう》されていたけど」

「レオンが……？」

そんな話は初めて聞いた。あの媚薬事件の後から、レオンとは殆どまともに話していないのだ。そんなシルヴィがレオンの近況など知るよしもなかった。

「『シルヴィは王太子様に嫁ぐ。お前はリーヴェルト侯爵家を守るべく、相応《ふさわ》しい家の娘を娶れ』ってね。窘められていたわ。旦那様の部屋の前の廊下でさ、私、偶然聞いちゃったんだけど、レオンは納得いかないって顔で旦那様を睨みつけていたし、旦那様は旦那様で、一歩も退《ひ》かないしで……」

「そう、だったの……」

二人のやりとりを聞き、シルヴィは居たたまれない気持ちになった。

どうしたって、シルヴィはレオンの気持ちには応えられない。それは別にヤンデレキャラがどう、というのではなく、単に、男女の性愛をレオンには抱けないからだ。

レオンのことは弟にしか見られないし、シルヴィはアーサーを選んでしまった。

だから、『ごめんなさい』としか言えない。

シルヴィの背中のボタンを留める作業を再開させながら、アリスは思い出すように言った。

「そうそう、ちょうどその直後に、『レオンをシルヴィに近づけるな』っていう話が出たからね。ああ、旦那様、レオンを警戒してるんだなあって」

「……お父様がレオンを警戒しているのは……アーサーが言ってくれたからっていうのもあるの」

「そうなの？　アーサーが？」

驚くアリスに、シルヴィは頷いた。

「うん。そう言ってた。アーサーは、私がレオンに媚薬を飲まされたことを知ってるから。そのことはお父様には言わなかったみたいだけど、レオンが私のことを好きなようだから、注意して欲しいって言ったって……」

アーサーから聞いたことを伝えると、アリスは納得したように何度も「なるほど」と唸《うな》った。

「そっかー。そりゃ、王太子殿下直々に頼まれたんじゃ、旦那様も張り切るってものよね」

「さっきもレオンの姿を見なかったけど……レオン、大丈夫かしら……」

先ほどの迎えは、屋敷のほぼ全員が出てきていたのだ。その中にレオンはいなかった。

無言の抵抗だろうか。

「……昨日、あんたが屋敷に帰らなかったことは知っているわ。『姉さんは？』って聞いてきたから、『今日はお帰りにならないそうです』って答えたんだけど、鬼のような形相をしていたわね。……今日は、体調が悪いって言って出てこなかったの」

「レオン……」

沈痛な声を出すと、アリスは窘めるように言った。

「言っておくけど、様子なんて見に行くんじゃないわよ？　何のために、旦那様が私をつけたと思ってるのよ。あんたが行けば、旦那様やアーサーのあんたを守ろうという行動を否定することになるんだからね」

「分かってる。気にはなるけど、行かないわ」

「それなら良いのよ」

シルヴィの返事を聞いて満足したのか、アリスの声が落ち着いたものに変わる。

ボタンを留め終わったアリスは、鏡越しにシルヴィを見つめ、笑顔で言った。

「ま、何にせよ、私としてはラッキーかしら。あんたとずっと一緒にいていいって、旦那様から命令をいただけたんだもの。ねえ、今日はもう出かけないんでしょう？　アーサーとの色々、お茶でも飲みながら聞かせてよ」

「……良いけど、エロネタは話さないから」

シルヴィが警戒するように答えるとアリスは「大丈夫。私のテクニックで聞き出してあげるから」と自信たっぷりに、全く安心できなくなるような言葉を返してきた。

第九章・レオン

アーサーと結ばれてからまた少し、時が経《た》った。

シルヴィは毎日王城へ行き、王妃やアーサーと親密な時間を過ごした。

王妃はシルヴィがアーサーと結ばれたことを甚《いた》く喜び、これまで以上にシルヴィを可愛《かわい》がってくれるようになった。王妃の体調は日に日に良くなり、最近ではロイヤルガーデンでお茶ができるまでに回復している。少しずつだが食事量も増え、痩《や》せすぎだった身体《からだ》にも少し肉がついてきた。周りともコミュニケーションを取るようになり、病気は確実に快方へと向かっていると、担当医師もホッとしたように話していた。

今はとにかく、生活のリズムを整えること。ストレスを感じることは避け、心地よいと感じることだけをする。挑戦したいことも無理はせず、できる範囲内でやること。

また、一人で行動することは避け、心を許した人間と共にいることと厳命され、王妃が外に出る時は、シルヴィかアーサー、もしくは国王が必ず側《そば》につくこととなった。

とはいえ、国王やアーサーには毎日色々な仕事があり、病気療養中の王妃にずっとつきっきりというわけにもいかない。当然の結果として、王妃の側にいるのは殆《ほとん》どシルヴィとなっていた。

「用事がある時は断ってくれて構わないのですよ。あなたが来てくれるのはとても嬉《うれ》しいですけど、プライベートな時間まで奪いたくはないのです」

申し訳ないと謝る王妃に、シルヴィはとんでもないと首を横に振った。

「そんな長時間ではありませんから、大丈夫です。友人とも付き合いがありますし、心配しないで下さい」

実際、迷惑だとは思っていないし、王城にいれば、アーサーと会う機会も増える。

今日などは、王妃との散歩が終わった後、部屋で待っていて欲しいと伝言をもらっている。

実に一週間ぶりの逢瀬《おうせ》で、シルヴィも今日を楽しみにしていた。

それを告げると、王妃は安堵《あんど》の表情を見せた。

「そう。アーサーと仲良くやってくれているみたいで良かった。この分だと、無事、婚約指名を終わらせることができそうですね」

「はい」

「私はその宴《うたげ》には出席できませんが……」

王妃の具合はかなり良くなっているが、それでもまだ夜会に出席できるほどではない。あとひと月ほどとなった婚約指名の夜会は医師の判断で、欠席することが早々に決まっていた。

「お医者様の判断ですから。お義母様が祝福して下さっていることは分かっていますので、どうか気に病まないで下さい」

「ええ。結婚式には必ず出席しますからね」

「はい。楽しみにしています」

そんな会話を交わしながら王妃との散歩を終える。王妃と別れたシルヴィは、約束通りアーサーの部屋へと向かった。

「おや、シルヴィア殿」

「あ、ディードリッヒ様」

アーサーの部屋の前で会ったのは、ディードリッヒだった。久々に見た彼は、少し疲れたような顔をしている。

「どうなさいましたか？　その、随分とお疲れの様子に見えるのですが」

シルヴィに指摘されたディードリッヒはハッとしたように表情を取り繕った。

「いえ、何でもありません。ちょっとここのところ忙しかっただけですから」

誤魔化すような言い方に、これは深く聞いて欲しくないのだと察したシルヴィは、話を合わせた。

「そうですか。そういえば、殿下も最近お忙しいみたいですし……。どうかご自愛下さい。倒れてしまっては元も子もありませんから」

「ありがとうございます」

「シルヴィ」

話を終わらせたところで声が掛かった。話しかけてきたのは、待ち合わせをしていたアーサーだ。

彼は急ぎ足でシルヴィの側に来ると、ディードリッヒに言った。

「ディードリッヒ。頼んだ件はどうなった？　シルヴィと歓談できるくらいだ。もう報告できる段階にあるのだろうな」

明らかに嫌味の混じった言葉だったが、ディードリッヒは動じなかった。

さらりと言い返す。

「殿下。私とシルヴィア殿が一緒にいただけで嫉妬《しっと》とは、なかなか懐が浅いですよ。もっと鷹揚《おうよう》に構えるべきだと思いますが」

「うるさい。で？　どうなのだ」

「ここは余裕ですとお答えしたいところですがね。残念ですがまだです。ですが、数日以内にはご報告できるかと」

「……そうか」

ディードリッヒの話を聞き、アーサーは少し考えるような素振りを見せた。

二人の会話を邪魔してはいけないとシルヴィが少し後ろに下がる。それを見たディードリッヒが笑顔で言った。

「ああ、そのような気遣いは結構です。私は退散しますので。この、男と見れば誰彼《だれかれ》構わず嫉妬して回る殿下に攻撃されるのは本意ではありませんから」

「ディードリッヒ！」

アーサーが睨《にら》みつけると、ディードリッヒは肩を竦《すく》めた。

「嘘《うそ》は言っていませんよ。あ、そうそう、あの気持ち悪い敬語モードのあなたを見なくて済むようになったことは本当に嬉しく思っています。シルヴィア殿には感謝しなくては」

ありがとうございます、と丁寧に頭を下げてから、ディードリッヒは去っていった。

それをポカンと見送っていると、シルヴィの腰を引き寄せながらアーサーが言った。

「だから言っただろう。ディードリッヒは性格が悪いと。見た目に騙《だま》される奴《やつ》らが多すぎて嫌になる。さ、部屋に入るぞ」

「えと……その、うん……」

曖昧《あいまい》に頷《うなず》く。だが、ディードリッヒはとても楽しそうだったし、やりとりしているアーサーも気分を害した様子はなかった。これが、男同士の友情というものだろうか。

戸惑いつつもアーサーと一緒に彼の私室へ入る。

アーサーの部屋には、彼と身体の関係を持つようになってから、何度も遊びに来ていた。

ゲームもびっくりの絶倫アーサーであったが、意外にも、毎回身体を求められることはない。ただ、一度求められるとひたすら長いことだけが問題だった。

ちょっとやそっとでは終わってくれないのだ。泊まりになることも多いし、そうすると次の日アーサーに屋敷まで送られる話になり……その度に気恥ずかしい思いをしていた。

(泊まりっていうのは勘弁して欲しい……)

いかにもエッチしてきましたとアピールしているようで、恥ずかしいのだ。一、二回で終わってくれればシルヴィも屋敷に帰れるのに、どうあってもアーサーは止まってくれない。

結果、シルヴィはアーサーからの誘いを五回に四回ほどは断っていた。

とはいえ、本当に断れるかと言えば難しいところだが。

そして今日はおそらく求められるだろうとシルヴィはひしひしと感じていた。何故《なぜ》ならここのところ、会えない日が続いたし、連続して三回ほど断っていたからだ。

断りの理由としては、『王妃と茶会がしたいから』

アーサーに抱かれた翌日は、王妃の元へ行けないことが多いので、それを盾にして断っていた。もちろん嘘ではない。

そして、母親を大事にしているアーサーは、そう言われると退《ひ》くしかなかった。

（ここのところ連続して断ってるし……今日は、泊まれって言われるかなあ）

できれば、明日も王妃と散歩をしたいのだが、難しいかもしれない。

そんなことを考えながら、勧められるままにソファに座る。

アーサーが命じていたのだろう。タイミング良く女官がやってきて、お茶の用意を整えていった。

今日は、銀の三段トレイに、下からサーモンのサンドイッチ、ブルーベリーとくるみのスコーン、そしてイチゴの載ったショートケーキがセットされていた。お茶はフルーツがたっぷり入ったフルーツティー。オレンジやレモン、林檎《りんご》、ベリーなどがポットの中に沈んでいる。

「散歩をして、小腹が空《す》いただろう。私も昼を抜いてしまってな。付き合ってくれると嬉しい」

「え？　そうなの？　本当に忙しいのね……」

昼を抜いたというアーサーの言葉に頷く。

彼が忙しいことは分かっていたが、昼食も碌《ろく》にとれないほどだとは思わなかった。

実際、アーサーは疲れたような顔をしているし、泊まりになるかも、なんて考えていた自分が申し訳ないと思った。

(そっか、アーサー疲れているんだ。朝までコースだ、なんて疑って悪かったな……)

「それはそうと、シルヴィ。今日は泊まっていくだろう？」

「やっぱりそうなるの!?」

秒でツッコミを入れてしまった。悪かったと思った気持ちが一瞬で吹き飛んだ。

「アーサー、疲れているんでしょう？　時間があるなら、一人でゆっくり休んだ方が……」

シルヴィの意見は、ごくごく一般的なものだと思ったが、アーサーは不快そうに否定した。

「時間があるなら、少しでもシルヴィと過ごしたい。それともお前は、同じようには思ってくれないのか」

「……泊まりって言われなければ、私だって快く「うん」と言ったと思うの」

「泊まったからといって、抱くとは限らないだろう」

「そうなの？　じゃあ、抱かない？　それならまあ……」

「抱く」

「……」

きっぱりと宣言され、シルヴィは真顔になった。

「ねえ、抱くとは限らないって言わなかった？」

「言ったが、抱かないとも言っていない。大体、恋人を抱くと言って何が悪い。抱き合うことは恋人同士の大切なコミュニケーション手段だと思うぞ」

「……それが適度な回数ならね。アーサーの場合は多すぎるの！　私、腹上死とか嫌だから」

「だから自制しているだろう」

「あれで⁉」

驚きすぎて声がひっくり返ってしまった。

誘われる度に朝までコースの現状、あれを手加減されているとは思いたくない。

愕然《がくぜん》としているシルヴィに、アーサーがしれっと言う。

「そうそう、一応言っておくがすでにリーヴェルト侯爵には、お前を泊めることを連絡しておいた。侯爵からは快い返事をもらったぞ」

「なんで私、知らないところですでに売られてるの……」

父親から了承をもらったと聞き、シルヴィはがっくりと項垂《うなだ》れた。恐ろしいことに、すでに外堀は埋め終わっていたようだ。これでは屋敷に帰るのも憚《はばか》られる。

「これを食べ終わったら仕事に戻る。できるだけ早く終わらせて戻ってくるから、待っていて欲しい」

「分かったわよ。……お父様が頷いているのなら仕方ないものね。でも……そういう外から固めていくような真似《まね》はやめてよ」

誘うなら素直に誘って欲しい。そういう気持ちを込めてアーサーに目をやると、彼はじとっとシルヴィを睨んできた。

「母上との茶会を盾にして、毎回私の誘いを断っているお前に言われたくないが」

「うっ……そ、それは」

思いきり自覚のあったシルヴィはさっと目を逸《そ》らした。確かにそれを指摘されるとシルヴィは何も言えない。

言い返せなくて黙ってしまったシルヴィをアーサーが「で？」と促してくる。

「返事は？　シルヴィ」

「……ヨロコンデ、トマラセテイタダキマス」

「そうか。断られなくて良かった」

「ハハハ、マッサカー」

「シルヴィ、どうして片言なのだ？」

「……察して」

がっくりと肩を落とす。つまりは罪悪感があるだけに、突かれると弱かったのだ。

(まあ、仕方ないか。悪いとは思ってたし……)

シルヴィは溜息《ためいき》を吐《つ》きつつ、サンドイッチに手を伸ばした。サーモンの塩気が食欲を促進させる。美味《おい》しいものを食べて気を取り直したシルヴィは、話を変えようとアーサーに視線を向けた。

「でも、本当にアーサーたちって、忙しいのね。ここのところずっとじゃない」

「……以前お前と町で会った時、凶悪な犯罪者を追っていると言っただろう。その件についてだ。片付けば、今ほど仕事に忙殺されることはなくなる」

「凶悪な犯罪者って……あ……」

まだシルヴィがアーサーから必死で逃げていた頃《ころ》の話だ。町で偶然会ったアーサーは、凶悪な犯罪者を探していると言っていた。それを聞いたシルヴィはジェミのことではと思ったのだ。

(アーサー、ジェミを捕まえようとしてるんだ……)

なるほど、だからディードリッヒも言葉を濁したのだ。

暗殺者ジェミニは、あまりにも有名な暗殺者だ。女性であるシルヴィに聞かせられないと気を遣ってくれたのだろう。

「えと、その人、まだ見つからないの？」

「ああ、雲隠れしてしまったみたいで、あれ以来、どこかで見たという情報もない。だが、さっさと捕まえてしまわないとこちらも色々と困るのだ」

「そ、そう……」

シルヴィが最後にジェミを見たのは、アーサーにエスコートしてもらうと約束した夜会でだ。

あれからジェミの姿は見ていない。

ジェミは、アーサーを狙《ねら》うつもりだろうかと考えたことを思い出し、シルヴィは青ざめた。

(だ、大丈夫よね。アーサーを狙ってるなんて、そんなこと……)

「シルヴィ？」

「な、何でもない」

無理やり笑顔を作る。不審な態度を取っていないかと心配になったが、運良くと言おうか、アーサーは気づかなかった。

「とにかく、そういうことだ。私は関係機関とのやりとり。ディードリッヒも、あいつの足取りを追うのに忙しい。一時的なものだから、シルヴィが気にする必要はない。お前は、いつも通り過ごしてくれ。そうしてくれるのが、一番私は癒《い》やされる」

「……うん」

優しい笑顔を向けられ、シルヴィはドキドキしながら頷いた。

でも確かに、シルヴィができることなんて何もない。ジェミを見かけても、単なる友人としてしか接することができないし、アーサーに報告もできない。

だってアーサーは、『ジェミニを追っている』とは一言も言っていないのだから。

とりあえず、ジェミを見かけたらその時にどうするか考えよう。

気持ちをさっと切り替えたシルヴィは、今はアフターヌーンティーを楽しむことに全力を注ごうと決め、目の前のサンドイッチに思いきりかぶりついた。

◇◇◇

結局、アーサーの部屋に泊まることになってしまったシルヴィは、アーサーの言葉を聞いて固まった。

「えっ？　い、今なんて？」

時間はもうそろそろ夜になろうという頃だろうか。アフターヌーンティーでお腹《なか》いっぱいになってしまったシルヴィは夕食は遠慮し、アーサーの部屋で寛《くつろ》いでいたのだが、仕事を終わらせて帰ってきた彼に「お帰りなさい」と告げたところで言われたのだ。

――一緒に風呂《ふろ》に入ろう、と。

「え、えーと……」

言葉を濁すシルヴィに、アーサーは不思議そうに首を傾《かし》げた。

「風呂に入ろうと言っただけだぞ？　今更ではないか？」

「い、いや……それは確かにそうなんだけど……」

何故シルヴィが躊躇《ちゅうちょ》するのか分からない。アーサーの顔にはそう書いてあった。

「私は今すぐにでもお前を抱きたいが、風呂に入らねば嫌だと言うのはお前だろう。それなら一緒に入った方が手間がない。そう思ったのだが、何か間違っているか？」

「間違っていない……間違ってはいないんだけど……ほら、私も恥ずかしいっていうか……」

「お前の肌なら隅々まで知っているが」

「そういう問題じゃないの!!」

それはその通りだが、あっさり言わないで欲しかった。

真っ赤になってアーサーを睨むと、彼は何故か蕩《とろ》けるような目を向けてきた。

「その顔、可愛いな。……そそられる」

「なんでよ……」

絶対におかしい。そう思ったが、アーサーはすっかりスイッチが入ってしまったようだ。シルヴィを座っていたソファから強引に立たせると、寝室の隣にある浴室へと連れていった。

「ちょ……ちょっと、アーサー。本気？」

「お前こそ、どうして私が冗談を言うと思うのだ？」

「……」

心底不思議そうに問われれば、シルヴィも黙り込むしかない。だが、一緒にお風呂というのは本当に恥ずかしいのだ。

何故かと言えば、今まで抱かれはしても、入浴だけは別々だったから。

行為が終わり、浴室を借りたいというシルヴィにアーサーは快く頷いてくれたし、入ってもこなかった。だからシルヴィは、すっかり風呂場に対する警戒心を失っていたのだ。

（えっ……ええ？　ここに来て、まさかのお風呂プレイ？）

嫌ではないが、浴室は意外に明るいし、冷静な気持ちで「いいよ」とは言えない。


『一緒に入ろう』

『いいよ』

『お風呂で抱いても良い？　きっと我慢できなくなると思うんだ』

『もう、馬鹿《ばか》なんだから……いいよ。大好き』


なんて、言えるような驚異のバカップルも広い世の中には存在するのだろうが、少なくとも今のシルヴィには到底不可能な話だ。

とはいえ、アーサーが諦《あきら》める様子はない。それどころか、碌に抵抗もできず着ていたドレスを脱がされてしまった。

「きゃっ……」

慌てて両手で身体を隠す。無駄な行動だとは思ったが、それでもやらないよりは気分がましだ。そんなシルヴィにアーサーが言う。

「恥ずかしがられると、余計にその気になるということをシルヴィは知っているか？」

「知らないわよ!!」

知っているが、恥ずかしいものは恥ずかしい。

シルヴィが肌まで赤くして身悶《みもだ》えている間に、アーサーもさっさと服を脱ぎ、浴室の扉を開けた。

「ほら、シルヴィ。入るぞ」

「うう……ううう……アーサーの馬鹿」

「分かったから」

羞恥《しゅうち》のあまり妙な呻《うめ》き声を上げながらシルヴィは浴室へ足を踏み入れた。

一人用だとは思えない広さの湯船には、お湯がたっぷり張られていて、薔薇《ばら》の花びらが浮かんでいる。

「う……薔薇風呂……」

いかにもな薔薇風呂を見て、シルヴィが「ひぃ」と小さく悲鳴を上げる。

今まで何度か浴室を借りたが、薔薇が浮かんでいたことなどなかった。

どうして今日に限ってと思っていると、アーサーが得心したように頷く。

「そうか。今日はシルヴィと使うと言ったからな。世話をする女官か侍従あたりが気を利かせたのだろう」

「要《い》らない気の遣い方!!」

「うん？　シルヴィはこういうのは嫌いか？」

「き、嫌いではないけれど」

ロマンチックな演出だ。嫌いだという女性の方が少ないだろう。湯に温められた薔薇の匂《にお》いも好ましかったし、一人で入る分には素直に喜べたと思う。

「シルヴィ、往生際が悪いぞ」

「ううう……分かってる」

ここまで来たら、恥ずかしがっていても仕方ない。アーサーの言葉に頷き、シルヴィは何度か深呼吸をして気持ちを持ち直した。髪を纏《まと》め、かけ湯をしてから二人一緒に浴槽《よくそう》に浸《つ》かる。

浴槽からはお湯と一緒に薔薇の花びらが流れていった。

「……気持ち良い」

薔薇の香りが心地よかった。

お湯に浸かると、緊張していた身体も自然と解《ほぐ》れていく。目の前にアーサーさえいなければもっと満喫できたのにと思いつつ、シルヴィはようやく、まあこれもこれでいいかと思えるようになってきた。

（お、お風呂プレイをすると決まったわけじゃないし……）

行為をするのは、風呂から出てから寝室で。きっとそう。そうに決まっている。

それならシルヴィがびくつく必要などどこにもないのだ。

とはいえ、結局期待している自分がいることにも気づいている。

（あ、アーサーとお風呂エッチ……。うう、興味は……ある）

前世では、Ｒ18の乙女《おとめ》ゲーを楽しんでいたシルヴィだ。エッチなことには興味があったし、好きな人と少しばかりアブノーマルなプレイを楽しみたいという気持ちだってある。

（私も、少しはアーサーとすることに慣れてきたってことなのかな……）

毎回たっぷりと愛されるアーサーとの行為は、疲れはするものの、嫌でもなければ、やめて欲しいとも思わない。

（愛されてるって分かるし……き、気持ち良いから……）

乙女ゲーヒロインのチート（とシルヴィは断定している）である快楽を得やすい身体は、アーサーとの行為に存分に威力を発揮してくれる。

痛みなど全く感じないし、すぐに気持ち良くなってしまうし、そしてこれが何より重要なのだが、何度しても例の場所が痛まないのだ。

絶倫のアーサーと付き合っているシルヴィとしては、本当に有り難い話であった。

（考えてみれば、ゲームでもヒロインって回数の多さやエロさに悩んではいても、痛いとかは言ってなかったもんね……）

なんと素晴らしい設定なのだろう。この件に関してだけは、ありがとうと礼を言うより他《ほか》はない。

でなければ今頃、アーサーとのエッチが辛《つら》くて、逃げだそうと考えていたかもしれない。

……アーサーが許してくれるとは思えないが。

シルヴィにひたすら甘く、優しく接してくれるアーサーではあるが、幼い頃よりずっと彼女のことを愛し続けてきただけあり、その想いはかなり重い。

それは自意識過剰とかではなく、単なる事実だ。アーサーと付き合うことになり、彼と深く接するようになったからこそ理解できるのだが。

シルヴィが逃げ出せば、それこそバッドエンドのように城の一室に監禁されかねないだろう。

もちろんシルヴィは逃げようなどと思っていないから起こりえない話である。

(逃げる必要なんてないもの。私だってアーサーのこと、好きだし)

結局、話はそこに落ち着く。

そうなると、本当に好きな人と恋人になれて良かったとしか言えないのだ。好きな人が相手でなければ、ハードなエッチにもついていこうと思えないし、何度も交わることに抵抗だって覚えただろう。

シルヴィの相手は、アーサーしかあり得なかった。そういう結論になる。

当たり前の話だ。

「シルヴィ？」

自らの考えに没頭していると、アーサーが声を掛けてきた。ハッと顔を上げる。

「な、何？」

「いや、ぼうっとしているようだったからな。私と一緒にいる時に、他のことを考えないでくれ」

「あら？　それも嫉妬？」

冗談めかして言ったが、アーサーは真顔で頷いた。そうして手を伸ばし、シルヴィを引き寄せ、自らの腕の中に抱き込んでくる。

「きゃっ……」

ざぶんとお湯が流れていく。

後ろからアーサーに抱き締められる形となったシルヴィは、彼の体温を背中に感じ、顔を赤くした。湯に温められたせいで、いつもよりも体温が高い。それがなんだか妙に恥ずかしかった。

「私はお前しか見ていないのに、お前は違うというのが許せない。心の狭い男で悪かったな」

「〜〜〜」

耳元で低く囁《ささや》かれ、シルヴィはぶるりと身体を震わせた。シルヴィが一番弱い声。

わざとだと分かっていても、簡単に反応してしまう。

「ア、アーサー……だからそれはずるいって……私がこうなるの、分かってるでしょ」

「もちろん分かっているからやっている。お前を繋《つな》ぎ止めるためなら私は何でもするからな。こうして囁けば、お前は私に集中してくれるのだろう？」

「あっ……」

「シルヴィ、好きだ」

チュッと耳の下辺りに口づけられる。濡《ぬ》れた唇の感触にぞくりとした。

アーサーがシルヴィを抱え込んだまま、乳房に手を這《は》わせてくる。乳首に指が掠《かす》り、シルヴィは小さな声を上げた。

「んっ……」
「シルヴィ、気持ち良いか？」
「やっ……だから……」

その声を出さないで欲しい。甘くも低い声で囁かれると、どうにも身体が熱くなり、頭の奥が痺《しび》れてくるのだ。

「シルヴィ、こっちを向いてくれ」
「ん？　……んっ」

小さく笑ったアーサーの呼びかけに振り向くと、唇が塞《ふさ》がれた。すぐに舌が割り入ってくる。それに素直に応じていると、身体がどんどん熱くなってきた。正直すぎる自分の反応には笑うしかない。

「んぅ……」

舌を擦《こす》りつけ合うキスを何度も繰り返す。ある意味思った通りとでも言おうか、アーサーの雄はすでに力強く立ち上がっており、シルヴィの背中に当たっていた。熱い屹立《きつりつ》の存在を強く感じ、シルヴィは期待で頬《ほお》を染める。気づけば彼女も完全にその気になっていた。

（だって、すごく気持ち良い……）

アーサーが指の腹で乳輪を優しくなぞる。くすぐったいのに気持ち良くて、なのに物足りなくてウズウズする。もっと触って欲しくてシルヴィは自らの身体をアーサーに擦りつけた。

そんな彼女の動きを見て、アーサーが嬉しそうに笑う。

「愛らしいな。そんなことをされれば、ここで抱きたくなってしまう」

「んっ……最初から、そのつもりだったくせに……あんっ」

入浴してからここまであっという間だ。アーサーが最初からその気だったことを指摘してみたが、彼は笑うだけだった。

「さあ？　最初は本当に、風呂に入るだけだったのかもしれないぞ？」

「嘘ばっかり……ひんっ」

胸の先を指で弾《はじ》かれた。途端、まるで誘っているかのような甘い声が出る。

アーサーに触れられるのはどうしてこんなに気持ち良いのだろう。頭がすぐに馬鹿になってしまって、抵抗なんてしようとも思わない。

胸を弄《いじ》られながらひんひんと啼《な》いていると、アーサーが上機嫌に言った。

「いい声だ。今すぐ挿《い》れたくなる」

「あんっ」

力なんて、全く入らない。くたりとアーサーにもたれかかり、ハアハアと息を乱していると、アーサーは胸を弄っていない方の手を足の間に入れてきた。その手がすぐに蜜口《みつ》に触れる。

「ああっ……」

触れられた瞬間、キュンと子宮が疼《うず》いた気がした。アーサーの指が蜜口の浅い部分を何度も上下に往復させ、刺激する。優しい指の動きは気持ち良かったが、どこか物足りない。湯の中なので音は鳴らないが、いつもと違う状況にシルヴィはすっかり興奮していた。

「アーサー……」

強請《ねだ》るようなシルヴィの声を聞き、アーサーが音を立てずに笑う。

「お前も、期待してくれていたのだろう？」

「えっと……その……」

さすがに「はい」とは言いづらい。

どうにも答えづらく、視線が泳ぐ。アーサーの指が悪戯《いたずら》をするように陰核をくすぐった。弱い場所を弄られ、身体が揺れる。

「ひぅっ……」

簡単に反応したシルヴィを満足そうに眺め、アーサーが言った。

「お前は本当に敏感だな。愛らしい反応を見せてくれるから、いくらでも愛してやりたくなる」

「ひゃっ……アーサー……ああっ」

くすぐっているだけだった動きが円を描くようなものへと変わる。それがどうにも心地よくてシルヴィはアーサーの指の動きに合わせるように腰を揺らした。

何も食い締めていない膣《ちつ》道が甘く疼き、雄が欲しいと訴えかけてくる。

「ひぅ……ひっ……！」

何度か陰核を押し回され、シルヴィは呆気《あっけ》ないくらい簡単に上り詰めてしまった。

アーサーも言っていたが、この身体は嫌になるほど敏感だ。ちょっとした刺激を受けるだけで簡単に蕩けてしまう。どこを触られても気持ち良いばかりで、シルヴィは自分が馬鹿になってしまいそうだとぼんやりと思考の鈍った頭で考えた。

「はぁ……あんっ……」

「だから、私に集中しろと言っただろう」

「ひっ」

ずぶりと蜜口の中に指が埋められた。引っかかりは全くない。先ほど絶頂に至ったせいだろう。中はしっかり濡れていた。だけどいつもと違うのは、彼の指と一緒にお湯が入ってくることだ。慣れない感覚に、眉《まゆ》が寄る。

「ひんっ……」

「このまま抱かれるのは、嫌か?」

「ちが……んんっ」

アーサーの指が、膣壁を擦り上げる。それだけで耐えがたい快感がシルヴィを襲い、息を乱してしまう。どこに触れられても感じてしまうのに、アーサーが的確に快楽を得やすい場所を刺激してくるものだから、シルヴィは喘《あえ》ぎ声を上げ続けるしかなかった。

「はあ……ああ……気持ち良い……んんっ」

ビクンとまた軽い絶頂を迎えてしまう。アーサーが巧《たく》みなのか、それともシルヴィがただイきやすいだけなのか分からないが、快楽にすぐに蕩けてしまうシルヴィをアーサーは喜ばしく思っているようだった。

「素直に感じているお前は酷《ひど》くそそられる。もっとお前の乱れるいやらしい姿が見たい」

「やあっ……」

無防備になっていた乳首を二本の指で摘み上げられる。突然の強い刺激に、シルヴィはアーサーにもたれかかったまま、か細い声で啼いた。

――駄目だ。本気で何をされても気持ち良い。

シルヴィはすっかり早く肉棒を入れて欲しくてたまらなくなっていた。

「分かるか？　お前が今声を上げたのとほぼ同時に中が締まった。胸を弄られて感じたのか？」

「だって、気持ち良いっ……」

クリクリと乳首を押し回され、シルヴィはその心地よさに声を震わせた。蜜口にはいつの間にか指が二本入れられており、狭い場所を広げるような動きを繰り返している。

「はあ……ああ……」

「シルヴィ……」

二本の指が縦横無尽《じゅうおうむじん》に動き回る。その動きに感じ入り、シルヴィはまた呆気なく達してしまった。

アーサーが指を引き抜く。そうしてシルヴィを立たせると、壁に手を付かせた。後ろからアーサーがシルヴィの腰を持ち、蜜口に熱いものを押しつけてくる。

「え……？」

いわゆる立ちバックの体勢だ。このまま挿入しようというのだろう。

（嘘、ちょっと待って。私、今イったばかりで……）

身体が震える。

挿入されるのは構わないが、せめて息を整えるまで待って欲しい。

そう言おうとしたが、我慢できないとばかりにアーサーが深い場所まで一気に肉棒を突き上げてきた。

「ああああっ……！」

ドロドロに解けた隘路《あいろ》は太い肉棒を柔らかく呑《の》み込み、奥へ奥へと歓迎する。

相変わらず痛みなど微塵《みじん》も感じない。

背筋を這い上がってくる甘い刺激に、シルヴィはあっという間に翻弄《ほんろう》され、再び絶頂してしまった。

「あっ……！」

「お前……もしかして、またイったか？」

グリグリと奥を捏《こ》ね回しながらアーサーが意地悪い声で聞いてくる。シルヴィは壁に手を付いたまま、何度も頷いた。

「イったから……ね、ちょっと待って……あんっ、やあっ……！」

軽い痙攣《けいれん》を続ける身体を容赦なくアーサーが蹂躙《じゅうりん》する。いきなり始まった力強い抽挿にシルヴィは為《な》す術《すべ》もなかった。身体から力が抜けそうになるのを必死で堪《こら》える。

「ひゃあ……ああんっ……」

「シルヴィ、腰をもっと突き出せ。その方が安定する」

「あっ……あっ……」

アーサーの言うとおり腰を後ろに突き出すと、更に深い場所まで肉棒が埋まった。お腹の奥にまで熱を感じる。シルヴィは、切なげに眉を寄せ、キュッと肉棒を食い締めた。

「くっ……」

シルヴィの動きに身体が反応し、膣壁が肉棒を圧搾する。アーサーが苦悶《くもん》の声を小さく出した。

「……シルヴィ、締めすぎだ」

「やっ……だって……」

気持ち良くてたまらないのだ。体内を往復する肉棒がどうにも心地よくて、離したくないと肉襞が纏《まと》わりついている。膣壁を擦り上げられるとたとえようのない愉悦が走り、すぐに達しそうになってしまう。それを堪えようとすると、どうしてもお腹に力が入ってしまうのだ。

「くそっ……食いちぎられそうだ。シルヴィ、そんなに気持ち良いのか？」

「うん……うん……ああっ……気持ち良いっ」

息を乱し、シルヴィはコクコクと何度も頷いた。

アーサーが一突きする度に、ぞわぞわとした快感が全身に走る。腰を掴《つか》んでいた手が、突然花芽を弄り始めた。そんなことをされると、ただでさえ気持ち良くて泣きそうなのに、一瞬で限界を迎えてしまう。

「やあっ……だめっ……それ駄目っ！　またイっちゃう……」

「我慢しろ」

「無理ぃ……じゃあ、クリクリしないで……」

「だが、気持ち良いのだろう？」

「だから駄目なの……ひぃん……」

力が抜ける。

膨らんだ花芽を指で弄られる度に、途方もない悦楽に翻弄され、腹の中から新たな愛液が溢《あふ》れ出す。

それだけでもイってしまいそうなのに、同時に太い肉棒を奥深くまで出し入れされれば、我慢なんてできるはずがなかった。

「アーサー……アーサー……もう……イきたいっ」

「くっ……」

快感を堪えるような声がシルヴィの後ろから聞こえる。

アーサーは肉棒を限界まで引き抜くと、また強く打ちつけた。痺れるような快感に支配され、シルヴィは我慢できず達してしまう。

「あああああっ……！」

ビクンと背を仰け反らせ、シルヴィは今日幾度目かの絶頂に達した。同時にギュッと肉棒を締め上げる。締めつけの強さに耐えきれず、アーサーも中に精を放った。最奥に押しつけられた亀頭からは温かい精が吐き出され、腹の奥へと流れていく。肉壁はうねるように肉棒に絡みつき、最後の一滴まで搾り取ろうと強烈な吸引力を発揮していた。

「はあ……はあ……」

「ひぅ……」

がくんと倒れそうになるシルヴィを後ろから支え、アーサーは肉棒を引き抜いた。

ぽとりぽとりと白濁が浴槽の中に落ちていく。

荒く呼吸を繰り返すシルヴィをアーサーは抱き上げた。そうして浴槽から出て、設置されていた小さな椅子《いす》に座らせる。

「シルヴィ、大丈夫か？」

心配そうな顔で覗《のぞ》き込まれたが、シルヴィとしてはどうしても恨みがましげな声になってしまう。

連続して何回もイかされて、どうして平気だと思えるのか。

「馬鹿……無理……アーサーのすけべ」

文句を言ったが、少し声が枯れていた。啼きすぎたせいだろう。乱れまくった自覚はあるが恥ずかしい。

「お前に対してだけだ。許してくれ」

軽い声で返されたシルヴィは、じとっとアーサーを睨んだ。

「……そう言えば、許されると思っているでしょう」

「いや、愛故の暴走だと分かってくれていると思うから、許してくれると思っているだけだ」

「……」

「愛している、シルヴィ」

「……知ってる」

自分でも期待してしまったという負い目があるので、これ以上は言わない。

そして、ちょっぴり嬉しいと思ってしまった時点で、シルヴィの負けである。

しかし、お風呂でのエッチは非常に気持ち良かったが、興奮してしまったせいかいつもより感度が上がり大変だった。ちょっとしたことですぐにイってしまって、体力が大幅に奪われたのが非常に辛かったのだ。

「休憩……したい」

切れ切れに、そう告げる。のぼせたわけではなかったが、感じすぎてしまったことですっかり疲れてしまったのだ。

「分かった」

シルヴィを椅子に座らせたアーサーは頷き、近くにあった石鹸《せっけん》を手に取った。

「それならシルヴィは休憩しているといい。お前を疲れさせたのは私だ。責任をもって、お前の身体は私が洗ってやることにしよう」

「は？　どうしてそんな話になったの？」

意味が分からない。唖然《あぜん》としていると、アーサーは笑顔で言った。

「お前の世話をするのは恋人である私の特権だろう。任せておけ」

「王子が世話なんてしなくていいの！」

「断る。お前になら喜んで傅《かしず》いてやるぞ？」

「要らないから！」

世継ぎの王子を傅かせるなど冗談ではない。

焦ったシルヴィはアーサーから石鹸を取り上げようとしたが上手《うま》くいかず、結局隅々まで丁寧に洗われてしまった。

「ううう……もう、お嫁にいけない」

「何を言う。お前は私の嫁になるのだろう？」

「……そうね」

中に注がれた白濁を、丁寧に指で掻《か》き出されたシルヴィがあまりの羞恥プレイに嘆いたが、全く理解してくれない恋人は何を今更という顔をしてそう言った。

がっくりと項垂れる。

その後、ベッドに連れていかれたシルヴィに二回戦が待っていたのは、言うまでもない。

◇◇◇

「ただいま帰りました……」

お風呂で数回、そして寝室に戻ってからは数え切れないほど。

ヘロヘロになるまでアーサーに愛されたシルヴィが、屋敷に戻ってきたのは次の日の昼過ぎだった。

屋敷まで送ってくれたアーサーは仕事があると帰っていった。ジェミを捕まえようと彼も必死なのだろう。

シルヴィも「頑張って」と声を掛け、彼の背中を見送った。

両親に帰宅の挨拶《あいさつ》をしてから、アリスに声を掛ける。お茶の用意をしてから行くと言われたので、先に階段を上った。

「眠い……」

ほぼ徹夜状態だったので、頭がぼうっとする。

アリスのお茶を飲んだら、昼寝をしよう。そう決めて、シルヴィは重い身体を引き摺《ず》りながら二階へ上がった。

「──姉さん」

「っ！　レオン」

廊下の陰からレオンが姿を見せた。ここ数ヶ月、碌に会うことのなかった弟に遭遇し、シルヴィは緊張で身体を強《こわ》ばらせた。

レオンはそんなシルヴィの態度に気づきつつも無視し、話しかけてくる。

「同じ家に住んでいるっていうのに、随分と久しぶりだね。もう何ヶ月も姉さんと会話らしい会話をしていない気がするよ」

「……その、私も忙しかったし……きっと行き違いになったのね」

父の命令で、シルヴィとレオンを近づけさせまいとしていたなんて言えるわけがない。それにシルヴィ自身もできるだけレオンと関わらないようにしていたので、こうして弟の顔を直接見ると、罪悪感が募った。

シルヴィが誤魔化すように笑みを浮かべると、レオンは嘲《あざけ》るような顔をした。

「いくら気まずいからって、そんな分かりやすい嘘を吐かないでくれる？　誤魔化さなくても良いよ。知っているから。皆で、僕を姉さんに近づけまいとしていたんだよね。僕が……邪魔だから」

「邪魔だなんて、そんな言い方……！」

レオンの棘《とげ》のある言葉にシルヴィが反応すると、彼はシルヴィの方へと歩を進めてきた。

反射的に、後ろに下がってしまう。

「逃げないでよ。せっかく久しぶりに姉さんと二人きりになれたんだからさ。……ねえ、姉さん。昨夜は屋敷にいなかったよね。そして今、帰ってきたってことは——あの王子に抱かれてきたの？」

「っ⁉」

あまりに直接的な言葉に息を呑む。

「そうだよね。父上も言っていたもの。姉さんは王太子妃になるんだって。次の夜会で王子から婚約指名を受けて正式に婚約するんだって。ははっ！　僕が姉さんを娶《めと》りたいって言っても一蹴《いっしゅう》したくせに、あの王子が相手なら娘の朝帰りも許すんだ！」

「レオン！」

暴言を吐くレオンを諌《いさ》めようと声を上げたが、レオンは退かなかった。

「僕は何も嘘は言っていないよ。だってそうでしょう？　僕が姉さんと結婚したかったのも本当だし、それを父上が拒絶したのも本当。そして——姉さんの処女があの憎たらしい王子に奪われたのも本当なんだ。あーあ……こんなことなら、もっと早くに行動を起こすんだった。姉さんが僕を警戒していないうちに寝込みでも襲えば、今頃違う展開になっていたのかなあ……」

「……レオン」

恐ろしいことを淡々と話し続けるレオンに、恐怖しか感じない。

可愛い弟だったレオンはもう随分と前からいなくなっていたのだと、理解するよりなかった。

レオンがシルヴィを仄暗《ほのぐら》い目で見つめる。

「最近、たまに昨夜みたいに家に帰らない日があるよね。部屋から出はしなかったけど、それくらいは分かるんだ。その度に思う。ああ、姉さんは今頃あの男に股《また》を開いて、種付けされて、好き放題喘がされているんだって。嫉妬で気が狂いそうだよ」

「やめて……」

「今日もあの男に種付けされてきたの？　いいよね、あの男は合法的に姉さんを抱けるんだからさ。一言父上に『シルヴィを泊める』と言えば良い。そうしたら父上は大喜びで姉さんを差し出すんだ。ねえ、姉さん。一応聞くけど、まさかあの男のこと、本気で好きとか言わないよね？　父上に命じられて、王子に無理やり命じられて、仕方なく抱かれているんだよね？　それならもう少し待ってよ。僕が何とかして姉さんを助けてあげるから——」

「もうやめてっ!!」

「ね、姉さん？」

聞いていられなくて、シルヴィは自らの耳を塞いで、声を上げた。

レオンがシルヴィのことを好きなのは分かっていた。媚薬《びやく》を使うくらいだ。かなり屈折した歪《ゆが》んだものだろうことも理解していた。だけど、ここまで自分勝手に暴走しているとは思わなかったのだ。

「レオン、アーサー様やお父様を貶《おと》めるような発言はやめなさい。それは、次期侯爵として育てられているあなたがしていい発言ではないわ」

「でも……」

「最初は確かに、逃げたいと思った。それはあなたの言うとおりだわ。だけどアーサー様と婚約することになった今を、後悔していないの。私は、アーサー様をお慕いしているから」

「言うなっ‼」

「っ！」

シルヴィが上げた以上の大声でレオンは言葉を遮った。

「言うなっ！　聞きたくない！　姉さんが、僕以外の男を好きになるはずなんてないんだ！　姉さんは、昔から僕のものだって決まってるんだからっ！」

「レオン……」

駄々っ子のように首を横に振るレオンを、シルヴィは何とも言えない表情で見つめた。

レオンは一つ息を吐くと、打って変わって落ち着いた声で言う。

「さっきのは聞かなかったことにしてあげるよ。僕は姉さんの本音を知っているからね。でも――」

「レオン様」

非難するような声でレオンを呼んだのはアリスだった。シルヴィはアリスを見てホッとしたが、レオンは憎々しげに舌打ちをした。

「ちっ……またお前か。父上についた裏切り者め……」

「私のことをどう思われようが構いません。ですが、そろそろお退き下さい。——つい先日も、旦那《だんな》様に、お嬢様に近づくなと言われたこと、お忘れですか？　私からご報告させていただいても良いのですよ」

「……」

「レオン様」

「分かっている……！」

不快げに顔を歪め、レオンはシルヴィたちから背を向け、自分の部屋がある奥へと向かう。

何も言えず、立ち尽くすシルヴィに、レオンは振り返らず言った。

「——姉さん。僕がさっき言ったこと、忘れないで。絶対に、僕が姉さんを助けてあげるからね」

「レオン、だから私はアーサー様を……」

慕っている、そう続けようとしたが、レオンはシルヴィを無視し、扉を開けて部屋の中へと入ってしまった。

「……レオン」

「シルヴィ、今のうちに部屋に戻るわよ」

棒立ちになっているシルヴィの腕を引っ張り、アリスが言う。それに頷きながらもシルヴィは、レオンの『助ける』という言葉が酷く気に掛かっていた。

◇◇◇

「……」

その日の夜、シルヴィは眠れず、ベッドの中で寝返りを何度も打っていた。

レオンの発言がずっと引っかかっていたのだ。昼間も結局碌《ろく》に眠れず今に至っている。

レオンは夕食の席には現れなかった。ここ最近そうしているように自室で夕食を済ませ、部屋に引きこもっているのだ。

「……やっぱり眠れない」

目を瞑《つむ》っていても考え込むだけで、一向に眠気は訪れない。

諦めてシルヴィは身体を起こした。

と、その時――。

「っ!?」

ガチャリと扉の鍵《かぎ》が外れた音が聞こえた。それは、静まり返った寝室に嫌になるほどよく響き、シルヴィは驚きのあまり息を呑んだ。

「な、何？　今の……」

咄嗟《とっさ》に、ベッドから立ち上がった。身体を冷やさないよう置いてあったショールを羽織る。

何が起こったのか、自分の目で確かめずにはいられなくて、シルヴィはびくつきながらも扉に近づいた。

シルヴィの部屋の鍵を持っているのは、父と母と、あとはアリスだけのはず。

（誰？　こんな時間に……アリス？）

時間はもう真夜中だ。いくらアリスでも訪ねてくるはずがない。だけど、真夜中の突然の訪問者。誰が鍵を開けたのか分からないのが怖くて、いっそアリスであって欲しいと思った。

「……」

そろりそろりと近づいていく。カチャリ、とノブが回る音がした。扉が開く。何者かが中に入ってきた。

「……！　誰？」

「姉さん、僕だよ」

「っ！　レオン！」

入ってきたのは、さっきまで考えていたレオンだった。後ろに誰か、もう一人いる。

シルヴィはショールを強く握りしめ、レオンに言った。

「レオン、こんな夜中に何？　しかも勝手に鍵を開けて入ってくるなんて……。鍵はどうしたの？」

「鍵？　鍵なんてなくてもどうにでもなるよ。彼がいるからね」

「……」

レオンの背後に無言で立つ男は、全身黒ずくめだった。その怪しげな格好だけで彼が何者なのか察してしまう。

「暗殺……者？」

「正解。でも、別に姉さんを殺そうなんて考えていないから。安心して。ただ、僕一人では手に余るから手伝いを頼んだんだ。それだけだよ」

「それだけって……レオン、あなた、何を考えているの」

二人からできるだけ距離を取る。本当は部屋の外に逃げたかったが、入り口はレオンと暗殺者の男が塞いでいる。窓の外から……は、真夜中で外が見えないためかなり危険が伴う。

絶体絶命《ぜったいぜつめい》のピンチだった。

「昼間に言ったでしょう？　姉さんを助けてあげるって。ねえ、二人で逃げようよ。誰も来ないところへ。そうして二人っきりで暮らそう？」

うっとりと告げるレオンの表情が怖くてたまらない。

「お金ならあるんだ。いつかこういう日が来るかもしれないって貯《た》めていたからね。だから姉さんは心配しないで？　全部僕に任せてくれればいいから」

「……暗殺者なんてどうやって雇ったの。あなたにツテはないでしょう？」

「残念。純真な姉さんには悪いけど、彼らとはかなり前から付き合いがあるんだ。だって僕は、まだ子供でしかないから。いざという時、僕一人では何もできない。それは嫌だなって思って、秘密裏に頑張ったんだよ。でも正解だったでしょう？　こうやって役に立ったんだから」

クスクスと笑うレオンが怖い。そしてその後ろに控える暗殺者の男にも当然のことながら恐怖を感じていた。

「さ、姉さん。父上たちが気づく前に行こう？」

「……嫌よ。私は行かないわ」

精一杯虚勢を張り、シルヴィはレオンの誘いを拒否した。

「昼間にも言ったとおり、私はアーサー様が好きなの。レオン、あなたではない。それをいい加減理解して」

「嫌だね」

レオンが吐き捨てるように言う。

「どうして僕が、姉さんを諦めなければならないの。姉さん、姉さんは、あの男に抱かれて、正常な判断力を失っているんだ。僕と来て、落ち着けばきっと元の姉さんに戻ってくれる。……おい、姉さんを連れていけ。気絶させるのは構わないが、怪我《けが》は許さないぞ」

「……」

黙って頷き、男がレオンの前に出る。

それを見て、シルヴィは悟っていた。

(ああ、レオンは本気なんだ。本気で私を連れていこうとしているんだ)

それなら、シルヴィも本気で抗《あらが》わなければならない。

だってシルヴィはレオンを受け入れることができないから。それなら、彼女は全力で抵抗するしかないのだ。

「契約者、シルヴィアの名において命ずる！　――風よ、彼らを吹き飛ばして！　竜巻!!」

「えっ!?　魔術？　って、うわあああああ！」

覚悟を決め、シルヴィはレオンと男に向け、魔術を放った。

真夜中だとか、部屋の中の家具が壊れるとか、そんなことは言っていられない。

自分の身を守るために最大限の攻撃をするべきだ。特に相手は暗殺者なのだから。

シルヴィの全力の魔術はレオンだけでなく、油断していた暗殺者までをも吹き飛ばした。

二人とも、まさかシルヴィが魔術を使って攻撃してくるとは思わなかったのだろう。

風で扉の外まで吹き飛ばされた二人は、ぜいぜいと息を吐き、呆然《ぼうぜん》とシルヴィを見つめた。

「姉さん……」

シルヴィはゆっくりとレオンに近づく。

「残念だったわね、レオン。私のこと、抵抗できない女だとでも思った？　おあいにく様、これでも魔術はそれなりに使えるの。私は嫌なことには全力で抵抗させてもらう主義。たとえその相手が、弟であっても同じよ」

シルヴィが吹き飛ばしたことで発生した大きな音に驚いたのか、皆が目を覚まし、何事かと飛び出てくる。真っ暗だった屋敷内に明かりが灯《とも》っていった。

「これまでよ、レオン。あなたのこと、残念だけどお父様に報告するわ。暗殺者のことも、これまであなたが私に対してやってきたことも全部」

最早《もはや》ここまで来れば、家族だからと庇《かば》うこともできない。シルヴィが硬い声でレオンに宣言すると、レオンは信じられないと目を見張った。

「姉さん？　何を言ってるの？　父上に報告？　どうして？　僕たちは愛し合っていたからこそ、逃げようとしていただけなのに？」

「違うわ。そもそもその前提がおかしいのよ。レオン、何度も言っているように、私はあなたを愛していない。もちろん弟としては愛しているけれど、それ以上の気持ちはないわ。昔も今も——そして、これからもね」

「っ！」

はっきり決別の言葉を告げる。何を言われたのか理解したレオンの顔が青ざめていく。

彼は、地面を見つめながらブツブツと呟《つぶや》き始めた。

「嘘だ、嘘だ、嘘だ、嘘だ……！　姉さんが……僕の姉さんがそんなこと言うはずがない……！」

「レオン——」

「うおー！　ド修羅場じゃねえか。こんな真夜中にお疲れさん！」

「っ⁉」

何が起こったのか一瞬分からなかった。

突如シルヴィとレオンの間に後ろ髪を細い三つ編みにした茶色い髪の男が降り立った。

天井にでもいたのだろうか。かなり高さがあるのにそれを感じさせない軽やかな動きだ。ゆっくりと男が顔を上げた。

金色の目と視線がかち合う。

突然の闖入者《ちんにゅうしゃ》に絶句していたシルヴィだったが、その顔を見て、二度驚いた。

「——ジェミ」

「うーん、今はジェミニ、って呼んで欲しいじゃん。仕事の時は、それで通してるから。つーか、こんな風にシルヴィと会いたくなかったんだけど、これも仕事みたいなもんだから仕方ないじゃん？　ま、そこでゆっくり見ててくれよ。――すぐ、片付けるからよ」

すっとジェミ――ジェミニが目を細める。ニヤニヤしていた表情が一瞬でかき消えた。

「ええーと、そこの侯爵令息と――あと、ついでにそこのお仲間も殺せばいいんだったかな。うーん、俺《おれ》ってほんっと、サービス精神旺盛《おうせい》だよなあ。ま、打算があるから仕方ないんだけど……」

「待って！　ジェミ！　レオンを！　レオンを殺すって言うの？」

独《ひと》り言のように呟いたジェミニの言葉を聞き流せなかった。

思わず大声を上げたシルヴィをジェミニは不思議そうな顔で見つめる。

「ジェミニって呼べっつったのに。つーかさ、シルヴィ。あんた今、弟に迫られて困ってたじゃん？　俺がこいつを殺すの、あんたにも都合良いって思うんだけど」

「都合良いわけないでしょう！　レオンは私の弟なのよ!!」

「……姉さん」

驚愕《きょうがく》から無理やり立ち直ったシルヴィは、レオンを庇うように立った。

「レオンは殺させない。弟を守るのは姉である私の役目よ！　ちょっと、そこの暗殺者！　いつまでも呆《ほう》けてないであなたも手伝いなさい！　それでも暗殺者を名乗ってるの!?　雇い主はレオンなんでしょ！　ジェミを追い払いなさいよ！」

レオンと一緒に呆然としていた暗殺者の男をシルヴィは叱咤《しった》した。

まさか自分がこんな場面で名指しされるとは思わなかったのか、男は驚いたように肩を揺らす。

それを見ていたジェミニが言った。

「は？　シルヴィ。あんた、本気で俺の邪魔をするんじゃん？　俺、仕事の邪魔をされるの、大っ嫌いなんだけど」

「あなたが何者なのかは知らないし、興味もない。だけどレオンを殺す、なんていうのがあなたの仕事だと言うのなら、私はいくらでも、何度でも立ち塞がるし、邪魔をするわ。――レオンを殺すと言うのなら、まずは私を倒しなさい」

ジェミニに勝てると思ったわけではなかった。だけど今シルヴィが退けば、レオンはジェミニに殺されてしまう。それが直感で分かったから、シルヴィは怖くても立ち向かうしかなかった。

ジェミニの実力の実際のところを知っているわけではない。だけど、ゲームでは嫌と言うほど、彼が人を殺す場面を見た。笑いながら、血を浴びながらジェミニは人を殺すのだ。

今の彼がゲームの彼と同じなのかは分からないけれど、少なくとも暗殺者であることだけは確かだ。そして、そんな彼に、いくら魔術を使えたとしてもシルヴィが敵《かな》うはずなんてない。

実戦経験の殆どないシルヴィと、暗殺者のトップに君臨するジェミニ。その差は歴然としている。

(殺されるかもしれないな……)

脳裏に、ふと、恋人であるアーサーの姿が思い浮かぶ。

アーサーを泣かせてしまうことになるかもしれない。だけど、今ここで退けば、一生後悔し続けるとシルヴィは分かっていた。それくらいなら、やれるだけのことをやった方がましだ。

たとえ、待っているのが死であろうとも。

「私は——絶対に退かないわ」

「……俺さ、シルヴィを殺せって言われてないんだけど。シルヴィは俺の友人じゃん？　できればこれからも付き合いたいって思ってたんだけど——残念だな」

「ッ!!」

ジェミニの纏《まと》う空気がまた変わった。残忍さを目に滲《にじ》ませたジェミニは、完全にシルヴィを敵と見なしている。

「あんたは標的じゃない。だから殺しはしないけど——そうだな、少し眠っていてもらおうかな。痛いのは、自業自得《じごうじとく》だ。傷が、残らなければいいな？」

「っ！」

（来るっ……！）

泣きそうになりながらも魔術を発動できるよう構える。一触即発《いっしょくそくはつ》の状況。それを破ったのは、焦ったような大声だった。

「シルヴィッ!!」

けたたましい音と共に、階段から誰かが上がってくる。そういえば、先ほどの魔術で、皆が起き出していたのだ。これはきっと、二階の異常に気づいた誰かが助けに来てくれたのだと援軍を大いに期待したシルヴィは、声の主の方へ顔を向けた。

「えっ!?　アーサー？」

慌てた様子で廊下の角を曲がってきたのはアーサーだった。

こんな真夜中にどうしてアーサーがと考える間もなく、彼が言う。

「見つけたぞ！　暗殺者、ジェミニ！　今すぐシルヴィから離れろ!!　今日という今日こそ、お前を捕らえてやる!!」

そして、皆が闖入者に驚いている隙《すき》に、素早くシルヴィの側に駆け寄ってくると、彼女の腕を引き、その背中に庇った。あまりにも鮮やかな手並みに、目を瞬かせる。

「あ、アーサー」

「シルヴィ、来るのが遅くなって悪かった……！」

「ほ、本物？」

都合良すぎて、一瞬偽物が現れたのかと思った。アーサーが小さく笑う。

「当たり前だ。お前が見惚《みほ》れるような男前が私の他にいるとでも？」

「……いない」

この返しは間違いなく本物だ。確信したシルヴィはアーサーの上衣をキュッと握った。

「アーサー殿下！　一人で突っ走らないで下さい！」

「シルヴィ！　無事か！」

「お嬢様!!」

彼に続いてディードリッヒやナイトローブ姿のシルヴィの父、そして遅れて屋敷で雇っている私兵までもがやってくる。それを見て、ジェミニは渋い顔をした。

「……あーあー。わらわらわらわらわら、こんなに集まってきたのかよ。面倒じゃん……」

そうして肩を竦めると、「やーめた」と、至極どうでも良さそうに言った。

「……さすがにこれじゃあ分が悪すぎるし、俺の方も多少怪我をしそうだしなあ。正式に頼まれた仕事ってわけでもないし……もういいや。あいつにはまた別の機会に機嫌を取ればいいか」

「あいつ？　正式に頼まれた仕事じゃない？」

ジェミニの言葉が気になって思わず呟くと、彼は何でもないように頷いた。

「ああ。ちょっと、頼まれただけ。おっと！　誰かは聞くなよ？　正式な依頼じゃなくても、依頼人には違いないじゃん。俺は暗殺者として、それくらいの守秘義務は守る良い暗殺者じゃん！　じゃあな！　暗殺者でも俺は俺。今後とも仲良くしてくれよな！」

「良い暗殺者って、何……？」

暗殺者に良いも悪いもあるものか。いや、悪いしかないはずだ。だが、ジェミニは至極真面目《まじめ》に答えた。

「え？　俺以外に誰がいるじゃん？」

「いやいやいやいやいや」

つい、ツッコミを入れてしまった。それにクスクスと笑ったジェミニは「やっぱりシルヴィは面白いじゃん！　近いうち、また会おうじゃん」などと妄言を吐き、その場から煙のように消えてしまった。シルヴィとのやりとりを唖然と見ていたアーサーがすかさず立ち直り、ディードリッヒたちに指示を出す。

「ディードリッヒ！　部下たちを連れて、ジェミニを追え！　今ならそう遠くない場所にいるはずだ！」

「承知しました！」

「わ、私の兵もお使い下さい！　娘や息子を狙われて、放《ほう》っておくことなどできません！」

ディードリッヒが部下を引き連れ、階段を駆け下りていく。父もその後に続いた。

シルヴィが呆気にとられているうちに、あっという間に三人になってしまった。いつの間にいなくなったのか、レオンが雇った暗殺者の姿もどこにもない。

捕らえられては敵わないと、隙を見て逃げ出したのだろう。

「シルヴィ、間に合って良かった……」

アーサーがギュッとシルヴィを抱き締める。その身体は服越しにも熱く、彼の鼓動が速くなっているのが伝わってくる。

心配してくれたのだと理解し、シルヴィは嬉しさを堪えながら口を開いた。

「あ、ありがとう、アーサー。私は大丈夫。でも……どうしてここに？」

こんな真夜中。まさかアーサーが来てくれるなんて想像もしなかった。それも兵を連れて。

疑問を口にすると、アーサーは渋い顔をしつつも言った。

「――情報があったのだ。執務を終え、部屋に戻ろうと思ったついさっき、私宛《あて》の、差出人不明の手紙が執務室に届いた。そこには、ジェミニが――先ほど現れた暗殺者のことだが、今夜、リーヴェルト侯爵邸に仕事で現れることが書いてあった。通常なら、そんな手紙信じるはずがない。だが、もしニセモノだと無視をして――たとえばお前が狙われたとしたら？　そう考えたら居ても立ってもいられなかった。騙されても良い。虚偽であることも覚悟して、ディードリッヒと部下を連れて、非常識にもこんな夜中にやってきたというわけだ」

「差出人不明の手紙……」

「以前にも似たようなことがあってな。……信頼に足るとは思わなかったが、後悔するよりは良いと思って行動を起こした。結果は、大正解だったな。ジェミニと相対するお前の姿を見た時はゾッとしたぞ。行動を起こさなければ今頃どうなっていたか……あの手紙は調査する必要があるが、今は感謝するしかないな」

「ごめんなさい……」

心底ホッとしたように言われ、シルヴィは素直に謝った。

アーサーが来てくれなかったら、どうなっていたことか。もしかしたら父か屋敷の私兵が間に合ってくれたかもしれないが、アーサーが来てくれたことでジェミが退く決断をしたのは間違いなかった。

間一髪のところでシルヴィは彼に助けられたのだ。

「怖かったから、助けに来てくれて嬉しかった……」

「暗殺者と向き合っていたのだから当たり前だ。特にジェミニはストライド王国でも一、二を争う名の知れた暗殺者だからな。本当に無事で……そういえばシルヴィ、ジェミニが最後、『今後とも仲良くしてくれ』とか言っていたが、それはどういう意味だ？」

「え……ええと……」

なかなか説明しにくいところを突っ込まれた。だが、アーサーは、言い逃《のが》れは許さないとばかりに彼女を見据えてくる。シルヴィとしてもさすがに黙ってはいられないと思った。

「あの……ジェミニはジェミって言って……その、昔、平民街に通っていた頃にできた友人で……でも、私はジェミが暗殺者だったなんて今まで知らなくて……それで」

しどろもどろになりながらも説明する。

「向こうも私をただの平民の娘だと思っていたし、私もたまに遭遇する友人という認識でしかなかったの……」

どこにも嘘はない。

ただ、前世の記憶を思い出したせいで、ジェミが暗殺者ジェミニだと気づいてしまっただけだ。だが、それは言う必要のないこと。

今言えることを洗いざらい説明すると、アーサーはシルヴィを抱き締めたまま、片手で自らの額を押さえた。

「はあ……」

「ア、アーサー？」

シルヴィが声を掛けると、アーサーは真顔になって彼女に言った。

「……いいか、シルヴィ。ジェミニは暗殺者だ。それも凄腕《すごうで》の。今までは知らなかったのだから仕方ないとは……言いたくないが仕方ない。だが、これからはどんな理由があってもあの男に近づいては駄目だ。……言わなくても理由は分かるな？」

「……ええ」

少し間を置き、シルヴィは頷いた。

ジェミは、自分が暗殺者ジェミニであることを明かした。これからは、それに見合った言動や行動をしてくるだろう。シルヴィ程度が対応できるとは思えない。

ジェミにはレオンを狙ったという前科もできたし、これからの自らの安全のためにも、アーサーの言うとおり付き合いを絶つべきなのだ。

「分かったわ。もし、彼を見かけたらアーサーに連絡する。それで良いのよね？」

「そうしてくれ。次は絶対に捕らえてみせる」

「ええ」

アーサーの力強い言葉に、肯定を返す。ジェミのことはもう、アーサーに任せてしまおう。どうやらジェミの狙いはアーサーではなくレオンだったみたいだし、それなら彼に任せてしまっても大丈夫なはずだ。

「……あ」

「どうした？　シルヴィ」

ホッとしたことで、シルヴィはとんでもない事実に気づいてしまった。

当たり前だが夜も遅い。眠ろうと思っていたのだ。

つまりシルヴィは今、夜着を着ているということ。

シルヴィは夜着の上にストールという格好で今までレオンや暗殺者、ジェミ、そしてアーサーと接していた事実に気がつき、今更ながら羞恥で気絶するかと思った。

「は、恥ずかしい……」

それどころではなかったのだから仕方ないが、アーサーのみならず、大勢の人間にこんなはしたない格好を見られてしまったなんて。

不幸中の幸いと言おうか、夜着は長袖《ながそで》で、生地はわりと厚かった。それに上にはストールを羽織っていたから、そこまで気にする必要はないのかもしれない。

だが、そういう問題ではないのだ。

「いやあああ……」

今まで勇ましく戦っていたことも忘れ、シルヴィはか細い悲鳴を上げた。そんな彼女をアーサーが慰める。

「大丈夫だ。お前が戦っていたことは皆、知っている。気になるようなら私の上着を貸すぞ」

「……うう、大丈夫」

ストールの上に更にアーサーの上衣など着てどうするのだ。アーサーの申し出を断り、シルヴィは早く部屋に戻ろうと溜息を吐いた――その時だった。

「……どうして」

「？　レオン？」

後ろから戸惑うような弟の声が聞こえた。

アーサーの腕から離れて振り向く。レオンが床にへたり込んだまま泣きそうな顔でシルヴィを見上げていた。

「どうして……どうして姉さんは、僕を助けようとしてくれたの？　僕は姉さんを誘拐しようとしたんだよ？　姉さんの意思なんてどうでも良かった。ただ、姉さんを手に入れられればそれで良いんだって実行して……それなのにそんな僕をどうして身を挺《てい》してまで庇ってくれようとしたの？」

「シルヴィ！　そんな目に遭っていたのか!!」

「……黙って、アーサー」

レオンの話を聞いて顔色を変えたアーサーをシルヴィが留《とど》める。そうして、しっかりとレオンに目を合わせて、彼に伝わるよう願いながら口を開いた。

「大事な、弟だからよ。当たり前でしょう？」

「自分勝手なことばかりしているのに？　僕は、姉さんを姉としてなんて見ていない。いつだって女としてしか見ていなかったんだ。それでも？」

レオンの目には涙が溜《た》まっていた。シルヴィは静かに頷く。

「そんなことは何も関係ないわ。あなたが弟だという事実はどうしたって変わらない。あなたは弟で私は姉。弟を守るのは姉の役目だって言ったでしょう。それに理由なんてないの。あなたに何かあれば、私はいつだって戦う。後悔してからでは遅いから」

シルヴィの言葉を聞き、レオンは呆然とした表情を浮かべ――そして、力なく呟いた。

「――姉さん。……ごめんなさい」

堪えきれなくなったのだろう。レオンの目からは、涙がするりと零《こぼ》れ落ちた。

「ごめんなさい。ごめんなさい。姉さんを諦められなくてごめんなさい。好きになってごめんなさい。

姉さんの……意思を無視してごめんなさい……」

「レオン……」

ぼろぼろと泣きながらレオンが謝る。

シルヴィはレオンに近づき、その肩に手を置いた。

「レオン。私、アーサー様が好きなの。だから、あなたの気持ちには応《こた》えられない。ごめんなさい」

このようなタイミングで言うなど、泣いているレオンの傷口に塩を塗りつける行為だ。

それは分かっていたけど、今言わなくてはならないとシルヴィは悟っていた。

「あなたのことは、弟として今もこれからも愛しているわ。私にはこれくらいしか言えないけれど……」

「……」

短くはない沈黙が流れた。ようやく泣き止《や》んだレオンが顔を上げる。

レオンは、涙に濡れたグチャグチャの状態で、それでも無理やり笑顔を作った。

「……分かったよ。僕は、振られてしまったってことなんだね。ものすごく辛いけど、さっきまでの僕なら、絶対に受け入れられなかったと思うけど……今なら納得はできなくても頷くことくらいは何とかできる。完全に受け入れるのはきっと時間が掛かると思うけど……さっき、僕を命がけで守ろうとしてくれた姉さんを見てしまった後じゃ、これ以上我が儘《まま》を言うこともできないや……」

「レオン」

弟の悲痛な声を聞き、シルヴィはそっと目を伏せた。

「ははっ……ずっと好きだったんだけどな。ずっと、ずっと……。何が、何が駄目だったんだろう」

力なく呟くレオンに、シルヴィが掛けられる言葉などない。

黙って唇を噛《か》みしめていると、アーサーがシルヴィを抱き寄せてきた。

「シルヴィ」

「……うん。大丈夫だから。ありがとう」

名前を呼ばれただけだが、アーサーが何を言おうとしたのかシルヴィには分かった。

そんな二人の言葉のないやりとりを見ていたレオンは、切なげな顔と声で、それでも言った。

「――婚約おめでとう、姉さん。姉さんの幸せを、僕は、祈るよ」

◇◆◇

真夜中にやってきたアーサーは、ジェミニの足取りを掴めず戻ってきたディードリッヒたちと共に城に帰った。

シルヴィのことは心配だったが、さすがに泊まらせてもらうわけにもいかない。とはいえ、時間帯は真夜中だ。城に戻ったアーサーは、兵士たちをねぎらった後解散させ、自らはディードリッヒと共に執務室に向かった。

「今日は徹夜になりそうですね」

疲れたように笑うディードリッヒに、アーサーは同意を返した。

「そうだな。だが、間に合って良かった……」

自らの席に着く。椅子に座るとドッと疲れが襲ってきた。

夜遅くまで仕事をしていた矢先、届けられた差出人不明の手紙。そこに書かれた内容は『リーヴェルト侯爵家に今夜暗殺者ジェミニが現れる』というものだった。

時間はもう夜。真偽を確かめる暇などない。

ディードリッヒは手紙を信じることに良い顔をしなかったが、アーサーはリーヴェルト侯爵家へ向かう決断をした。

リーヴェルト侯爵家が狙われるなら、シルヴィも無関係ではないはず。そう思えば、無視することなどアーサーにはできなかったのだ。

偽の情報に踊らされただけ。どうかそうであって欲しいと祈るような気持ちでアーサーはディードリッヒと兵士を引き連れ、シルヴィの屋敷へ向かった。

夜も遅い。寝静まっていて、誰も起きてくれないかと不安だったがその必要はなかった。屋敷には不自然に明かりが灯り、妙にざわついていたのだ。

出迎えてくれたのはリーヴェルト侯爵その人だ。夜着のまま焦った様子で出てきた彼は、二階から激しい物音がすると言い、今から私兵を連れて様子を見に行くところだと硬い表情で告げた。

二階はシルヴィの部屋がある階層だ。嫌な予感を覚えたアーサーは、侯爵に先行すると言い捨て、ディードリッヒの制止も聞かず階段を上がった。そこで彼が見たものは、暗殺者ジェミニと対峙《たいじ》するシルヴィの姿。

ウロボロスからジェミニの絵姿の提供を受けていたので、かの暗殺者の姿を見間違えることはなかったが、義弟のレオンを庇うように立つシルヴィを見たアーサーは、目の前が真っ暗になるかと思った。

（どうして、お前がその男を庇う！）

守られるべきは、シルヴィではないか。どうしてアーサーの妻となる女性が暗殺者と相対する必要があるのだ。

彼女は誰よりも守られるべき人なのに――。

無我夢中《むがむちゅう》で彼女の側に駆け寄り、自らの背に庇った。もし偽の情報だと判断して、あのまま王城にいたらと思うと、冷や汗が止まらない。

結果としてジェミニは去り、シルヴィは無事だった。

だが、完全に安堵はできない。次またいつ、ジェミニが来るかもしれないのだ。

しかもシルヴィはジェミニと友人関係にあるらしい。

本人はそれと知らず友人になったと言っていたし、その言葉を疑うわけではないが、アーサーからしてみれば、二度と関わらないで欲しい相手だった。

「早く……シルヴィを城に迎えたい」

無意識に出た言葉は紛れもなくアーサーの本音だった。さっさと婚約指名を行い、正式な婚約者としてシルヴィを迎え、そうしてアーサーの手の届く場所で守りたい。シルヴィの父親であるリーヴェルト侯爵が頑張ってくれているのは分かっているが、今のままだと不安で仕方なかった。

「殿下……」

ディードリッヒが気遣わしげに声を掛けてくる。それに気づき、アーサーは首を横に振った。

今考えるべきは、シルヴィを王城へ住まわせることではない。どうあったって今はできないのだから、優先順位を間違えてはいけない。

「――ジェミニの確保が最優先だ。あと、差出人不明の手紙。あれも調査しろ。以前にも似たような手紙が来たはずだ。確か――町にジェミニが現れると書いてあった。捨ててはいないから筆跡を調べ、同一人物かどうかの確認を急げ」

「はい」

「あとは、ウロボロスと連絡を取る。今回のジェミニ。正式な依頼ではないと言っていた。変則的な依頼だったのなら、もしかしたらウロボロスが何か知っているかもしれない」

「……はい」

ディードリッヒが一瞬、顔を歪めた。

裏組織と協力するなど、したくない。彼の顔にはそう書いてあった。だが、これも命令だ。納得できないながらも頷くディードリッヒに苦笑しつつアーサーは言った。

「前回、手紙についても彼らに聞いている。残念ながら有力情報はなかったが……。二枚目ともなればもしかしたら違う情報が出てくるかもしれないからな。こちらも併せて聞いてみよう。ディードリッヒ、気が進まないならお前は来なくていい。私が一人で行こう」

「いえ、殿下を一人にするわけにはいきませんから。私も行きます」

「――そうか」

ディードリッヒらしい言葉を聞き、アーサーは小さく笑みを浮かべた。

そうして彼に向かって言う。

「私もいい加減、ジェミニに振り回されるのは終わりにしたい。ディードリッヒ、何としても結婚式までにはジェミニを捕らえるぞ。……分かったな？」

それは目標でも何でもない。確定事項だ。

ジェミニを捕まえ、ウロボロスとの付き合いを終わらせることができれば、アーサーにも時間ができる。

アーサーを狙った主犯は未《いま》だ見つからないが、こちらはジェミニの件に比べれば些細《ささい》なものだから、特に問題はないだろう。

自分の中でこれからの予定を立て、アーサーは小さく微笑《ほほえ》んだ。

（シルヴィ、待っていろ。お前に寂しい思いはさせない）

早く全部片付け、愛《いと》しい彼女と新婚生活を楽しみたい。

そのためならば、今、いくら忙しくても我慢できる。

ディードリッヒの返事を聞きながら、アーサーは、とりあえず今夜の徹夜を覚悟した。

第十章・リオープニング

前代未聞《ぜんだいみもん》の誘拐未遂事件。そして暗殺者ジェミニの襲来。

ちょっと濃すぎるのではと思う怒濤《どとう》の一夜がようやく過ぎた。

次の日の昼頃《ごろ》、自室に籠《こ》もっていたシルヴィは父に呼ばれ、彼の私室へと向かった。

待っていたのは、父と母の二人。

そこでシルヴィは色々な話を聞かされた。

誘拐未遂事件を起こしたレオンは父に、当たり前だがこっぴどく叱《しか》られたらしい。

未遂ではあったが、暗殺者まで雇うとは正気の沙汰《さた》とは思えない。しばらく反省していろと、父が命じた罰は、所領にある別邸で一年間謹慎すること。

軽すぎる処罰だが、それで済んだのは、誘拐が未遂で済んだことと、レオンが反省し、シルヴィを諦《あきら》め、姉の結婚を祝うと父の前で誓ったことが大きかった。

レオンはすぐに所領へ向けて出発し、シルヴィが父に教えられた時にはもう、彼は屋敷から姿を消していた。

一年経《た》って、レオンが戻ってくる頃にはシルヴィは王太子妃になっている。

気軽に話すこともなかなかできなくなるだろう。そう思うと、もう少し話したかったと思ったが、父がそれを許さなかった。

反省しているのは分かったが、シルヴィが正式に嫁ぐまでは警戒は解かない。それが父の出した結論だった。シルヴィと出発の挨拶《あいさつ》をさせなかったことも、所領に追いやることも、その一環であることは明白だ。

シルヴィも納得し、後はアーサーとの結婚に備えると父に告げた。

昨夜は結局アリスの姿を見なかったが、どうやら彼女はぐっすり眠っていて、全く気づかなかったようだ。

父との話し合いが終わった後、アリスが申し訳なさそうな顔でやってきて「ごめん。……朝まで全く目が覚めなかったの。朝起きて、周りから何があったか聞いて、ものすごくびっくりした」と言われた時には、「あ、うん。寝てたのなら仕方ないよ」としか返せなかった。

前世で友人だった時から、アリスは一度寝ると朝までノンストップだった。どれだけ揺すっても叩《たた》いても目覚めない。そのことを思い出したのだ。

それから何日か経ったが、ジェミとは一度も遭遇していない。

ジェミの方が避けているのかとも思ったが、考えてみれば昔から彼とはそんな感じだった。

会う時は会うし、会わない時は、それこそ半年くらい会わなかったりするのだ。

気にしていても仕方ない。会った時は、アーサーに連絡すること。それだけ忘れなければいい。

そう決めたシルヴィは、ゆっくりと彼女の日常へと戻っていった。

毎日王妃と散歩をし、時折、恋人であるアーサーと過ごす。

少しずつ、だが確実にシルヴィは、王太子妃への道を歩んでいた。

——そうして、約束の半年が過ぎた。

婚約指名が行われる夜会。朝から城にやってきたシルヴィは、女官たちに囲まれ、湯殿でしっかりと洗い清められ、アーサーの用意してくれたドレスに着替えさせられ、綺麗《きれい》に化粧を施された。

白っぽい水色のドレスは、甘めでふんわりしたデザインだが、彼女が着ると妙に大人《おとな》びて見える。

ネックレスやイヤリングといった宝石は、アーサーの瞳《ひとみ》の色とよく似たものが用意された。

シルヴィが今夜の夜会でアーサーから婚約指名されることは、王城に勤める者のみならず、国の貴族ほぼ全員が知っている事実だ。

こうなると、最早《もはや》婚約指名の夜会など意味がないと思えるが、これはストライド王国の慣例だ。

王太子が婚約指名をして、それを相手の女性が受けることで正式に婚約が成立する。

アーサーも例外ではない。

「シルヴィ、用意はできたか？」

準備が終わって、一息吐《つ》いていると、白い正装に身を包んだアーサーがやってきた。白と言っても白一色ではなく、金で縁取りされている華やかなものだ。その胸元には、シルヴィの瞳の色に似た宝石が輝いている。

彼はシルヴィを見ると「ほう」と感心したように目を見張り、口元を綻《ほころ》ばせた。

「愛らしいな。良く似合っている」

「っ！　ありがとう」

柔らかな笑顔に、シルヴィは勝手にときめいてしまう。

アーサーと付き合って約半年が経つが、相変わらずシルヴィはアーサーの声や至近距離で見る顔に、動揺してしまうのだ。

更に面白がったアーサーが、定期的にわざとシルヴィの弱い表情や声を作るものだから、シルヴィは目下負けっ放し。その度に、アーサーに抱かれるという負け戦を披露している。

(美人が三日で飽きるとか、絶対に嘘《うそ》！)

これが、この半年でシルヴィが培《つちか》った絶対的な真実である。

「シルヴィ」

さあ、とばかりにアーサーがシルヴィに手を差し伸べてくる。久しぶりに見る、彼の白い手袋。それをじっと見つめ、シルヴィは己の手を重ねた。

「今日、私は婚約指名を行う。相手は当然お前だ。当たり前だが、最早後戻りはできないと思え」

そんなことは許さないと厳しい視線が飛んでくる。それを真っ向から見つめ返し、シルヴィは言った。

「――――そんなの、アーサーと恋人になった時から覚悟済みよ」

それに「上等だ」と笑ったアーサーは、シルヴィを伴い、城の大広間へと向かっていった。

美しい音楽が鳴り響く。前に夜会が開かれた時とは違う、黄金の間と呼ぶに相応《ふさわ》しい、城で一番大きな大広間には、国中の貴族たちが集められ、溢《あふ》れんばかりの賑《にぎ》わいだ。皆、精一杯に着飾り、それぞれのパートナーとダンスを踊っていた。

ピカピカに磨き上げられた床は壁と天井の黄金を反射し、キラキラと輝いている。大きなシャンデリアと等間隔に並べられた燭台《しょくだい》には炎が灯《とも》り、金と赤のコントラストが見惚《みほ》れるほどに美しい。

大広間の二階席には王宮楽団がいて、軽快な音楽を奏でている。

国王はすでに大広間の奥にある玉座に腰掛け、アーサーとシルヴィが現れるのを今か今かと待っていた。

国王の隣には王妃のための席があったが、残念ながら空白だ。

王妃は自分の部屋で、アーサーとシルヴィの婚約が上手《うま》くいくことを一人祈っている。その席が埋まるのは、二人の結婚式の時だろう。

国王の側《そば》にいた宰相が、一つ頷《うなず》く。合図を受け取った国王がおもむろに立ち上がった。

「これより、王太子アーサーによる婚約指名を執《と》り行う」

音楽が止まる。ダンスフロアにいた人たちが、そっと下がっていく。大広間の真ん中はぽっかりと空き、今から何かが始まるのは明白だった。

「アーサー、前に」

「はい」

返事をし、大広間の扉から真っ直《す》ぐに歩いてきたのは白銀の髪に青い瞳を持つストライド王国の王太子、アーサーだった。

知っている者も大勢いるが、彼を王太子だと知らなかった者も大勢いる。

単なる騎士の一人だと思い、歯牙《しが》にも掛けなかった者は自らの行いに青ざめていたし、知っていた者はようやくかと感慨深い気持ちでアーサーを眺めていた。

様々な思惑が絡み合う。アーサーが一歩歩く度、場がどよめく。そのどよめきは、国王が口を開くことで鎮まった。

「アーサー。我が息子よ。お前が妻にと望む女性は誰《だれ》だ」

国王の質問は、静まり返った大広間によく響いた。

それを受け、アーサーは薄らと微笑《ほほえ》む。そうして周りに聞こえるように大きく、口を開いた。

「私が妻に望むのは、リーヴェルト侯爵家令嬢、シルヴィア・リーヴェルト。私は、彼女を婚約者として指名する。――シルヴィ」

「――はい」

アーサーの呼びかけに応じるように、シルヴィが大広間の入り口に現れた。

水色のドレスを着たシルヴィは、今日は髪を結っている。サイドに流した髪型は彼女を普段より大人びて見せていた。

髪飾りはいつものもの。

最初は変えようかと思っていたのだが、これは二人の思い出の品でもある。アーサーがこのまま着けて欲しいと言ったこともあり、変えることはしなかった。

シルヴィはしっかりと前を見据え、アーサーの元へと滑るように歩いていく。

ダンスフロアの中央で、アーサーとシルヴィは向き合った。アーサーがシルヴィに向かって右手を差し出す。

「シルヴィア・リーヴェルト、あなたを私の婚約者として指名する。シルヴィ、私の妻となることを受け入れてくれるか？」

「——はい、殿下」

シルヴィが膝《ひざ》を折り、その手を両手で押し抱く。これが、婚約指名を受け入れる正式な礼なのだ。

通常なら男性が跪《ひざまず》き、愛を乞うのだが、これは婚約指名であって求婚ではない。

その体勢のままじっとしていると、国王が言った。

「これで、アーサーとリーヴェルト侯爵家令嬢シルヴィア殿の婚約は成立した。結婚式は半年後。ヴィスペア大聖堂で行うものとする」

ヴィスペア大聖堂は、国が保有する一番大きな大聖堂だ。王城に隣接されていて、王族の結婚式はここで行われるのが慣例だった。

夜会の出席者たちから拍手が湧《わ》き起こる。ここで拍手をしないのは王太子の婚約を認めないのと同意だ。国王の認めたものを認められないと態度で示せば、今後社交界では生きていけない。

それぞれ思うところはあるだろうが、出席者全員が笑顔で拍手をしていた。

十分に時間を置いてから、シルヴィが顔を上げる。アーサーが満足そうに彼女を見つめていた。

少し照れくさい気分。

大勢に囲まれて、本当に彼の婚約指名を受けることになるなんて思いもしなかった。

最初は、絶対にアーサーだけはないと、彼から逃げようと思っていたのに。

（……でも、ま、いいか）

これもまた、自分の決めた道だから。

ゲームで言えば、リオープニングの音楽が鳴っているところだろう。それを間違っているとは思わない。

だって、ここから王太子妃となるシルヴィの人生が始まっていくのだから。

「シルヴィ、ようやくだ。ようやくお前を私の婚約者に迎えることができた。――一生、お前を離さない」

アーサーがシルヴィを抱え上げた。その首に両手を回し、シルヴィは言う。

「嬉《うれ》しいけど、それはちょっと気が早いと思うの。だから――その台詞《セリフ》は結婚式の時に聞かせてくれる？」

「もちろんだ。いくらでも、何度でも言ってやろう。愛《いと》しいお前のためならば」

甘い笑みを浮かべる自らの婚約者となった男を見つめる。

この人を選んだことに後悔はない。

まだ色々と問題は山積みだ。ジェミニのこともそうだし、もしゲームと同じ設定のものがあるのなら他《ほか》にも色々と出てくるだろう。

それでも。

（アーサーの手を取れて良かった）

そう思える自分がいるから。

シルヴィは満面の笑みを浮かべ、愛しい婚約者の頬《ほお》に口づけを送った。

◇◇◇

「おおー、シルヴィ、王太子と結婚するんじゃん。そりゃあ、俺《おれ》もお断りされちゃうじゃん」

婚約指名が行われた大広間。誰にも気づかれない場所から見ていた男がいた。

茶色い髪を細い三つ編みにした男、ジェミニだ。

アーサーたちの追手からまんまと逃《のが》れたジェミニは、アーサーに抱き上げられたシルヴィを見つめ、感慨深げに言う。

「ま、俺もようやく好きな人ができたし、構わないけど。うーん、友人としては祝福したいところだけど、先はどうなるか分からないじゃん。俺は——暗殺者だからな。殺せと言われれば、友人であろうと殺すじゃん」

そうしてクツクツ笑いながら、その場から消えた。

「シルヴィとシルヴィの大事な人が、これからも俺のターゲットにならなければ良いよな」という余計な一言を残して。

そしてもう一人。

祝福に包まれる大広間、その特等席とも言える場所から、獅子《しし》の鬣《たてがみ》のような髪の青年が、鋭い目で、正式にアーサーの婚約者となったシルヴィをじっと見つめていた――。

書き下ろし・名前も知らないあなた

好きな人ができた。

相手はおそらく十にも満たない。だけど、一生この恋を胸に抱き続けると確信できたから、彼女と共に未来を歩きたいとアーサーは思っていた。

◇◇◇

本当に久々に、アーサーは魔術の師匠であるメルヴィンの家を訪れていた。

忙しかった。

ここ数ヶ月は立太子したこともあり、アーサーは城の外に出ることすら叶《かな》わなかったのだ。

ようやく時間ができ、アーサーは彼の愛《いと》しの少女と会うべくメルヴィンの家にやってきたのだが、彼のお目当ての少女はどこにもいなかった。

「……もう、来ない？」

「そうだ」

愕然《がくぜん》とするアーサーに、メルヴィンが言う。

「あいつは女だ。いい加減、この近辺を護衛もなく彷徨《うろつ》くのはやめた方が良い。弟子は卒業。もう二度と、ここへ来ることはない」

「そんな……」

聞かされた言葉に衝撃を受けた。

メルヴィンの家に来れば、彼女にはいつでも会えると信じていた。

だから、会えない時間が続いても我慢できたし、名前を知らなくても何とかなると思っていたのだ。

「っ！　そうだ！　名前！　師匠！　あいつの名前を教えて下さいっ！」

好きな人の名前すら知らないという事実に気づき、アーサーは酷《ひど》く焦った。

一体どうやって彼女を探せば良い？　外見に目立つ特徴は特にない。彼女の名前も知らなければ身分も知らないという現実が、急にアーサーに重くのしかかってきた。

「師匠！　お願いします！」

「悪いな、アーサー。俺《おれ》も知らない」

「嘘《うそ》だ！」

反射的に言い返した。メルヴィンが知らないはずはない。だって、アーサーに名乗るなと彼女に命じていたのは他《ほか》でもないメルヴィンだったから。そう、彼女が言っていた。

だが、メルヴィンはどれだけ頼んでも、アーサーに名前も、その行方《ゆくえ》も教えてはくれなかった。

「お前、自分が王子だからって何でも思いどおりになると思うなよ。俺は教えない。そんなに会いたいのなら自分で探せ」

「師匠……」

「話は終わりだ」

冷たく突き放され、アーサーは唇を噛《か》みしめた。

一生を共にしようと決めた少女。その名前も行方も分からない現状に泣きそうだった。

だけど。

(迎えに行くと誓った。絶対、見つけ出してやる)

平民か貴族かも分からない。なんのヒントもない。それでもアーサーは諦《あきら》めようとは思わなかった。

だって彼女は自分の求婚に対し、『分かった』と頷《うなず》いてくれたから。

それなら自分は、何としても彼女を探し出さなければならない。

思い出すのは、少し前のこと。

父と似ても似つかぬ自分の髪と瞳《ひとみ》がアーサーは大嫌いだった。

それを見て、心ない大人《おとな》は、不義の子かもと陰口を叩《たた》いた。

母親は、「違う。不義などしていない」と主張していたが、アーサーには信じられなかった。

陰口を叩く周囲も、信じて欲しいと嘆く母も、気づけば距離を取っているように見える父親も全部が嫌だった。

関わりたくなくて、城に自分の居場所を見つけられなくて、アーサーはメルヴィンの家に行き、そこで一人引きこもった。

そんな、すっかり心を閉ざしたアーサーを叱《しか》ってくれたのが彼女だったのだ。

彼女は、誰《だれ》も言ってくれなかったことを言ってくれた。

色が似ているのがそんなに大事かと言い、どうして母を信じないのかと、母親を虐《いじ》める人など嫌いだとはっきり言った。

――目が覚めた気分だった。

彼女は言った。

あなたには、友達がいる。だが、母には誰もいないではないかと。息子であるあなたが信じなくて誰が信じるのだと、そう言った。

（ああ、全くその通りだ）

どうして母を信じようとしなかったのだろう。母はあんなに信じて欲しいと涙ながらにアーサーに訴えていたのに。

周りの言葉に惑わされ、一緒になって責め立てた。

最低の行いだ。

少女に指摘された日の夜、アーサーは一晩悩み、結局どう考えても自分が悪いという結論を出し、翌朝、母親のところへ自ら向かった。

「どうしたのです、アーサー」

久々に見た母は、ずいぶんとやつれていた。そのことに気づき、胸が酷く痛む。

こんなに弱っている人を、自分は責めていたのかと、ようやくその事実を認識した。

「母上……その、今まで申し訳ありませんでした。母上の話も碌《ろく》に聞かず、母上のことを責め立てて。深く反省しております。それで……最後にもう一度だけ聞かせて下さい。私は父上の子なのでしょうか。母上の口から真実を聞きたいのです」

アーサーの言葉を聞き、母は涙を浮かべて言った。

「あなたは陛下のお子で間違いありません。アーサー、母を信じて下さい。あなたが信じてくれなければ私は……」

「母上」

泣き崩れた母をアーサーは呆然《ぼうぜん》と見やった。

どれだけ自分が今まで母に酷いことをしてきたのかと突きつけられた気分だった。

(私は、こんなに母を傷つけていたのか……)

たまらなくなったアーサーは母の側《そば》に駆け寄り、その手を握った。

骨と皮しかない痩《や》せ細った手の感触に、アーサーまで泣きそうになってしまう。そうだ、母は病気なのだ。この人は今、生と死のギリギリのところを生きているのだと、誰に言われずとも理解していた。

(私が……私が母上を守らなければ)

少女が言ったとおりだった。母には自分しかいないのだ。アーサーにはディードリッヒがいた。だけど母には誰もいず、それどころか、実の息子にまで責められていた。

その事実がたまらなかった。

「信じます。母上がそうおっしゃるのなら、もう疑いません。私は父上と母上の子だ。そうでしょう?」

息子の言葉に、母は大きく目を見開き、ぼろぼろと涙を零《こぼ》した。

「ええ……ええ……あなたは陛下と私の子。信じて……信じてくれるのですね、アーサー」

そうしてアーサーは、長年遠ざけていた母と和解することができたのだ。

生を諦めているようだった母の顔には、少しではあるが気力が戻り、アーサーは母を信じて本当に良かったと思った。

（全部、彼女のおかげだ）

彼女が言ってくれなければ、アーサーはきっと自らの態度を改めようと思わなかっただろう。母を責め続け、そして母は、誰も信じてくれない状況に耐えきれず、心を病んで死んでしまったかもしれない。もしそうなっていたら。悔やんでも悔やみきれない。

そんな恩人にも等しい少女に、すっかり惚《ほ》れきってしまったアーサーが、行方をくらまされたくらいで少女を諦めるわけがないのだ。

（絶対に探し出してみせる）

そして、いつの日か、母に会ってもらうのだ。

アーサーは決意し、その日から彼はひたすら、名前も知らない少女を探すのだった。

◇◇◇

少女を探し始めてから五年ほどが過ぎた。

相変わらず、少女は見つからない。時間を作っては町を探すが、彼《か》の愛しい少女は見つからなかった。

この間、アーサーの周囲は激変していた。

理由は簡単。

立太子直後から、じわじわとアーサーの髪の色と目の色が変わり、一年が経《た》った頃《ころ》には父親である国王とそっくりな髪と目の色になったからだ。

皆、驚いたが、医者は「決して珍しいことではない」と言い切った。成長してから目の色や髪の色が変わることは少なからず前例があるらしい。

それを聞いた時、アーサーは本当に母を信じて良かったと思った。母も、アーサーの色彩が変わったことを心から喜んでくれた。

それで話が終わったのなら良かったのに。

アーサーに待っていたのは、呆《あき》れるほどの掌《てのひら》返しだった。今まで、不義の子かもと嘲笑《あざわら》っていた者たちが、「王子」「王子」と持ち上げ始める。遠巻きにしていた娘たちが、身体《からだ》を擦り寄せながら婀《あ》娜《だ》めいた笑みを向けてくる。

吐き気がした。国王の子だと確信した途端、目の色を変えてくる者たちが信じられなかった。

アーサー自身は、何も変わっていないというのに。

周囲の変化に耐えきれなくなったアーサーは、その全部を拒絶した。

王子としての自分を隠し、騎士として振る舞った。夜会に出ず、口調を変え、偽名を名乗った。それを国王は咎《とが》めなかった。彼もまた、周囲に感化され、もしかして実の息子ではないのかもと疑った引け目があったからだ。

だけど、王子である以上、結婚からは逃げられない。長い間、アーサーの自由を許していた国王は、王国のためにも、そろそろ息子に婚約者を与えたいと考え始めた。

息子は、成人しても、女性の一人も寄せつけない。

このままでは、王国の後継者がいなくなってしまうと考えた国王は、一計を案じた。

偶然を装わせ、アーサーと婚約者候補の令嬢を会わせる。なんなら、既成事実を作ればいいと思った国王は、顔合わせを済ませたその令嬢を息子の寝室へと向かわせた。乱暴な手段だと分かってはいたが、それくらいしないとアーサーは婚約を受け入れない。国王はそう思ったのだ。

結果は、見るも無残なものだった。

アーサーは怒り狂い、寝室から令嬢を放《ほう》り出した。

主犯が国王だと知るや否や、部屋に乗り込み、どういうことだと詰め寄った。

その怒りは激しく、アーサーが人間嫌いだという噂《うわさ》が真実であると納得せざるを得なかった。

「王国には後継者がいるのだ」

そう言った国王に、アーサーは分かっていますと答えた。

いずれは必ず。だが、もうしばらくは自由にさせて欲しい。そう言ったアーサーに、国王は頷かざるを得なかった。それくらいアーサーの怒りは激しかったからだ。

父親には何も言わなかったが、アーサーは己の腹心であるディードリッヒと母親には、初恋の少女について語っていた。

いつの日か、少女を見つけ出し、迎えに行くのだと言ったアーサーに、母は応援すると告げた。母にとってもその少女は恩人だったからだ。その恩人と息子のアーサーが結婚するなら、彼女にとってこれ以上喜ばしいことはない。

「だけどアーサー。その子は貴族ではないかもしれないのでしょう？」

母の懸念は当然のものだった。

何故《なぜ》なら、平民は王家に嫁げない。それは差別でもなんでもなく、保有する魔力量の問題だった。

王家は王国に張り巡らせた結界を維持する役目を担っている。そのため、ある一定以上の魔力量がないと王家に嫁ぐことができないのだ。

平民に、魔力量の多い者は殆《ほとん》どいない。そのため、貴族でなければならぬと決められているのだが、アーサーはその点に関しては心配していなかった。

「彼女は魔道士に弟子入りしていました。私に嫁げる程度の魔力量は十分にあるかと」

問題は魔力量だけ。その条件が満たされているのならあとは簡単。

「彼女が平民なら、どこか適当な家に養子に入ればいい。十分な魔力があり、家柄があれば何も問題はないのですから」

アーサーの説明を聞き、母も頷いた。

「そうですか。その子には王家に嫁げる十分な魔力量があるのですね。ああでも、それなら、もしかしたら貴族かもしれませんね」

「そうだと嬉《うれ》しいのですが」

平民であろうが貴族であろうがアーサーはどうでもいいが、周りはそういうわけにはいかない。もし彼女が貴族なら、スムーズに話が進む。

「母上、私は彼女を必ずや、探し出してみせます」

「頑張りなさい。見つかったら、是非、この母にも会わせて下さいね」

「もちろんです。必ず母上の元に連れて参ります」

また、名も知らぬ少女を探す日々が始まった。

アーサーは城の外に出る度、時間を割《さ》いては少女を探した。最後に別れてからかなり経っている。外見も随分と変わってしまったはずだ。名前も分からず、姿すら変わってしまった彼女をどう探せばいいのか。それでも暇を見つけては少女を見つけようとするアーサーを見かね、ある日、ディードリッヒが言った。

「もう、諦めては如何《いかが》ですか？」

「嫌だ。私は、彼女以外は嫌なのだ」

だけど、時は残酷に過ぎていく。

国王がアーサーに婚約者を用意しようとしてから、更に五年が経った。

いい加減、痺《しび》れを切らした国王は、アーサーのために夜会を開いた。

貴族でさえあればどんな娘でもいい。だから婚約者を決めて欲しい。そんな気持ちで開かれた夜会にアーサーは当然のごとく出なかった。

夜会当日、アーサーは、王子ではなく騎士の格好をして、夜会会場とは離れた場所を一人で歩いていた。少しでも夜会会場から遠ざかりたかったのだ。

(彼女がいない夜会になど行ったところで意味がない)

それに、誰も自分が王子だとは気づかないだろう。長い間、騎士として過ごしてきたアーサーを王子と知る者は、今や殆どいないのだ。

(それでいい。王子だからと擦り寄ってくる者にはうんざりだ)

カツカツと廊下を歩く。少し先に、一人の令嬢が見えた。彼女は困ったようにウロウロとしている。こんな場所に何の用が。もしかしてだが、出席しているはずの王子を探しに抜け出してきたのだろうか。だとしたら、最悪だ。

(女なんて、誰も彼も皆、一緒だ)

気持ちが悪い。できれば放っておきたい。だが、女性は城の更に奥へと向かいそうな様相を見せ始めた。さすがにそれは看過できない。

「そちらには何もありませんよ。それとも、不法侵入で捕まりたいのですか？」

不本意ではあったが、声を掛ける。

さっさとここから追い出そう。その程度の気持ちしかなかった。

だけど――。

(え？　既視感が……ある？)

目の前の、シルヴィア・リーヴェルトと名乗った令嬢が、どうにも気になって仕方なかった。

胸が騒ぐ。いつもの突き放すような態度を取りつつも、アーサーは内心、動揺していた。

(分からない。何が、気になるのだろう)

分からないままアーサーは、令嬢に夜会会場への戻り方を教えた。

「ご親切にありがとうございます。助かりました。騎士様」

礼儀正しく挨拶《あいさつ》をし、令嬢が立ち去る。その時、令嬢の髪を飾っている髪飾りに目が行った。

(あ、あの髪飾りは――)

シルヴィアと名乗った令嬢は、少し欠けたピンク色の花の髪飾りを身につけていた。

それに、どうしようもなく記憶を揺さぶられる。

昔、少女に母のことを責められた時、アーサーは怒りのあまり少女の髪飾りを壊した。

少女が大切にして、毎日身につけていた髪飾りを怒りのままに。それをアーサーは唐突に思い出していた。

(そうだ……どうして忘れていたんだ)

その時の少女の髪飾りと、今、令嬢が身につけている髪飾りはあまりにもそっくりで――いや、全く同じものにしか見えなかった。

(……間違いない。あれは、私が付けてしまった傷だ)

そう気づいた瞬間、全《すべ》てが合致した。

十年以上温めてきた初恋が、音を立てて花開いていく。思い出が、鮮やかさを取り戻す。

『いつか必ずお前を迎えに行く』

約束が輝きを纏《まと》い、アーサーの心を埋め尽くす。

咄嗟《とっさ》に、彼女を呼び止めていた。

「……待って下さい」

(ようやく、見つけた)

訝《いぶか》しげに振り返る彼女は、何故、今まで気づかなかったのかと思うほど、あの時の少女のままだった。可愛《かわい》らしい少女がそのまま成長した姿に、アーサーの心が歓喜で震える。

(迎えに、来たぞ)

彼女の瞳《め》を見つめながら思う。

たとえ意味が分かっていなかろうと、幼いアーサーの求婚に頷いたのは彼女だ。

見つけたからには、絶対に逃がさない。好きではないと言うのなら、これから好きになってもらえば良いだけのことだ。時間は惜しまない。

大体どれだけ自分が、彼女を捜し求めたと思っているのか。

(私の妃《きさき》は、お前だ)

必ずや、彼女を自分のものにしてみせる。

そう、アーサーは決意した。

ようやく見つけた、名も知らぬ初恋の少女。

成長したその姿にアーサーは胸を騒がせ、そしてもう一度、同じ人物に恋をした。

文庫版書き下ろし番外編・『お約束』なんて大嫌い！


それは、婚約式の少し前。レオンが所領に旅立って、しばらくしてからのことだった。

シルヴィは上機嫌で城の廊下を歩いていた。

今日は彼女の恋人であるアーサーと会う約束の日。王妃との散歩が終わった後、彼の部屋で恋人と落ち合う予定だったシルヴィは、誰が見ても分かるほどウキウキとしていた。

（ふふ、今日は久しぶりにデートができる）

アーサーとのデートはセックス込みなことが多いのがちょっと困りものだが、嫌というわけではもちろんない。それにここ二週間ほどは王妃としか会ってなかったので、恋人に会えるのが嬉しくて堪《たま》らなかった。

（今日は泊まっていっても良いかな。だって、久しぶりだもん）

ワクワクソワソワとしながら、アーサーの部屋へと向かう。そこで、声を掛けられた。

「シルヴィア殿？」

「え？　あ、ディードリッヒ様」

シルヴィを呼び止めたのは、アーサーの友人でもあり側近のディードリッヒだった。ディードリッヒはシルヴィのすぐ側までやってくると、キョロキョロと辺りを見回した。

「？　どうなさいました？」

「いえ、殿下のお姿が見えないな、と思いまして」

「……」

黙り込んだシルヴィに、ディードリッヒはクツクツと笑い「冗談です」と言った。

「そういえば、今日は殿下と約束していらっしゃるのですよね。申し訳ありませんが、殿下はまだ執務中でして」

「あ……そうなの」

なんだ、残念とシルヴィがガッカリした顔を見せると、ディードリッヒは表情を緩めた。

「とは言っても、あと少しで終わりです。そうだ。もしよろしければ、この資料を殿下に持っていって差し上げてはくれませんか？　これが終われば今日の執務は終了です。あとは自由にしていただいて構いませんので」

「えっ？　ええ。分かったわ」

彼が持っていた分厚い本。それをポンと手渡され、シルヴィは慌てて受け取った。

ずっしりくる。ちょっとした辞書なみの分厚さと重さがあった。

「ありがとうございます。稀少な本ですので、取り扱いには気をつけて下さいね。あ、殿下は執務室にいらっしゃいますので。執務室の場所はご存じですよね？」

「ええ」

「そうですか。では、よろしくお願いいたします」

言うべきことは言ったと、ディードリッヒは頭を下げたあと、シルヴィを残し、廊下を歩いて行ってしまった。それを呆然と見送り、手元に残された本を見る。

「えっと……これを、届ければ良いのよね？」

仕事に使う資料の本だとディードリッヒは言っていた。これを届けないと、アーサーの仕事が終わらないのだとも。

ディードリッヒが本をシルヴィに託したのは、彼なりに気遣ってくれたからだろう。少しでも早くシルヴィとアーサーが会えるようにと、彼は譲ってくれたのだ。

「うう……ディードリッヒ様って良い男よね」

シルヴィにはアーサーがいるので惚れたりはしないが、つくづくできた男である。

「そうと決まれば……えーと、確かアーサーの執務室は……と」

言いながら方向転換する。

アーサーの執務室は今向かっていた場所とは方角が違うのだ。重い本を両手で抱え、シルヴィはてくてくと歩き出した。

◇◇◇

「アーサー、今、大丈夫？」

「シルヴィか？　構わない、入ってくれ」

無事、アーサーの執務室に辿り着いたシルヴィは、扉をノックし、声を掛けた。

少し驚いたような声音ではあったが、すぐに入室許可が出る。中に入ると、執務机に座ったアーサーが、難しい顔で書類と睨《にら》めっこしていた。

「アーサー」

「すまない、少し待ってくれ」

そう言いながら、アーサーは睨み付けていた書類にサインを記していく。羽根ペンを置き、ふう、と息を吐いた。

「悪い。実は、約束していた時間に間に合わなさそうで困っていたんだ。連絡もできなかったから、こちらに来てくれたのは助かった。あとはディードリッヒに頼んだ資料が届けば仕事は終わりにできるのだが――」

まだ帰ってこない、と文句を言い始めたアーサーに、シルヴィは慌てて駆け寄り、持っていた本を彼に差し出した。

「さっき、廊下でディードリッヒ様にお会いしたの。それで、代わりにこの本をアーサーに渡して欲しいって頼まれたんだけど」

「ディードリッヒが？　ああ、待っていたのは確かにこの本だが、どうしてシルヴィに？」

首を傾げるアーサーに、シルヴィは恥ずかしく思いつつも答えた。

「その……多分気を遣って下さったのかと。今日、アーサーと会うことを知っていらっしゃったみたいだったし」

「そういうことか。確かにディードリッヒにはこの資料を取りに行かせる前に、お前と約束していることを話したな」

「うん。だからそういうことだと思う」

シルヴィから本を受け取ったアーサーは、すぐに該当のページを探し当て、文字に目を通し始めた。

アーサーが集中していることに気づいたシルヴィは、近くにあったソファに腰掛け、彼の仕事が終わるのを待つことに決める。

三十分ほど、文字と睨めっこしていたアーサーだったが、納得したのか一つ頷くと本を閉じ、引き出しの中から一枚の紙を取り出し、何か書き付けていく。

それをぼうっと眺めていると、アーサーは羽根ペンを置き、机の上を片付け始めた。

「……終わったの？」

まだ仕事が終わっていなかったらどうしようと若干不安に思いつつも尋ねると、アーサーは頷いた。

「ああ、終わりだ。お前の持ってきてくれた本のおかげでな」

ほう、と息を吐くアーサーはかなり疲れているように見えた。

「待たせて悪かった。とりあえず、お茶にするか。部屋に戻る前に少し休憩がしたい」

「その方が良いと思う」

ここのところ、アーサーはずっと働き詰めなのだ。休憩に同意すると、アーサーは執務机から立ち上がった。女官を呼び出し、お茶の用意を命じる。

「……さすがに疲れた。このところ休みなく働いていたからな」

肩を回しながら、アーサーはシルヴィが座っていた隣に、どさりと腰掛けた。自然に腰を抱き寄せられ、ドキッとする。

「ア、アーサー」

「お前に触れていると心が癒やされる」

「……」

もうすぐ女官が戻ってくるから止めて欲しいと言おうとしたシルヴィだったが、アーサーの言葉に反論を封じられた形となった。

彼の助けになるというのなら、是非もない。多少恥ずかしくても我慢しようと思ったのだ。

(だって、アーサー、本当に疲れてるもの)

二週間ぶりにまともに見たアーサーは、目の下に薄らクマができていた。王太子としての仕事に追われているのだろう。仕方のないことだと分かってはいるが、彼が倒れてしまわないか、時折本当に心配になる。

「大丈夫？」

「ああ、大丈夫だ」

笑って頷くアーサーだが、怪しいものだとシルヴィは思う。一体どうすれば良いかと悩んでいると、お茶の用意を調えた女官たちが戻ってきた。お茶と……あとは軽食が付いている。昼を抜いていたとみて間違いないだろう。

「ちゃんと食べなきゃ駄目じゃない」

言外に昼を抜いただろうと指摘すると、アーサーはばつの悪そうな顔をした。

「そうは思うのだが、なかなか難しいところだな」

「もう……倒れてからじゃ遅いんだからね」

「肝に銘じる」

そんなやり取りを二人で交わしているうちに、女官たちは下がり、二人きりになった。

シルヴィはアーサーの食事に付き合い、お茶と、一緒に出てきたチョコレートを囓《かじ》る。アーサーは肉っけがあるものが欲しかったのか、ハムとチキンが挟んであるリブサンドを食べていた。

「少しは元気になった？」

「ああ」

食事を終え、二人で食後のお茶を楽しむ。

シルヴィが尋ねると、アーサーは笑って頷いた。

「食事もそうだが、お前に会えたからな。お前に会えるのが、私の一番の特効薬だ」

「……二週間ぶり、だものね」

「さすがに長かった。だが、こんなことはさすがにもうないだろう。一段落ついたからな」

「そう、それなら良かった」

アーサーの言葉を聞きホッとした。これ以上忙しい状況が続くと、冗談抜きで彼の健康が心配になるからだ。安堵《あんど》の息を吐いたシルヴィをアーサーが優しい目で見つめてくる。

「シルヴィ」

「何、アーサーって……あっ」

完全に油断していた。返事をしたシルヴィは、アーサーに肩を軽く押され、ソファに倒れ込んだ。慌てて起き上がろうとするが、それより先に彼がのしかかってくる。

「ちょ、ちょっと、アーサー」

「腹が満たされた。今度はこちらも満たしたい」

「ちょ、ここ、執務室なんだけど！」

「仕事は終わった。誰も来ないから良いだろう」

「そういう問題じゃ……あっ」

アーサーの手が、乱れたシルヴィのドレスをまくり上げる。太股に手を這わされ、甘い声が出た。今日を期待していたのはシルヴィも同じなのだ。流されるのは早かった。

「あ、ちょっと……んっ」

「シルヴィ、好きだ」

「んんっ……」

言葉ごとアーサーの舌に搦め捕られる。久しぶりの深い口づけは、シルヴィの抵抗する気力を根こそぎ奪ってくれた。

アーサーの手が優しく内股を撫でる。与えられた快感に、シルヴィは身体を震わせた。

（ああ、気持ち良い……）

素肌を這うアーサーの手の感触も、口内を暴く舌の動きも、何もかもが心地よくて、陶然《とうぜん》としてしまう。

「シルヴィ……」

「アーサー……」

太股を弄っていた手がそろそろと上がっていく。それを止めることもなくシルヴィはうっとりとアーサーを見つめた。思考がぼんやりとしてくる。

このままここで、彼に抱かれることの何がいけないのだろう。

シルヴィはアーサーが好きで、アーサーもシルヴィを欲しいと言ってくれている。

二人が望んでいるのなら、このまま続きをしてしまっても構わないではないか。

アーサーの指が、下着越しに蜜口に触れる。久しぶりの感触に、シルヴィは甘い息を零した。

「あっ……」

「シルヴィ……構わないな？」

「うん――」

シルヴィが頷いたその時、ガチャリと扉が開いた。

「殿下？　そろそろ仕事は終わりましたか？　シルヴィア殿に先ほど資料を持っていっていただいたのですが――あっ」

「……」

「……」

比喩ではなく、時が止まった。

扉を開けて部屋に入ってきたのはディードリッヒだった。一瞬にして状況を把握したのだろう。まずい、という顔をした彼は、それでもすぐに頭を下げた。

「お取り込み中、失礼致しました。また後ほどお伺い致します」

「……ああ」

一歩遅れはしたが、アーサーはシルヴィを組み敷いた体勢のまま返事をした。衝撃過ぎて動けなかったのだ。シルヴィもアーサーの下で身体《からだ》を硬直させている。

「それでは。あと、老婆心ですが、事に及ぶのでしたら、鍵くらいかけておくべきかと」

「……ノックもせずに入ってくる馬鹿がいるとは思わなかったのだ。お前、シルヴィがここにいることを知っていたのだろう？」

「ああ、そういえば。申し訳ありません。つい、癖で。次回から、必ずノックすることに致します。さすがに主君の濡れ場をそう何度も目撃したいとは思いませんので」

「……そうしてくれ」

「はい」

ディードリッヒが部屋を出て行く。扉が閉まった。

同時に、時が動き出した。シルヴィは全身を真っ赤にして、自らの顔を両手で覆った。

「いやあああ！　恥ずかしい！　見られた！　ディードリッヒ様に見られた！　もうやだ！」

「落ち着け、シルヴィ。大丈夫だ。肌はあいつには見えていない」

「太股はきっと見えていたと思うもの！　やだあ!!」

「角度的に大丈夫だ。それに万が一見えていたというのなら、私があいつを斬るから！」

「そういう問題じゃないの！」

アーサーを押し退け、シルヴィはソファから身体を起こした。

なんということだ。うっかり流されそうになったと思ったら、彼の部下に見られてしまうなんて。

（最悪、恥ずかしい……なんで私がこんな目に）

思わず涙ぐむ。だが、そこでシルヴィは思い出してしまった。

アーサールートの中で、彼と行為に及んでいる途中、うっかり部下に目撃されてしまうというイベントがあったことを。

（ということは、さっきのあれ、イベント!? 嘘でしょ、今更そういうことするの、勘弁してよ!!）

ゲームなんて関係ない。

そう思って日々を生きているシルヴィに、なかなか厳しい仕打ちである。

だが、これでもまだマシな方なのだ。

ゲームではしっかり挿入しているところを目撃されるのだから。

先ほどの状況では、アーサーに組み敷かれているところは見られていても、それ以上は見られていないはず。

服も乱される前だった。太股は露わになっていたが、アーサーの言う通り、角度的に見えづらかった……見えていなかったと期待したい。

（まだマシ……まだマシ……ヤってるところを見られなかっただけ良しとしなくちゃ……）

確実に心のどこかがすり減った気がしたが、そう思い込むことで何とか忘れよう、忘れようとシルヴィは思った。

「シルヴィ、その、すまない」

シルヴィが必死で自分に言い聞かせていると、シルヴィの上から退いたアーサーが、申し訳なさそうな顔で彼女を見つめていた。

「ディードリッヒが来るとは思っていなかった。というか、お前がいることを知っていて、ノックをしないとは……」

「……」

どういう意味だ、と問い詰めたくなった。

シルヴィが一緒にいるのならノックをするはずというのは、つまり、ノックしないとまずいことをしていると思われているわけで……。

(止めよう。考えたら終わりだ)

実際、見られては困る行為をしていたわけだし、と思ったところでシルヴィは深く考えることを放棄した。

「えーと、それで？　ディードリッヒ様って、ノックをしないことってあるの？　さっきのは特別？」

「……いや、私室に入ってくる時は必ずノックをするが、執務室はしない時も多い。あいつもこの部屋で仕事をすることが多いからな」

「……じゃあ、さっき、ディードリッヒ様がこの部屋に入ってきたのは」

「いつも通りの感覚で入ってきただけだと思う」

「……」

普段通りでやってきて、主君の濡れ場を目撃することになるとは、ディードリッヒも随分と不運だ。

「……分かった」

泣きたい気持ちではあるが、シルヴィはディードリッヒを責める気はなかった。いつものことだというのなら、彼の先ほどの行動はミスでもなんでもないからだ。

誰が悪いか。どう考えても、ディードリッヒが来る可能性があることをすっかり忘れていたアーサーである。

「……私、しばらくアーサーに会いたくない」

「シルヴィ！」

ムスッとしつつも宣言すると、アーサーは目の色を変えた。

「何を言うんだ。せっかく久しぶりに会えたのに」

「それは私も嬉しかった。でも、さっきのことはしばらく許せそうにないから。……ディードリッヒ様が来る可能性があること、知ってたんだよね？　どう考えてもアーサーが悪い」

「いや、それはそうだが……その……お前に会えたのがあまりに久しぶりで、つい……」

「言い訳は聞きたくない」

多分、さっきのハプニングはゲームのイベントだったとは分かっているけれど、見られた衝撃は未だシルヴィの中に残っている。少なくとも、今日、アーサーと一緒にいることを楽しむ気分にはなれなかった。

「帰る」

「待ってくれ！」

帰ろうとしたシルヴィの腕をアーサーが掴む。離して欲しくて振り返ると、引き寄せられ、唇を重ねられた。

「んんっ……」

アーサーが舌を捻《ね》じ込み、シルヴィの官能を暴き立てる。快楽に弱い身体が恨めしい。

彼が唇を離した時には、シルヴィはすっかり人には見せられない表情になっていた。

「……ずるい」

シルヴィが小声で呟くと、アーサーは彼女を抱き締めた。

「すまない。だが、これ以上お前と離れているのは耐えがたいのだ。先ほどのことは謝る。二度とあんな迂闊《うかつ》なことはしない。だから、許してくれないか。お前に会うためだけに今日まで頑張ってきた私を、可哀想だと思ってくれ」

「……だから、そういう言い方がずるいんだって」

そういう風に言えば、シルヴィが言うことを聞くとアーサーは分かっているのだ。

だけど、先ほどのキスで、大分絆されてしまったのも事実。

大体、アーサーと久しぶりに会えた喜びに、我を忘れて応じたのはシルヴィも同じなのだ。

ある意味、同罪と言える。

(そうよね。悪いのは、アーサーだけじゃない。流された私にも責任の一端はある)

たとえ抵抗していたとしても、結局アーサーに流されていたのではないかという疑問も浮かびはしたが、それには目を瞑り、シルヴィは決断した。

「……分かった。今回だけは許してあげる。だけど、本当に二度と嫌だから。分かった？」

「ああ、それこそ肝に銘じておく」

「もう、仕方ないんだから」

二人の間にようやく甘い空気が戻ってくる。

アーサーがホッとしたようにシルヴィにキスを贈る。シルヴィはそれを笑って受け止め、二人は何とか仲直りをした――のだが。

シルヴィは忘れていたのだ。

ディードリッヒに見つかったのは、イベントの一環だったと思っていた自分の考えを。

実は、イベントはあれで終わりではなかった。

見られたことに怒ったヒロインはヒーローと仲違いをする。ようやく仲直りをし、そして二人はまた仲良く同衾《どうきん》するようになるのだが――。

「いやあああああ！」

(忘れてた！　忘れてた！　そうだった！)

仲直りした次の日、また『偶然』アーサーの部下に情事中の姿を目撃されるという、ある意味お約束な展開が待っていることを、彼女はすっかり忘れていたのだ。

今度はアーサーの寝室で、だったのだが、一悶着あった翌朝、執務室に来ない彼を迎えに来たディードリッヒに、事後だとあからさまに分かる格好で寝ているところを目撃されてしまった。

そう、昨夜は盛り上がってしまったのだ。

二週間ぶりに会った恋人たちがベッド・イン。朝までアーサーの欲望を受け止め続けたシルヴィも、そのシルヴィを抱きしめて眠ったアーサーも、二人揃って見事に寝坊してしまった。

そして、それをよりによって、またディードリッヒに見られてしまった。

「その……お二人の仲が良いのは大変結構なことだと思いますが、そろそろ執務の時間なもので。殿下をお借りしてもよろしいですか？」

こんな時まで丁寧な口調のディードリッヒが憎い。

ディードリッヒに引き摺《ず》られていくアーサーを呆然と見送りながら、シルヴィは心から思った。

(乙女ゲームのお約束なんて大嫌い！)

そして、今後もこんなイベントに遭遇してしまうのかもしれないと悟り、彼女は一人震撼するのだった。

あとがき

皆様、こんにちは、月神《つきがみ》サキです。

この度は『王子様に溺愛されて困ってます2』をお手に取っていただき、まことにありがとうございます。

二巻です。皆様のおかげで二巻が発売致しました。

本当に、本当に嬉しいです。

二巻では、ようやくアーサーもその本領を発揮し、前巻よりもＴＬっぽくなってきたのではないでしょうか。

この『王子様』では、乙女ゲーを強く意識して書いています。

たとえば、レオン。

彼は、いわゆる、バッドエンドのヒーローです。ルート分岐を間違えて、バッドエンドに入った後、ヒーローが病んでしまうことも、またはホラーゲームのように怖くなってしまうことも少なくありません。彼はそんなイメージで書きました。

本来の彼のルートなら、とても可愛い弟キャラなんですよ。だからこそ、その歪みは大きくなる。逆に今作品のメインヒーロー、アーサーは、乙女ゲーのスチルや台詞を意識しています。今後更に甘くなっていくであろう彼と、そんな彼に振り回されるシルヴィの話にお付き合いいただければとても嬉しいです。

さて、二巻ということで、今までイラストデビューしていなかったキャラ達も次々に登場しております。二巻のポイントは、彼らのイラストでもありますね。

一巻に引き続き、アオイ冬子《ふゆこ》先生に描いていただいた『王子様～』の世界。楽しんでいただければ嬉しいです。

アオイ先生、今回も美しいイラストをありがとうございました。

それでは、いつもの定番コーナーへと参りましょう。

一巻は、シルヴィとアリスでしたが、もちろん恋人同士になったのだから、二巻からはアリスからバトンタッチで、アーサーにお願いしたいと思います。

相変わらずのメタネタですが、楽しんでいただける方はどうぞこの先もお楽しみ下さい。

◇◇◇

シルヴィ↓シ　アーサー↓ア

シ「えっ!?　こ、こんにちは。この度は『王子様に溺愛されて困ってます２』をお買い上げいただきましてありがとうございます。シルヴィア・リーヴェルトです」

ア「シルヴィ、声が震えているぞ。お買い上げいただきありがとうございます。シルヴィの婚約者。アーサー・フェリクス・ストライドです」

シ「アリスは？　どうしてアーサーがいるの？　一巻ではアリスがいてくれたじゃない！」

ア「ん？　せっかくなら恋人同士の方が楽しいだろうと、快く譲ってくれたぞ？」

シ「……どうせニヤニヤ笑いながら『どうぞ、どうぞ♪』とか言ってたんでしょ」

ア「よく分かったな。まさにそんな感じだった」

シ「だってアリスだし。はあ……別に良いけど、それならそうと一言言っておいてくれれば良かったのに。アリスだと思ってたらアーサーがいて、びっくりしたんだからね」

ア「なんだ。シルヴィは嬉しくなかったのか？　私は、シルヴィと一緒にいられる時間が増えて嬉しかったというのに、薄情な婚約者だな」

シ「～!!　そういうこと言うのずるい！　そんなの嬉しいに決まってるじゃない」

ア「そうか、それは良かった」

シ「(ううう、婚約者になってますます勝てなくなった気がする)」

ア「シルヴィ、何を百面相している。二巻についてだが、お前からは何かないのか？」

シ「わ、私？　私は……その……アーサーが私のこと本当に好きでいてくれたんだって分かって嬉しかったって……そんな感じだったけど」
ア「私は、お前と思いが通じ合ったことが何より嬉しかったな。ずっとお前だけを見てきたから、ようやくと思った」
シ「ようやくって……あ、でも、今回、アーサーが私を見つけるまでの話が書き下ろしで収録されていたのよね。アーサー、私のことすごく探してくれてたんだなって……うん、正直驚いた」
ア「お前は私のことなどすっかり忘れていたようだがな」
シ「忘れてないって！　アーサーからもらった栞だって、ちゃんと持ってるんだから！」
ア「だが、幼い頃のお前は私のことなど、ただの友人程度にしか思っていなかったではないか」
シ「そ、それは……でも、私の年、考えてよ。その頃まだ私、九歳とかだよ？　初恋もまだ……って、そんなこともないか」
ア「シルヴィ！　それはどういうことだ！　初恋が私ではないのかっ！」
シ「(アーサー、怖い……）い、いや、あの……アーサー、お願いだから落ち着いて」
ア「これが落ち着いていられるか！　私はお前が初恋だというのに、お前は違うのか？　そんなのは許せない。お前の恋は全て私のものだ！」

シ「(……少し嬉しいと思ってしまった。私、チョロい) い、いや、あのね。私の初恋ってお父様だから。よくある、『大きくなったらお父様と結婚したい』ってやつだから。初恋というのも……うん、微妙かも」
ア「……本当だろうな。私を欺こうとして言っていないか？」
シ「言ってない、言ってない。……男の人をちゃんと好きになったのはアーサーが初めてだから」
ア「シルヴィ……！」
シ「うわあああ……抱き締めてこないで！　続き！　二巻の話の続きをしよう！　えと、えと、他に何かＷＥＢとの変更点は……そうだ！　アーサー視点の書き下ろしがものすごく増えていたよね。あと、何故かお風呂エッチが追加されてた……」
ア「あそこで入らないのはむしろ不自然だろう。お前、この話はＴＬだぞ？」
シ「それは分かっているけど、でもお風呂でとか、恥ずかしいじゃない」
ア「今更だとは思わないか」
シ「羞恥心は失いたくないと思うの」
ア「ふむ。つまりその強固な羞恥心が跳ぶほどに感じさせて欲しいと、そういうことか」
シ「どうしてそうなったの？　暴論過ぎてついて行けない。そ、それに、これ以上感じさせられたら、どうなるか分からなくて怖いから、それは勘弁して欲しい、かな」

ア「なるほど、期待していると。早速今夜にでも期待に応えることにしよう」

シ「要らないから！　ああもう、この話も終わり！　碌《ろく》なことにならない。次の話題へ行くわよ。ええとね、書籍の最後のところ。私とアーサーは無事、正式な婚約者になるんだけど、二人ほど不穏なことを言っている人たちがいるの。クロードとジェミ。あれ……どうなるんだろうって思うと、すごく怖い」

ア「心配するな。私がお前を守ってやる。これからはお前も城に住むことになるわけだしな」

シ「やっぱりそうなるの？　爛れた日々が始まるって簡単に想像できるんだけど……アーサー、お願いだから節度のある生活を心掛けてよね」

ア「シルヴィ、お前は私をなんだと思っているのだ」

シ「（絶倫王子）」

ア「シルヴィ（怒）」

シ「心の声なのになんで分かるのよ！」

ア「お前の考えそうなことなどすぐに分かる」

シ「ねえ？　私ってそんなに単純？　分かりやすい？」

ア「私にはな。ああ、そうだ。答えそびれていたが、お前が城に来た晩には、もちろん婚約者として毎晩しっかり励んでもらうからそのつもりでな」

シ「え⁉」
ア「私もこれからは毎晩お前が抱けると思うと楽しみで仕方ない。朝までたっぷり可愛がってやる。そういうことで、二巻のあとがきはこれで終わりだ。シルヴィ、挨拶を」
シ「待って⁉　お願いだから待って⁉　何それ、なんで最後にそんな話……ああもう、頁がないっ！　……皆様、お買い上げありがとうございました！　是非また、次回もお会いできますように！」
ア「お会いできるのを楽しみにしています。それではまた。シルヴィ、行くぞ」
シ「行くってどこに……あああああ！　引っ張らないでぇぇぇ」（エコー）

◇◇◇

二人のやりとり、オマケ気分で楽しんでいただければ幸いです。
本当に、お買い上げいただきありがとうございました。
最後になりましたが、この本に携わって下さった全ての方々に感謝を込めて。
また、お会いできると嬉しいです。

月神サキ　拝

王《おう》子《じ》様《さま》に溺《でき》愛《あい》されて困《こま》ってます2
〜転《てん》生《せい》ヒロイン、乙女《おとめ》ゲーム奮《ふん》闘《とう》記《き》〜

月神サキ

2020年2月5日　初版発行
2021年9月6日　第二刷発行

著者　月神サキ

発行者　野内雅宏

発行所　株式会社一迅社
〒160-0022 東京都新宿区新宿3-1-13 京王新宿追分ビル5F
電話 03-5312-7432(編集)
電話 03-5312-6150(販売)
発売元：株式会社講談社(講談社・一迅社)

印刷・製本　大日本印刷株式会社

DTP　株式会社三協美術

装丁　AFTERGLOW

ISBN978-4-7580-9239-5

●本書は「ムーンライトノベルズ」(http://mnlt.syosetu.com/)に
掲載されていたものを改稿の上書籍化したものです。
●この作品はフィクションです。実際の人物・団体・事件などには関係ありません。

MELISSA
メリッサ文庫